KB038118

위대한 소원

I

위대한소원 1

초판 1쇄 인쇄 2019년 4월 16일
초판 1쇄 발행 2019년 4월 30일

지은이 하늘가리기
발행인 오영배
편집 편집부
디자인 Another
본문편집 오정인
제작 조하늬

펴낸 곳 (주)삼양출판사 · 피오렛
주소 서울시 강북구 도봉로 173
대표 전화 02-980-2112 / **팩스** 02-983-0660
편집부 전화 02-987-9393 / **팩스** 02-980-2115
블로그 blog.naver.com/dan_gul
출판등록 1999년 3월 11일 제9-00046호

ISBN 979-11-283-9652-6 (04810) / 979-11-283-9651-9 (세트)

+ 이 도서의 국립중앙도서관 출판시도서목록(CIP)은 서지정보유통지원시스템홈페이지(http://seoji.nl.go.kr)와
+ 국가자료공동목록시스템(http://www.nl.go.kr/kolisnet)에서 이용하실 수 있습니다. (CIP제어번호: CIP2019013589)

fioret 은 (주)삼양출판사의 로맨스 판타지 문학 브랜드입니다.

ROMANCE FANTASY NOVEL

위대한 소원

The Great Wish

하늘가리기

로맨스 판타지 장편 소설

I

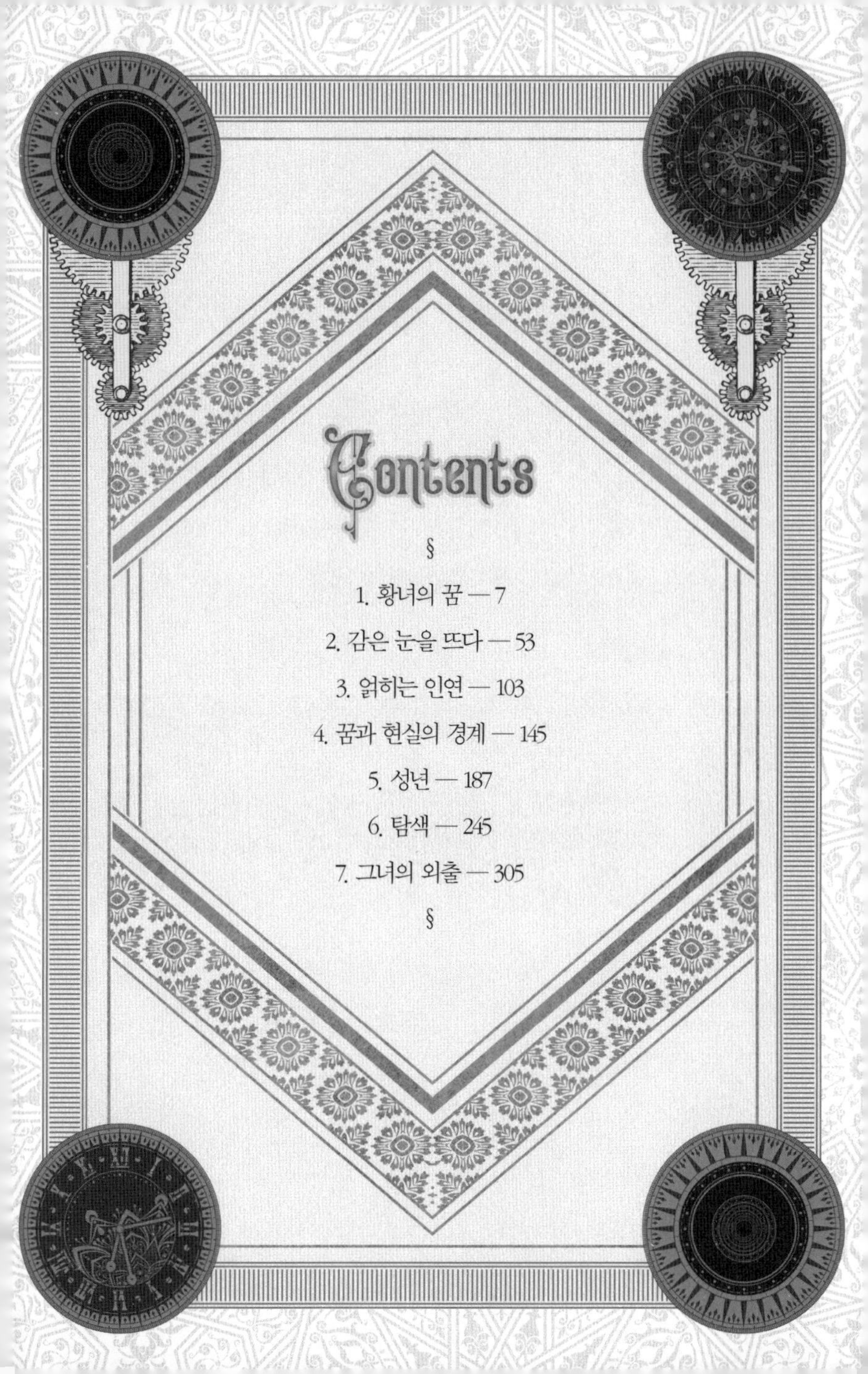

Contents

§

§

황녀의 꿈

시에나가 일곱 살 때의 일이다.

생일 다음 날이라 날짜까지 정확히 기억했다. 황제의 부름을 받아 태양궁으로 갔다.

“일이 있어 어제 축하연에 들르지 못했구나. 늦었지만 생일 축하한다.”

“황은이 망극하옵니다. 폐하께서는 밤낮없이 국정을 살피고 계십니다. 소녀의 생일은 사소한 일입니다.”

일곱 살의 소녀는 의젓하게 대답했다.

“생일 선물로 무엇을 주랴?”

“친히 축하 말씀을 주신 것으로 충분합니다. 폐하.”

황제는 말없이 시에나를 바라보다가 벌떡 일어났다.

"따라오너라."

황제는 시에나를 태양궁의 가장 높은 곳으로 데려갔다. 그곳으로 올라가는 길은 기사들이 빽빽한 간격으로 서서 엄중히 지켰다. 그야말로 물 샐 틈도 없는 경비였다.

시에나는 황제와 둘이서만 마지막 계단을 오르며 슬쩍 뒤를 돌아보았다. 황제와 한 몸인 것처럼 항상 곁을 따르는 수행원들이 더 따라오지 못하고 멈추어 기다리는 모습이 묘한 인상으로 남았다. 아버지와 단둘이 걷는 경험은 낯설지만, 왠지 설레었던 것 같다.

널찍한 원형 구조의 방은 천장이 몹시 높았다. 막연히 상상했던 것처럼 벽에는 금을 바르지 않았고 기둥에는 화려한 보석이 없었다. 바닥과 벽은 회색의 칙칙한 돌벽이었다.

하지만 그런 건 아무래도 상관없었다. 정중앙에 자리 잡은 거대한 아름드리나무를 보자마자 숨이 막혔다.

그때의 기분은 말로 설명할 수 없었다.

저절로 고개를 숙이게 되는 거룩한 신성함이었다.

저것이 신목이다.

제국의 상징, 신의 축복.

"처음 보는 게지?"

"……예."

넋 놓고 있다가 간신히 대답했다. 나무의 머리 위로 둥그렇게 뚫린 천장에서 햇빛이 쏟아졌다. 마치 신목 스스로 빛을 뿜어내는 것처럼 보였다.

"아름답습니다."

"신목을 지키는 일이 우리의 사명이다."

"예. 명심하겠습니다."

시에나는 침대에 누운 채 문득 떠오른 옛 추억에 잠겼다. 그날은 이상한 날이었다. 폐하께서는 왜 신목을 보여 주셨을까. 축하연에 참석하지 않아 미안하다는 황제의 사과 방식이었던 걸까. 그저 단순한 변덕이었을까.

'십 년도 넘은 일이야. 지금 와서 폐하께 따져 물을 일도 아니잖아.'

그녀는 픽 웃으며 눈을 감고 잠을 청했다.

* * *

"폐하."

시에나는 고개를 조아린 여자를 노려보았다.

불경한 호칭이다. 폐하께서 엄연히 건재하시거늘. 그리고 위험했다. 아무리 장차 제위가 그녀의 것이라고는 해도 아직은 아니니까.

—새로 들어온 시녀가 있다고 듣지 못했는데.

처음 보는 여자였다. 시에나는 기억력이 좋았다. 잠깐 스치듯 지나간 사람도 모두 기억했다.

"무슨 일이냐."

시에나는 당황했다. '넌 누구냐.' 하고 물었는데 입에서

는 다른 말이 나왔다.

"공왕이 알현을 청하옵니다."

"불허."

이번에도 시에나의 의지와 전혀 상관없이 목소리가 나와서 낯선 여자와 대화했다. 그뿐만이 아니었다. 고개를 숙이려고 하지 않았는데 시선이 내려갔다. 몸이 멋대로 움직이고 있었다.

"물러가라."

—내 목소리가 아니야.

음성이 노숙했다. 시에나는 당혹스러웠다.

"물러가라고 했다."

"……분부 받드옵니다."

마지못해 대답한 여자가 멀어지는 기척이 느껴졌다.

"후우……."

'몸'이 나지막한 한숨을 쉬더니 손에 쥐고 있던 서류를 던지듯 내려놓았다. 책상 앞머리를 물끄러미 바라보다가 고개를 들었다.

시에나는 보이는 광경을 재빠르게 포착했다.

넓은 방이었다. 출입문이 저 멀리 보였다. 바닥은 반질반질한 대리석이고 부조를 새긴 화려한 원형 기둥이 높은 천장을 떠받쳤다. 왠지 눈에 익은 것 같기도 했다.

시선의 높이가 달라졌다. 앉아 있다가 일어난 것이다. 천천히 걷기 시작했다.

—이보시오.

혹시 하는 마음에 조심스레 불러 보았다. 반응이 없었다.

—내 말이 들리지 않소?

몇 번 더 불렀지만, 대답이 없었다. 자신의 목소리가 몸의 주인에게 전해지지 않는 게 분명했다. 시에나의 의지대로 말할 수도 움직일 수도 없었다. 오직 보고 듣는 것만 공유했다.

아니, 지금 상황에서는 시에나가 불청객이었다. 남의 눈과 귀에 기생해 훔쳐보고 훔쳐 듣고 있었다.

몸은 잠시 책상 곁을 서성거렸다. 갑자기 휙 돌아섰다. 향한 곳은 여닫을 수 있는 발코니 창이었다. 걸쇠를 풀고 두 손으로 창을 밀어젖혔다.

발코니로 나간 몸이 난간을 짚었다. 바로 머리 위에 푸른 하늘이 있다고 느껴질 정도로 높았다. 아래에 널찍이 펼쳐진 정원이 한눈에 들어왔다.

—여기는…….

시에나는 눈을 부릅떴다.

간밤의 기묘한 경험을 떠올리며 시에나는 아침 시중을 받는 내내 딴생각에 빠져 있었다. 그녀의 상태를 눈여겨보던 수석 시녀, 포프 백작부인이 물었다.

"심려하시는 일이라도 있으십니까?"

시에나는 고개를 저었다가 잠시 생각에 잠겼다.

백작부인이라면 괜찮지 않을까. 포프 백작부인은 실없는 소리를 건네도 부담이 없는 유일한 사람이었다.

"간밤에 이상한 일이 있었소."

"이상한 일이라니요?"

포프 백작부인, 베스는 시에나의 설명을 듣고 가볍게 웃었다.

"꿈을 꾸셨나 봅니다."

"꿈……? 백작부인. 신족은 꿈을 꾸지 않소."

신성제국의 황족들은 자신들을 일컬어 신족이라고 했다.

건국 신화에 따르면 초대 황제는 신의 피를 이어받았다. 영 터무니없는 소리는 아니었다. 황족들은 대대로 이어받는 특별한 능력이 있었다. 그리고 보통 인간과 다른 점이 몇 가지 있었다. 그중 하나가 꿈을 꾸지 않는 것이다.

남다르지만, 그다지 알려지지 않았다. 특이하긴 해도 중요한 특성은 아니니까.

"아……. 송구합니다. 제가 무지하여……."

"괜찮소. 마치 현실처럼 생생했소. 내가 만약 꿈을 꾼 거라면 보통 그런 식이오?"

"예. 더러 그런 꿈도 있지요. 어떤 꿈은 아무리 시간이 지나도 눈앞에 보이는 것처럼 그려지기도 합니다."

"백작부인도 그런 경험이 있소?"

"그럼요. 누구나 경험이 있을 겁니다."

시에나는 놀란 표정을 지었다.

"그러면 현실과 혼동이 되지 않소?"

베스는 빙그레 웃었다. 항상 의젓한 황녀가 꿈을 신기해하는 모습이 귀여웠다.

"꿈은 두 가지입니다. 깨어 있는 동안 경험한 일을 다시 보는 것과 현실에서 불가능한 상상이 나타나는 것. 어느 쪽이든 꿈은 꿈일 뿐입니다. 깨고 나면 그만인걸요."

"허무하군."

"예. 덧없고 허무하지요."

"오늘은 일찍 출궁한다고 하지 않았소? 배웅하겠소."

"그러실 필요까지는……."

"갑시다."

두 사람이 복도를 따라 걸었다. 나란히 함께 걸으니 키 차이가 더 두드러졌다. 시에나의 키는 백작부인보다 머리 하나만큼 컸다.

백작부인이 유난히 작은 게 아니라 황족의 체격은 보통 사람보다 월등하게 컸다. 훌륭한 신체적 조건은 신의 피를 이어받은 우월함의 상징이었다. 뛰어난 점은 체격뿐만이 아니었다. 아름다운 외모는 조각상처럼 완벽했다. 시에나는 황족의 특성을 그대로 이어받았다.

누구든 시에나를 처음 보면 눈을 떼지 못했다. 푸른색이 섞인 은색 머리카락, 금빛 눈동자, 광채가 나는 것처럼 하얀 피부. 여신이 인간의 세상에 강림하면 저런 모습이 아닐까, 다들 생각했다.

시에나를 발견하자마자 지나가던 자들이 모두 걸음을 멈추고 깊이 고개를 숙였다. 시에나는 그들의 정중한 경외를 당연하게 받았다.

시에나 아르젠트.

그녀는 신성제국 아르의 황녀이자 황제의 후계자였다. 신목의 축복을 받은 황제의 관이 장차 그녀의 것이었다.

*　　*　　*

백작부인을 배웅하고 돌아오자 태양궁의 시종이 와 있었다. 시에나는 황제가 찾는다는 전언을 받고 곧바로 태양궁으로 갔다.

'집무실에 마지막으로 와 본 적이 언제였더라.'

그녀는 집무실의 거대한 문을 보며 잠시 생각했다. 기억이 가물가물한 것을 봐서 꽤 오래전이었다.

문을 열고 안으로 들어서자마자 멈칫했다. 기이한 위화감을 느꼈다. 부조가 있는 원형 기둥을 보며 시에나가 미간을 찡그렸다.

그녀는 널찍한 책상을 향해 걸어가 두어 걸음의 간격을 두고 멈추어 섰다. 두 손으로 치맛자락을 잡고 깊이 허리를 숙였다.

"소녀, 부르심을 받아 왔사옵니다. 폐하."

"일어나라."

시에나의 금색 눈동자와 황제의 금색 눈동자가 마주쳤다. 황제는 자연스럽게 시선을 내리는 딸의 모습을 아래위로 찬찬히 뜯어보았다.

시에나의 나이를 떠올리자마자 황제는 자신의 나이를 생각했다. 그가 마흔 살 가까이 되어서 얻은 딸이었다. 자신의 나이가 예순에 이르렀다는 증거가 눈앞에 있었다.

"곧 네 생일이지."

"예."

"네 성년식 날 너를 왕으로 봉할 것이다."

"황은이 망극하옵니다."

침착하게 대답하는 시에나의 가슴이 두근거렸다.

황제의 핏줄은 일정한 나이가 되면 작위를 받았다. 완벽한 신족의 혈통으로 인정한다는 의미이며 왕의 관과 황제의 직할령 중 일부를 위임받았다.

"생각해 둔 이름이 있느냐?"

"예. 은(銀)왕. 그 이름을 주시옵소서,"

"은왕?"

황제의 시선이 흘끔 시에나의 은발에 닿았다.

"머리카락 때문이 아니옵니다."

시에나가 드물게 당황한 표정을 지었다.

"독에 반응하는 은처럼 삿된 것에 현혹되지 않겠다는 결심입니다."

"은왕……. 괜찮구나."

황제가 고개를 끄덕였다.

"내 용무는 끝났다."

"예. 폐하. 물러가겠습니다."

인사 후 돌아서려던 시에나는 불현듯 깨달았다.

아까부터 느꼈던 위화감, 아니 기시감의 정체를 알았다. 그녀는 커진 눈으로 천천히 주변을 둘러보았다.

널찍한 방, 대리석 바닥, 높은 아치형 천장을 받친 원형 기둥들.

'여긴…….'

"할 말이 남았느냐?"

"청이 있사옵니다. 폐하. 발코니로 나가 볼 수 있도록 허락해 주시옵소서. 잠시면 됩니다."

황제는 뜬금없는 부탁을 하는 황녀를 의아하게 보았다. 하지만 이유를 묻지 않고 허락했다.

시에나는 두 손으로 발코니 창을 힘껏 밀어 열었다. 다른 세계로 가는 문을 발견한 사람처럼 멍한 표정으로 천천히 걸어 나갔다. 난간을 잡는 그녀의 심장이 쿵쿵 뛰었다.

'아…….'

난간 바깥으로 고개를 내밀어 아래를 내려다보는 순간 그녀는 탄식했다.

똑같다.

어젯밤에 본 광경이 아래에 펼쳐져 있었다.

'묘하구나.'

태양궁에서 나오며 시에나는 곰곰이 생각했다.

백작부인은 꿈이 경험 혹은 상상이라고 했다. 그러나 시에나의 꿈은 둘 중 어디에도 해당하지 않았다.

아까 처음으로 황제의 집무실 발코니에서 아래를 내려다봤다. 본 적도 없는 광경을 이미 꿈에서 본 것을 어떻게 설명해야 할까.

'정원이었지.'

시에나는 자신의 궁으로 돌아가려던 발걸음을 정원 쪽으로 돌렸다. 생각에 잠겨 걷다 보니 태양궁에서 제법 멀리 떨어진 곳에 있는 미로 정원 근처까지 왔다.

'오랜만이군.'

어릴 때 미로 정원을 탐험하는 일에 빠진 적이 있었다. 길을 다 외운 후 흥미를 잃어 더는 가지 않았지만.

"너희는 여기서 기다려라."

따르는 시녀들을 입구에 세워 두고 시에나는 미로 정원의 안으로 걸어 들어갔다. 안으로 들어갈수록 옛 기억이 새록새록 되살아났다. 높은 관목의 벽을 따라 홀로 걷는 기분이 꽤 괜찮았다.

'반쯤 왔나. 저기서 돌아가면 넓은 공간이 나오……'

시에나는 흠칫 놀라 걸음을 멈추었다.

미로의 한가운데 방처럼 비어 있는 곳. 그곳에 테이블을 펼쳐 두고 앉아 있는 두 남자가 있었다.

놀란 것은 그들도 마찬가지였는지 표정이 굳었다.

침묵이 감돌았다. 세 사람은 말없이 서로를 응시했다.

'저자는……'

두 사람 중 한 명은 시에나가 아는 얼굴이었다. 이십 대 중반 정도의 사내는 마지막으로 기억하는 모습보다 나이를 먹었다. 그의 잿빛 금발에 듬성듬성 붉은 가닥의 머리카락이 섞였다.

디안 아르젠트. 그는 시에나의 이복형제였다.

시에나보다 다섯 살이 많았다. 오라버니가 되는 셈이지만, 시에나는 그런 관계로 디안을 생각한 적이 없었다.

디안은 반쪽 황족이다. 모친의 신분이 낮았다. 그래서 시에나의 계승 서열이 더 높았다.

시에나의 시선이 디안의 머리카락에 닿았다. 반쪽 주제에 신족의 특징을 가졌다. 어머니, 패트리샤가 이를 갈며 하던 말이 귓가에 울렸다. 왠지 불쾌해져서 돌아섰다.

"시에나!"

등 뒤에서 부르는 소리를 듣고 시에나는 눈살을 찌푸렸다. 서로 이름을 부를 정도로 격의 없는 관계가 아니었다. 시에나의 표정이 굳은 걸 보면서도 디안은 오히려 싱글싱글 웃었다.

"오랜만이구나. 육 년 만인가?"

칠 년 만이지. 시에나는 속으로 대꾸했다.

디안은 어릴 때 황궁에서 자라지 않았다. 칠 년 전 다 자란 황제의 아들이 느닷없이 나타나는 바람에 황궁이 발칵 뒤집혔다.

디안은 시에나보다 나이가 많았고 신족의 특징이 있었으며 황제가 두말없이 황자로 인정했다. 그로 인해 굳건하던 시에나의 자리가 흔들릴 뻔했다.

그러나 끝내 디안의 어머니가 누군지 밝혀지지 않으면서 소란은 가라앉았다. 생모의 신분에 따라 결정되는 서열은 절대적이었다.

시에나는 이제는 장성한 사내가 된 디안을 보며 칠 년 전의 기억을 떠올렸다.

칠 년 전 시에나는 몰래 디안을 보러 갔다. 갑자기 생긴 손위 형제가 궁금했다. 호기심이 많을 나이였다. 숨어서 훔쳐보다가 디안에게 들켰다. 자신을 스스럼없이 대하는 디안과의 대화가 즐거웠던 것도 같다.

하지만 시에나가 사라져 한바탕 소동이 일어났다. 기사들까지 동원되어 시에나를 찾아다녔다. 결국, 디안과는 짧은 대화만 나누고 기사들과 궁으로 돌아가야 했다. 디안과의 만남은 그게 처음이자 마지막이었다.

「디안 황자는 제 오라버니가 되는 겁니까?」

패트리샤에게 물었다가 난리가 났다.

「오라버니라니요! 천한 피가 섞인 반쪽짜리가 어찌 황녀의 오라버니가 된단 말입니까!」

패트리샤는 분노와 짜증을 감추지 않았다.

「그대는 신족입니다. 그런 반쪽과 근본이 달라요.」

「행여라도 그자와 가까이 지낼 생각하지 마세요. 황궁 밖에서 거칠게 자란 자입니다. 황녀에게 해가 될 거예요.」

「그대는 황제가 될 사람입니다. 그런 자와 어울리면 품위가 떨어져요.」

「그자는 어떻게 해서든 황녀를 이용하려 들 거예요. 절대 말려들어서는 안 됩니다.」

패트리샤는 틈만 나면 디안에 대한 악담을 늘어놓았다. 시간이 흐를수록 패트리샤가 디안을 거론하는 일은 줄었지만, 이제는 시에나가 디안의 존재를 무시했다. 가까이 지내서 이로울 관계가 아니라고 판단했다.

그리고 칠 년 전 그 날 이후 디안을 본 적이 없었다. 황궁은 넓었다. 일부러 찾아가지 않으면 두 사람이 마주칠 일이 없었다.

"여기가 산책하기는 참 좋지. 조용하고 주변 눈도 없고. 차를 마시던 중인데 합류할래?"

시에나는 눈을 가늘게 뜨고 넉살 좋게 말을 건네는 디안을 노려보았다. 어디서부터 무례함을 지적해야 할지 모르겠다. 예절 교육은 받지 않은 건가? 반쪽이라도 어쨌든 폐하의 핏줄인데 이렇게 경박하고 가벼운 말투라니.

"됐소."

시에나는 휙 돌아섰다.

"시에나 황녀!"

다시 한 번 부르는 소리가 들렸지만, 이번에는 돌아보지 않았다.

미로를 따라 걷다가 시에나는 자신도 모르게 피식 웃었다. 그리고 괜히 멋쩍어 헛기침했다.

칠 년이다. 꽤 긴 시간인데 디안은 외모만 조금 달라졌을 뿐 첫 만남 때와 태도가 같았다. 칠 년 전 그때도 싱글싱글 웃으며 붙임성 있게 말을 붙였다.

그래서일까. 머리는 불쾌해야 한다고 말하는데 배 속은 평온했다.

*　　*　　*

“가 버렸네.”

디안은 아쉬움을 느꼈다. 이복 누이동생과 예상치 못하게 만나서 놀랐을 뿐 싫지는 않았다. 오히려 반가웠다.

하지만 이런 속내를 주변에 말했다가는 덜떨어진 놈이라는 핀잔을 들을 것이다. 그래서 디안은 언제나 자신의 무른 속마음을 꽁꽁 감추었다.

“시종의 기척인 줄 알았는데…….”

말없이 오누이의 대화를 지켜보았던 흑발의 사내가 중얼거렸다. 디안이 맞장구쳤다.

“황녀가 나타날 줄 누가 알았겠냐.”

“무시무시하게 널 노려보더라.”

디안은 쿤을 보며 씨익 웃었다. 속을 떠보듯 물었다.

“너야말로 넋 놓고 보던데. 예쁘지?”

흑발 사내는 무심하게 대답했다.

“미인이더군.”

“어릴 때도 인형 같았지만 왜 다들 하늘이 내린 미모라고 호들갑을 떠는지 알겠어. 아니지. 신족이니까 하늘이 내렸다는 말이 틀린 건 아니네.”

“보석이 아무리 아름다워 봤자 차가운 돌일 뿐이야.”

디안이 쿤을 향해 혀를 찼다.

“보석과 장미꽃이 나란히 있으면 보석을 쥘 속물이 허세는.”

쿤은 못 들은 척하며 화제를 돌렸다.

"황녀와 사이가 나쁜가?"

"나쁠 게 뭐 있어. 제대로 얘기도 안 해 봤는데."

"그러면 황녀가 널 싫어하는 거군."

"그렇게 대놓고 말하면 상처받는다."

쿤은 피식 웃었다. 신경줄이 두꺼운 가죽보다 질긴 녀석이 엄살은. 싱글싱글 웃는 가면 같은 표정 안에 진짜 뭐가 들어 있는지 모르겠다.

"날 싫어한다기보다는 경멸 쪽이겠지."

"뭐가 달라?"

"내 존재를 수치스러워하는 거야. 내 몸에 흐르는 피의 반이 천하다고 생각하니까. 난 반쪽짜리잖아."

아무리 디안이 서열 낮은 황자라 해도 어쨌든 황제의 아들이었다. 대놓고 그를 모욕하는 자는 없었다. 뒤에서는 반쪽이라고 숙덕댈지언정 앞에서 그런 말을 하는 자는 없다.

스스럼없이 자신을 비하하는 표현을 쓰면서도 디안은 마치 남 얘기하듯 했다. 그의 표정 어디에도 분노나 자격지심은 없었다.

"딱히 황녀에게 유감은 없어. 나쁜 관계가 되고 싶지도 않고."

"태평한 소리 한다. 과연 황녀도 그렇게 생각할까? 자신의 것이 될 황위를 네가 가로채면 널 죽이려고 달려들걸."

디안이 한숨을 푹 내쉬었다.

"믿지 않을 테지만 난 사실 그렇게까지 야망이 넘치는 놈은 아니야."

디안은 쿤이 비웃을지도 모른다고 생각했지만, 쿤은 진지한 태도로 귀를 기울였다.

"황제가 모든 것을 가졌다고 사람들은 생각하지만, 얼마나 일이 많은 줄 알아? 너도 일족을 이끄는 입장이니 잘 알 테지. 우두머리 노릇이 얼마나 골치 아픈지."

안다. 아주 잘 안다.

그래서 쿤은 제 혈육에게 칼을 들이대면서까지 왕이 되려는 자를 이해할 수 없었다. 대체 그 자리가 왜 갖고 싶지?

그는 태어나면서부터 일족의 운명이라는 무거운 짐을 짊어졌다. '나는 왜 이렇게 버겁게 살아야 하나.' 하고 의문을 가졌을 때는 이미 늦었다. 자신의 등만 보고 따라오는 자들이 너무 많았다.

"황제가 내 아버지라는 사실을 처음 알았을 때 들었던 생각은 '그럼 난 평생 놀고먹어도 되는 건가.'였으니까."

디안을 주인으로 따르는 충신들이 들었다면 충격을 받을 만한 말이었다. 그리고 디안이 이런 속내를 드러내는 사람은 쿤이 유일했다.

"하지만 이대로는 안 돼. 시에나 황녀는 세상을 몰라. 이 넓은 황궁 바깥으로는 나가 본 적도 없다고. 황녀가 황제가 되면 아무것도 달라지는 게 없어."

신성제국은 세상을 지배했다. 그리고 제국의 주인은 황제라는 데 이견이 없다. 그러나 모래알처럼 많은 백성들에게 와 닿는 지배자는 그 지역을 다스리는 영주 혹은 왕이었다. 제국의 황제는 안전한 황궁 밖으로는 한 발자국도 벗어나지 않았다.

한 사람이 세상을 구석구석 살피는 건 애초에 불가능하다. 황제가 자신의 눈이 될 자들을 선별해 일정 지역을 맡기는 건 어쩔 수 없는 선택일 것이다.

하지만 그렇다고 해서 황제가 세상이 돌아가는 방식을 오직 책이나 누군가의 이야기를 통해서만 습득해서는 안 된다고, 디안은 생각했다.

"모든 게 대의를 위해서다?"

"그렇게까지 거창한 건 아냐. 그냥 뭔가 변화가 있으면 좋겠다 싶어서."

디안은 가볍지도 무겁지도 않았다. 둘 사이에서 균형을 잡기 힘들 텐데 용케 중심에 서 있었다.

만약 디안이 오직 자신만 이 세상의 구원자가 될 수 있는 양 '나를 따르라!' 했다면 쿤은 그를 도울 생각은 하지 않았을 것이다.

"황제와 협상하기로 한 건 잘된 건가?"

"그럭저럭. 조만간 무슨 말씀이 있겠지."

디안은 사방이 가로막힌 주변을 휙 돌아보았다.

"여기 꽤 괜찮은데. 아무래도 장소를 바꿔야겠지?"

"조심해서 나쁠 건 없지."

"어디로 하나……. 고민 좀 해 봐야겠다."

쿤이 일어났다.

"갈게."

"이거 고맙다."

디안이 품 안에 챙겨 둔 봉투를 꺼내 다시 한 번 감사 인사를 표했다. 안에 든 것은 언제든 현금으로 바꿀 수 있는 무기명 채권이었다. 힘을 키우는 데 가장 요긴한 것은 아무래도 자금이었다. 쿤은 돈, 인력, 정보 등 다방면으로 디안을 보조했다.

"이후 돈 얘기는 내게 직접 해."

디안은 알 만하다는 표정으로 말했다.

"스테판이 널 또 박박 긁었구나."

쿤이 디안을 돕자고 결심했을 때 가신들의 의견은 찬성과 반대가 반씩 갈렸다.

스테판은 반대쪽에 서 있는 자였다. 그는 일족의 모든 재정을 맡아 관리했다. 사심 없이 성실하게 회계를 관리하고 돈을 불리는 재주가 탁월한 만큼 쓸데없는 지출을 강박적으로 싫어했다.

스테판은 '돈을 받아서 일해도 부족한데 오히려 돈을 퍼주고 있다. 이거야말로 호구 잡힌 것.'이라며 방방 뛰었다.

"짠돌이 스테판. 강물에서 물 한 바가지 퍼내는 거면서 인색하기는."

디안이 입안으로 구시렁거렸다. 엄청난 거금을 받아 썼고 앞으로도 얼마나 더 쓸지 모르겠지만, 지금 쓰는 금액의 서너 배를 더 써도 쿤에게는 그다지 타격이 없을 것이다.

'어마어마한 부자니까 말이지.'

정확히는 일족의 재산이었다. 그러나 일족의 장에게 자유로운 처분권이 있으니 쿤의 것이나 다름없었다.

"너에게 직접 말하면 뭐가 달라지나? 스테판 모르게 처리할 수 있는 것도 아니면서."

"사재가 좀 있어."

"뭐? 꼬불친 비상금이 있단 말이야? 천하의 스테판도 모르는? 넌 안 그런 척하면서 은근히 의뭉스러운 놈이야."

"헛돈 쓰게 하지나 마. 너에게 처바른 돈이 얼마인지 알아?"

두 사람이 서로에게 던지는 말은 거침이 없었다. 하지만 둘 다 딱히 언짢아하지 않았다. 겉과 속이 다른 말을 하느니 독설을 날리는 편이 낫다고 생각했다.

"원래 투자는 위험할수록 수익이 높은 거다."

"말이나 못하면."

쿤은 고개를 설레설레 내저으며 걸었다.

"배웅할 사람 안 붙여도 되겠냐?"

"됐다."

"조심히 들어가라. 길 잃어버리지 말고."

쿤은 등 뒤에서 들려오는 말을 한 귀로 흘렸다.

* * *

'……젠장.'

쿤은 태연한 척 눈동자만 데굴데굴 굴렸다.

미로 정원은 무사히 빠져나왔다. 몇 번 드나들면서 길은 진즉에 외웠다.

그런데.

'대체 여긴 어디야.'

잠시 생각에 잠겨 걷다가 문득 둘러보니까 주변이 낯설었다. 낭패였다. 디안이 알았다가는 배를 잡고 웃어댈 것이다.

길눈이 어두운 편은 아니었다. 하지만 그가 길을 찾는 방식은 황궁 안에서 통하지 않았다. 황궁은 모든 게 인공적이고 작위적이었다. 어디를 봐도 다 반듯하게 정형화되어 거기가 다 거기 같았다.

'이 소리는?'

그는 공기를 가르는 희미한 소리가 나는 방향으로 이끌리듯 걸었다. 틀림없이 검을 휘두르는 소리였다.

'이 시간에 기사 훈련이 있나?'

한낮의 오후는 일손을 놓고 쉬는 휴식 시간이었다. 그래서 드문드문 발견했던 궁인들이 조금 전부터 전혀 보이지 않았다.

얼마 가지 않아 혼자 열심히 검술 연습을 하는 자를 발견했다. 노력은 가상하지만, 쿤은 뒷모습만으로 낙제점을 주었다.

'형편없군.'

근육이 전혀 잡히지 않은 호리호리한 체격부터 틀렸다. 강한 상대와 붙으면 몇 합 나누지도 못하고 검을 놓칠 것이다. 하나로 묶여 휘날리는 저 긴 머리카락도 문제다. 난전이 벌어지면 휘어 잡혀 목이 꺾일 테니까.

비딱한 표정으로 보던 그는 슬쩍 보이는 상대의 얼굴을 보고 놀라 뒷걸음질 쳤다. 상대방도 쿤을 발견했는지 검을 내리며 고개를 돌렸다.

'시에나 황녀.'

저 독특한 은발을 보고 눈치채지 못하다니.

뒷모습만으로는 평균적인 여자의 체격이 아니라서 착각했다.

"디안 황자가 보낸 건가?"

쿤의 눈이 살짝 커졌다.

'아까 날 쳐다보지도 않은 줄 알았는데.'

아까 제대로 눈을 마주친 순간조차 없었다. 황녀가 자신을 기억했다는 게 놀라웠다.

"아닙니다. 길을 잘못 들었습니다."

시에나는 작게 헛웃음 쳤다. 사내의 흑발만큼 새까만 눈동자가 그녀와 눈이 마주치는데도 피하지 않았다.

'맹랑한 자로군.'

"어디 소속이지?"

쿤은 순간 질문의 의도를 이해하지 못했다.

'아, 참. 내가 지금…….'

쿤은 자신이 기사의 제복을 입었다는 사실을 잊고 있었다. 황궁에 출입하는 자는 엄격하게 관리했다.

그런데 그에게는 딱히 출입증을 발급받을 자격 요건이 없어서 디안이 따로 손을 썼다. 기사인 척 차려입었으나 사실 기사 명부에 그의 이름은 올라가 있지 않았다. 파고들면 골치 아파질 여지가 있었다.

"아직 정해지지 않았습니다."

두리뭉실한 대답에 다행히 황녀는 별말을 하지 않았다.

"공무 중인가?"

"아닙니다."

시에나가 검을 들어 그를 향해 겨누었다.

쿤의 눈썹이 쓰윽 올라갔다.

“혼자 하려니 영 재미가 없군. 도와주겠나?”

그녀는 마음이 심란하여 뭐든 아무 생각 없이 집중할 것이 필요했다. 평소에는 연습 상대가 되어 주는 기사가 있는데 일정을 임의로 바꾼 것이라 그 기사를 부르지 않았다.

‘재밌네.’

쿤의 입술이 비스듬히 올라갔다. 몇 마디 말을 섞으니 황녀가 어떤 사람인지 조금 느낌이 왔다. 서늘한 말투와 표정 속에 지배자의 기세가 자연스럽게 스며들어 있었다. 미인이라는 소문이 자자해서 한 떨기 꽃처럼 가녀린 미인을 막연히 상상했는데 단단히 착각했다.

‘만만치 않겠군. 디안이 고생 좀 하겠는데. 황녀에 관해 수집된 정보가 너무 부족했어.’

외부 활동을 거의 하지 않는 황녀에 관한 정보는 얻기가 매우 어려웠다. 영명하다, 미인이다, 그런 소문만으로 황녀의 성격이나 기질을 알아낼 수는 없었다.

“공무 중입니다.”

“방금…….”

“잊고 있었습니다.”

시에나의 눈이 흔들렸다.

‘뭐지? 이자는.’

사내는 시에나를 계속 빤히 바라보았다.

윗사람의 눈을 보면 안 된다는 법은 없지만, 지금까지 시에나에게 이런 태도를 보이는 자는 없었다. 극상의 예우에 익숙한 시에나는 은근한 불쾌함을 느꼈다.

"급한 공무인가?"

"예."

"아주 급한가?"

"예."

급하다는 자의 태도는 느긋하기만 했다. 시에나는 왠지 약이 올랐다.

"나는 연습 상대가 필요해. 그대가 공무를 잠시 늦추었다고 책임질 일은 없게 하지."

쿤은 고민했다. 황녀의 고집스러운 요구를 무시했다가는 뒷감당을 해야 할 것 같다. 하지만 그에게는 나름대로 지키는 원칙이 있었다. 황녀가 다른 것을 요구했다면 적당히 비위를 맞춰 주었을 것이다.

"저는 절대 장난삼아 검을 뽑지 않습니다."

"내가 언제 장난이라고 했지?"

쿤은 자신의 허리춤에 맨 검을 슬쩍 보였다.

"뽑으면 피를 봐야 하는 검입니다. 감당하실 수 있겠습니까?"

그는 시에나를 쓱 보더니 말했다.

"아까 잠깐 보니 그 정도는 아니신 것 같았습니다만."

쿤은 말을 뱉어 놓고 아차 싶었다. 진저리나도록 비슷한 경험이 많아서 방어적으로 반응하고 말았다. 여러 나라의 귀족이나 왕족을 만나면 열의 아홉은 꼭 쿤을 시험하려 했다. 그의 명성을 제 눈으로 확인하고 싶어 했다.

"큰소리친 만큼의 실력이 아닐 경우는 각오하게. 또 다른 핑계로 빠져나갈 생각도 하지 말고. 그랬다가는 이 무례를 디안 황자에게 단단히 따져 물을 것이니."

그녀의 매서운 눈초리를 보며 쿤은 작은 한숨을 내쉬었다.

'나중에 디안에게 한 소리 들을지도 모르겠네.'

쿤은 어쩔 수 없이 시에나에게 다가갔다. 한 걸음 정도의 간격을 두고 마주 섰을 때 시에나는 상대방의 키가 생각보다 큰 것에 놀랐다.

여자 중에는 시에나와 눈높이가 맞는 사람이 없었고 남자도 그녀보다 작은 자가 대부분이었다. 그나마 기사 정도는 되어야 시선이 맞거나 약간 더 높았다.

그런데 눈앞의 사내는 시에나가 턱을 들어 올려야 했다. 신체적인 조건으로 압도되는 느낌은 부친인 황제 외에 처음이었다. 기분이 이상했다.

색다른 기분이 드는 건 쿤도 마찬가지였다.

'멀리서 볼 때보다 정말…….'

예쁘다. 다른 무슨 표현할 말이 없다.

황녀의 피부는 대리석처럼 반짝반짝 빛이 났다. 멀리서는 노랗게 보이는 눈동자는 신비로운 금색이었다. '눈이 부시다'라는 낯간지럽고 상투적인 표현밖에 떠오르지 않았다.

"자신만만한 그 실력 좀 볼까?"

황녀의 피부를 만지면 어쩐 느낌일까, 생각하던 쿤은 흠칫 놀랐다. 자신이 이런 잡생각을 했다는 게 믿기지 않았다. 쿤은 쓴웃음을 지으며 검을 뽑았다. 손잡이처럼 까만 날의 검이 뽑혀 나왔다.

"검이…… 특이하군."

"나름대로 유명한 검입니다."

악명 쪽에 가깝겠지만.

"적당히는 할 줄 모릅니다."

시에나는 코웃음 쳤다.

"최선을 다하는 게 좋을걸."

시에나는 자신 있었다. 체력을 기르기 위해 하는 운동으로 택한 검술이지만, 뭐든 시작하면 들이파는 성격이라 손에 굳은살이 박일 정도로 열심히 했다. 연습을 돕는 기사들도 그녀의 실력을 칭찬했다. 기사와 대련하면 제법 맞상대할 정도였다.

시에나는 검을 쥔 손에 힘을 주었다.

"히얏!"

기합성을 지르며 사내를 향해 기습적인 공격을 했다.

그동안 배운 기술과 경험을 바탕으로 맞받아치기가 가장 어려운 각도였다.

그러나 내리치는 순간, 뭔가 잘못되었음을 느꼈다. 그는 마치 저절로 몸이 반응하는 것처럼 시에나의 검을 걷어 냈다. 아주 단순하고 가벼운 동작 속에 무시무시한 힘이 실려 있었다.

챙!

시에나의 손에서 빠져나간 검이 휘리리릭 공중을 날아 저만치 멀리 떨어졌다. 멀리 떨어진 검을 물끄러미 바라보다가 시에나는 천천히 걸어갔다. 나뒹구는 검을 주워 들며 그녀는 난생처음 경험한 패배를 곱씹었다.

검술로 누구든 이길 수 있다고 생각한 건 아니었다. 그녀는 기사가 아니니까. 하지만 이런 식의 허무한 결과는 이해할 수가 없었다.

'뭐가 잘못된 거지?'

시에나는 고개를 획 돌렸다.

'저 남자가 기사단장보다 강하다고?'

기사단장과 몇 번 대련한 적이 있었다. 다른 기사보다 단장은 확실히 강했다. 힘도 기술도. 그래도 몇 합 정도는 상대했다.

'그럴 리가 없잖아. 저렇게 젊은 자가.'

뭔가 내가 실수했다. 그녀는 결론을 내렸다.

'너무 성급했어.'

그녀는 검을 쥐고 다시 씩씩하게 쿤에게 다가가 겨누었다.

"다시."

시에나는 검을 더 단단히 쥐었다.

단 한 번도 견디지 못해 검을 놓치는 볼썽사나운 실수는 절대 다시 하지 않겠다.

챙!

그러나 이번에도 그녀가 놓친 검은 멀리 날아갔다. 공중제비를 돌다가 무른 땅에 푹 박혔다. 그녀는 조금 전보다 더 멀리 날아간 검을 망연하게 보다가 제 손을 내려다보고 주먹을 쥐었다 폈다. 손이 저렸다.

시에나는 검을 뽑아 쿤에게 '다시'라고 말했다. 그렇게 다섯 번을 반복했지만, 다섯 번 모두 영락없이 최초의 격돌에 검을 놓쳤다.

횟수가 더해질수록 힘이 빠지는 게 당연하다. 처음에 놓쳤다면 몇 번을 더 도전해 봤자 마찬가지일 수밖에 없었다. 그리고 쿤은 시작하며 공언한 대로 절대 적당히 힘을 빼주지 않았다.

시에나가 여섯 번째 검을 들고 올 때 쿤이 말했다.

"그만하시죠."

시에나가 미간을 찡그렸다.

"손목 망가집니다."

시에나는 한숨을 내쉬며 검을 내렸다. 손목이 시큰거렸다.

생각에 잠긴 시에나의 안색을 살피며 쿤은 의외라고 생각했다. 약이 올라 길길이 날뛸 줄 알았는데 황녀의 표정에는 얼마간의 허탈함은 있어도 분노는 보이지 않았다.

"그대는 강한가?"

"어디 가서 맞고 다니지는 않습니다."

"황실 기사단장보다?"

"글쎄요. 붙어 보지 않아 알 수 없으나. 지지는 않을 겁니다."

이 무슨 말도 안 되는 자신감인가. 시에나는 기가 막혔지만, 사내의 말이 괜한 허세는 아닌 것 같다. 이런 생각이 드는 자신이 이상한 걸까.

'그만한 실력자라면 왜 가장 낮은 직급이지?'

시에나는 쿤이 입고 있는 제복으로 그의 직위를 추측했다.

"최고의 기사들만 황궁의 기사가 될 수 있다. 그중의 최고가 기사단장이지."

"그렇군요."

사내는 그다지 감흥 없는 표정으로 대꾸했다. 처음부터 눈에 거슬리던 사내의 뻣뻣한 태도가 실력의 자신감에 기인한 당당함이라고 생각하니 그다지 불쾌하지 않았다.

"그대가 보기에 내 실력은 어떻지?"

쿤은 인제 그만 이 자리를 벗어나고 싶었다. 황녀와 엮여서 좋을 게 없었다. 세상 사람을 아군과 적군으로 나눈다면 황녀는 엄연히 적군에 속한 사람이기도 하고.

'처음에 대련하자고 했을 때 도망쳤어야 했는데.'

쿤은 자신의 경솔함을 반성했다.

"솔직하게 말해다오."

황녀는 대답을 종용했다. 그는 마지못해 대답했다.

"검을 아예 들어보지 않은 사람보다는 낫습니다."

가혹한 평가였다.

"하지만 난 그동안 연습을 도와주는 기사와 맞대결했었다."

"황녀님. 평소에 연습을 얼마나 하십니까?"

"이틀이나 사흘에 한 번. 두 시간 정도."

"기사들은 아침부터 밤까지 종일 검을 휘두릅니다. 기초 체력을 쌓는 훈련은 어릴 때부터 시작해서 제대로 검을 잡아 연습하는 나이가 열두 살 정도 될 겁니다. 그 후 십 년 가까이 매달려 실력과 운이 모두 좋아야 황궁의 기사가 될 수 있을 테지요."

시에나는 금세 그의 말을 이해했다.

"……날 봐준 거군."

엄격히 선발하는 황궁의 기사가 실력이 낮을 리는 없었다. 자신에게 적당히 맞추어 준 거였다.

짐작도 못 했다. 연습 도우미였던 평기사는 그럴 수 있다고 치자. 그런데 기사단장마저도 처세한 것이라니. 기사란 무릇 올곧음의 상징 같은 존재가 아니었나?

그녀는 타고난 자신의 재능을 믿었다. 늘 자신감이 넘쳤다. 신족의 우월함과 천재성은 당연하였다. 무엇을 배우든 주변에서는 역시 황녀님은 배움이 빠르다고 추켜세웠다. 뭘 하든 버거움을 느낀 적이 없었다. 그래서 검술도 마찬가지라고 생각했다.

'나는 내 부족함을 거짓으로 칭찬하기를 바란 적이 없어.'

비단 검술뿐이겠는가. 그녀는 갑자기 모든 것이 의심스러웠다.

"지금 뭐 하는 건가!"

시에나가 놀라 소리쳤다. 사내가 검날을 왼손으로 잡더니 검을 쭉 잡아당기며 그었다. 붉은 핏물이 그의 손을 타고 흘렀다.

"말씀드렸습니다. 뽑으면 피를 봐야 하는 검이라고."

시에나는 황당하여 쿤이 검을 검집에 넣는 모습을 멍하게 보았다.

"그건 마검인가?"

쿤은 픽 웃었다. 지금껏 그가 속한 세계에서는 워낙 잘 알려져 있었다. 그의 이름도, 그가 쓰는 검에 관해서도. 그래서 이런 질문은 면전에서 처음 들었다.

"그렇게 생각하는 자도 더러 있을 테지만, 일종의 액땜입니다."

"액땜? 그게 뭐지?"

"흠. 황궁에서는 쓰지 않는 표현이려나요. 장차 있을지 모를 불길한 일을 예방하는 의식 같은 겁니다."

시에나는 그의 말을 오해한 게 미안했다. 아까 그가 한 말은 협박이나 허세가 아니었다.

"손은 괜찮은가?"

"괜찮습니다."

"약을 가져오라고 하지."

"정말 괜찮습니다."

"검을 쓰는 자의 손이 상해서 되겠나?"

표정도 말투도 냉랭한 황녀가 섬세하게 걱정해 주는 태도가 뜻밖이라 왠지 쿤은 가슴 안쪽이 간질간질했다.

"분명히 아까 소속이 정해지지 않았다고 했지?"

"……."

"그것도 거짓말인가?"

시에나는 슬그머니 시선을 돌리는 그를 노려보았다. 이자가 마음에 들었다. 좀 건방지긴 하지만, 실력은 좋으니까.

"그러고 보니 이름도 듣지 못했군."

"……."

"묻고 있지 않나. 이름!"

"황녀님. 누가 옵니다. 황녀님을 찾는 것 같습니다."

시에나는 고개를 뒤로 돌렸다. 시녀들이 다가오고 있었다. 검술 연습을 마칠 시간에 맞추어 오는 것은 평소와 다름이 없었다.

다시 고개를 돌린 시에나의 가면 같은 표정이 와락 일그러졌다. 잠깐 사이에 저 멀리 줄행랑치는 장신의 사내 뒷모습을 보며 이를 갈았다.

'뛰어 봤자 손바닥 안이지.'

황궁 출입이 가능한 기사는 기껏해야 수천 명이다.

생김새, 대략의 나이, 독특한 검의 사용. 특징을 조합하여 찾아내는 일이 뭐가 어려울까. 몇 시간 안으로 저자는 자신의 눈앞에 끌려올 것이다.

* * *

황궁 기사단으로 찾고자 하는 자의 인상착의를 설명할 시녀를 심부름 보냈다. 그런데 날이 어두워질 때까지 기사단에서는 답변이 없었다. 시녀를 다시 보내 재촉했는데도 여전히 답이 없었다.

그래서 시에나는 다음 날, 기사 길버트를 불러 따로 지시를 내렸다. 금방 찾을 수 있을 줄 알았는데 시간이 자꾸 지체되니 오기가 생겼다.

오전에 중앙의회 회의를 참관했다가 돌아오는 길이었다. 종종걸음으로 서두르는 궁인들을 보자 가뜩이나 기분이 언짢은 터라 한마디 했다.

"어수선하구나."

뒤를 따르던 시녀가 대답했다.

"다가올 연회 준비로 분주하여 그런 줄로 아옵니다."

"내 생일 말이냐?"

"예. 황녀님."

곧 시에나의 스무 번째 생일이었다. 제국에서는 스무 살의 성년을 기념하는 전통이 있었다. 다가올 연회는 황녀의 탄생 축하와 성년식을 겸하여 치러질 예정이었다.

시에나의 매년 생일마다 황궁에서는 화려한 파티가 열렸다. 행사의 진행은 담당하는 관부에서 알아서 할 일이라 지금껏 준비 과정에 신경 쓰지 않았다.

"예식부에 사람을 보내서 내가 물어볼 것이 있다고 전해라."

"예. 황녀님."

예식부의 대신, 디킨 백작이 달려왔다.

"연회 준비에 책정된 예산안을 볼 수 있겠소?"

"예? 아, 예! 마땅히 보여 드려야지요."

백작이 서류를 준비해서 다시 왔다. 서류를 휙휙 넘겨보는 시에나의 미간에 주름이 생겼다.

"매년 내 생일 연회에 이만한 예산을 쓴 거요?"

"아닙니다. 올해는 특히 성대하게 준비하고 있습니다."

"왜?"

"그야 특별한 기념행사이다 보니……."

"뭐가 특별하오?"

백작이 슬그머니 시에나의 눈치를 살폈다.

"황녀님께서 성년이 되시는 탄생일이 아닙니까."

"과하오. 규모를 줄여 다시 기획하시오."

"하오나 이번 연회는 적왕께서 관심을 두고 진행하시는 터라……."

시에나가 살짝 인상을 찌푸렸다가 폈다.

"알겠소. 적왕께 직접 말씀드리지."

백작이 돌아간 후 시에나는 적왕의 궁으로 갔다. 궁으로 들어가는 입구에 대기해 있는 낯선 자들을 눈여겨보았다가 마중 나온 시녀에게 물었다.

"손님이 오신 모양이구나."

"엘리오 백작부인이 들어 계십니다."

"누구?"

"적왕께서 엘리오 백작부인의 이종오촌의 고모님이 되십니다."

"그렇군."

시에나는 감흥 없이 대답했다. 복잡한 족보 따위는 관심 없었다.

따지고 들어가면 제국의 어지간한 귀족 가문 대부분이 황실 가계에 한 발을 걸쳤다. 항렬과 촌수가 어찌 되든 시에나에게 그들은 전부 신하이며 다스려야 하는 백성일 뿐이었다.

"내가 기다려야 하느냐?"

"아닙니다. 오시는 대로 모셔 오라고 하셨습니다."

시녀는 시에나를 응접실로 안내했다. 응접실의 소파에 두 여인이 마주 앉아 있었다. 들어오는 시에나를 보며 그중 한 명이 일어났다. 이십 대 중반 정도의 여인이 어쩔 줄 몰라 하다가 발갛게 상기된 얼굴로 인사했다.

"황녀님께 인사 올리옵니다. 뵙게 되어 일신의 영광입니다."

자기 소개말을 잊을 정도로 엘리오 백작부인은 당황했다.

시에나는 그녀의 실수를 지적하지 않았다. 어차피 두 번 볼 일은 없는 사람일 테니까.

소파에 앉은 채 시에나를 맞이한 다른 귀부인은 시에나를 향해 사르르 눈꼬리를 휘며 웃었다. 마치 사내를 꾀는 것처럼 매혹적인 미소였다.

"어서 오세요. 황녀."

"평안하셨습니까. 어머니."

시에나는 담담히 인사했다.

짙게 화장한 귀부인의 정확한 나이를 가늠하기 어려웠다. 얼핏 보면 이십 대 후반처럼 보이기도 하고 유심히 보면 그보다 훨씬 더 많아 보이기도 했다.

나른하게 움직이는 그녀의 손가락이 무릎 위에 앉은 고양이의 턱밑을 문질렀다. 하얀 털의 고양이가 주인의 손길을 음미하며 골골 울었다.

"인사 나누세요. 내게 조카뻘이 되는 엘리오 백작부인입니다."

시에나는 고개만 까딱 움직였다. 인사말도 미소도 없었다.

그래도 백작부인의 눈빛이 몽롱해지고 입가가 흐물흐물 풀어졌다. 황녀와 사적으로 만나 인사를 나누었다는 것만으로 백작부인의 가슴이 설레어 심장이 마구 뛰었다.

"황녀님. 이…… 이렇게 인사를 드리게 되어, 저는 루크 백작의 여식으로……."

뒤늦게 자신의 실수를 알아차린 백작부인이 더듬더듬 자신을 소개했다. 시에나는 가차 없이 말을 잘랐다.

"드릴 말씀이 있습니다. 어머니."

적왕, 패트리샤가 시에나를 향해 살짝 눈을 흘겼다. 그리고 백작부인을 보며 다정히 웃었다.

"오늘 즐거웠어요. 백작부인. 못다 나눈 이야기는 다음 기회로 미루지요. 아무래도 황녀께서 어미와 긴히 논할 일이 있으신가 봅니다."

"예. 적왕. 부르시면 언제든 달려오겠습니다. 꼭 불러 주셔요. 물러가 보겠습니다."

백작부인이 나간 후 패트리샤는 가볍게 시에나를 나무랐다.

"인사 정도 받아 주는 게 어려운 일은 아니지 않습니까."

"그래야 할 이유가 있습니까?"

패트리샤는 인맥의 중요성을 말하려다가 그만두었다. 말해 봤자 소용없을 것이다. 몇 번 같은 말을 해도 황녀의 태도는 바뀌지 않았다. 자신의 딸이지만, 낯설게 느껴질 때가 있었다.

황제도 그러했다. 부녀가 똑같이 차갑고 오만했다. 그리고 신족이라는 우월감이 대단했다. 인간을 모두 아래로 내려다볼 뿐이니 다른 이들과 좋은 관계를 유지하려고 노력하지 않는다.

그나마 어머니인 자신은 존중해 주어 다행이었다. 황녀의 효성이 깊다고 주변에서 이야기하지만, 뭘 모르는 소리였다. 거기에는 패트리샤의 남다른 노력이 숨어 있었다.

"백작부인은 장차 황녀에게 중요한 사람이 될 수도 있습니다. 백작부인의 남동생을 청왕 후보로 생각하고 있어요."

시에나의 눈이 커졌다.

"이른 말씀입니다."

"이르지 않아요. 나는 스물한 살에 황녀를 잉태했어요."

"하지만 저는 아직."

"후보라고 했습니다. 사람됨을 알아보는 일이 우선이지요."

신성제국의 황위 계승권 서열에 성별의 차이는 없었다. 그래서 황녀가 황제의 자리에 오르는 일이 종종 있었다.

군주의 자리를 거의 남자가 갖는 타 왕국에서 배우자는 왕비가 된다. 하지만 신성제국은 경우가 달랐다. 황제가 남자냐 여자냐에 따라 배우자가 여자일 수도 남자일 수도 있었다.

제국에서는 황제의 배우자에게 '왕'의 칭호를 부여했다.

여자인 배우자는 적왕, 남자인 배우자는 청왕이다. 지위는 세습되지 않는다. 영토도 백성도 없는 오직 이름뿐인 왕이었다.

형식적인 왕이라도 어지간한 왕국의 왕보다 할 수 있는 일은 많았다. 더구나 패트리샤는 시에나 황녀의 생모였다. 제국 역사상 후계자의 생모가 적왕이 아닌 경우가 더 많았다. 그런 점에서 그녀의 권력은 공고했다.

"황녀. 자손을 남기는 일은 그대의 의무입니다."

"알고 있습니다."

다루기 까다로운 딸이지만, 패트리샤는 시에나에게 통하는 만능 주문을 알고 있었다.

"청왕에 관한 일은 어미가 알아서 하겠습니다. 신분과 성품 모두 부족함이 없는 이들로 추릴 거예요. 물론 최종 결정은 그대의 몫입니다. 여러 후보 중에서 황녀가 선택하면 됩니다."

"……."

"대답하셔야지요. 나를 믿지 못합니까?"

"아닙니다."

"자식에게 해로운 일을 하는 어머니는 없습니다. 황녀는 내가 배 아파 낳은 친자식이에요. 자식을 위해 기꺼이 죽을 수 있는 존재가 어미랍니다. 알고 계시지요?"

"……예. 어머니."

기어이 대답을 들은 패트리샤는 만족스럽게 웃었다.

황제를 꼬박꼬박 폐하라고 부르는 시에나가 패트리샤에게는 어머니라고 했다. 차근차근 딸과 유대를 쌓은 패트리샤의 끊임없는 노력은 헛되지 않았다.

"내게 할 말이 있다고요?"

"예. 곧 있을 생일 연회를 어머니께서 주관하신다고 들었습니다."

"어쩐 일이에요? 황녀가 연회 준비에 관심을 두고."

"규모가 지나칩니다."

시에나의 관심에 반색하던 패트리샤의 입매가 굳었다.

"예산의 낭비 같아서……."

"지나치지 않아요."

샐쭉하게 올라간 패트리샤의 눈꼬리를 보며 시에나는 입을 다물었다.

"황녀의 성년식을 겸하는 생일입니다. 그만한 격을 갖추어야지요. 황실의 위엄과도 관계된 일입니다. 딸의 위신을 세우려 노력하는 어미의 정성을 사치스러운 낭비로 만들어야겠습니까?"

시에나는 말문이 막혀 패트리샤를 바라보다가 시선을 아래로 내렸다. 사사로운 관계를 드러내는 패트리샤의 화법 앞에 시에나는 언제나 약자가 되었다.

패트리샤는 항상 시에나에게 말했다. 내 딸, 사랑하는 내 딸, 자랑스러운 내 딸. 어미는 너를 사랑한다, 너를 위해 못 할 일이 없다. 패트리샤의 달콤한 속삭임은 족쇄가 되어 시에나를 옴짝달싹하지 못하게 만들었다.

시에나는 자신이 얼마나 많은 힘을 가졌는지 잘 알았다. 고기에 몰려드는 짐승처럼 인간들이 주변에 득실거렸다. 그들은 시에나가 가진 힘을 나눠 갖기를 바랐다. 앞에서 굽실대는 자가 속에 감춘 욕망이 빤히 보였다. 듣기 좋은 말을 하는 자는 항상 경계하게 되었다.

사람들 속에서 시에나는 혼자였다. 마음을 줄 곳이 없었다. 패트리샤는 시에나가 가진 유일한 정서적 안식처였다. 어머니니까. 그녀를 해롭게 할 사람이 아니니까.

어머니, 어머니 부르다 보면 평범한 모녀 관계 같았고 그게 싫지 않았다.

"황녀가 어느새 성년이 되다니 감개무량해요. 이렇게 장성했노라, 모든 사람에게 자랑하고 싶군요. 주책없다고 하실 겁니까?"

"아닙니다."

패트리샤는 쌩한 표정을 풀고 사근사근하게 말했다.

"이번 연회에 관해서는 전권을 폐하께 받았답니다. 어미가 알아서 할 거예요. 황녀께서 심려할 일은 아무것도 없어요. 아시겠지요?"

시에나는 작은 한숨을 쉰 후 대답했다.

"예. 알겠습니다."

돌아 나오는 시에나의 마음이 무거웠다. 애초에 목적한 일은 전혀 해결이 안 되었고 부담스러운 짐만 하나 떠안았다.

'청왕…….'

혼인이라니. 생각조차 해 본 적이 없었다. 패트리샤는 여러 후보 중에 고르라고 했지만, 그게 더 성가셨다. 그 말은 남편 후보 여럿을 만나보고 살펴봐야 한다는 뜻이니까.

왜 그래야 하지? 어차피 그놈이 그놈인데.

누구나 시에나 앞에서는 절절맸다. 성별도 나이도 상관없었다. 남편이 될 사내가 자신의 앞에서 시선조차 제대로 못 드는 모습을 상상하니 유쾌하지 않았다.

앞쪽에서 오던 청년이 화들짝 놀라며 걸음을 멈추고 고개를 숙였다. 그를 지나쳐 몇 걸음 걷다가 시에나는 고개를 돌렸다. 적왕의 궁으로 이어진 외길 복도였다. 멀어지는 청년의 뒷모습을 응시했다. 처음 보는 얼굴이었다.

"누구지?"

"알폰 남작입니다."

시녀의 대답이 한 박자 늦었다. 시에나의 눈이 가늘어졌다. 들어본 적이 없는 가문이었다. 이 시간에, 혼자, 한미한 가문 출신의 남자가 적왕을 만나러 간다.

"헤링스 자작은?"

시녀의 이마가 식은땀으로 축축해졌다.

"얼마 전부터…… 보지 못했습니다."

몸 둘 바를 몰라 하는 시녀의 반응을 시에나는 대수롭지 않게 받았다.

"그자가 좀 오래 드나들긴 했지."

시에나는 몸을 돌려 가던 걸음을 옮겼다. 저 청년은 적왕의 정부였다. 적왕의 침대를 덥히기 시작한 지 얼마 안 된 새 정부. 시에나가 기억하는 아주 어릴 때부터 어머니에겐 애인이 있었다.

아버지인 황제의 곁에도 다른 여자가 있었다. 황제 부부에게 각자 애인이 있다는 건 공공연한 비밀이었다. 알면서 서로 묵인했다.

혈통 좋은 자손을 생산하기 위해 혼인이라는 계약으로 결합하고 각자의 삶은 제대로 즐긴다. 문제가 생긴 적은 없었다. 즐기는 건 즐기는 거고 대외적인 부부 관계는 유지하면서 주어진 책임과 의무는 다했다.

차갑고 합리적이었다.

시에나가 알고 있는 부부란 그런 것이었다.

* * *

시에나를 보며 화사한 꽃처럼 웃었던 패트리샤의 표정에 냉랭함이 감돌았다.

"알아보았느냐?"

"예. 회의 참관을 다녀오시는 길에 분위기가 번잡하다 하시며 예식부 대신을 부르셨다 하옵니다."

지금껏 황궁의 모든 행사는 패트리샤가 주관했다. 시에나가 반대 의견을 내놓은 것은 처음이었다. 이번에는 은근슬쩍 넘어가긴 했지만, 한 번 관심을 가졌으니 오늘 같은 일이 반복될 가능성이 있다.

패트리샤가 짜증스럽게 혀를 찼다.

"예식부 대신이 디킨 백작이었던가?"

"예."

"답답한 인사 같으니. 고작 연회 준비를 하면서 황녀가 신경 쓸 정도로 황궁을 들썩이게 한단 말이냐."

눈치가 없어 답답한 구석이 있어도 알아서 엎드리니 내버려 두었건만. 아무래도 못쓰겠다.

'누가 좋을까.'

패트리샤는 예식부의 대신 자리를 맡길 새 인물 몇 명을 머릿속에서 떠올렸다. 그녀가 모든 인선을 좌지우지할 수 있는 건 아니어도 예식부의 대신 정도는 얼마든지 바꿔치기할 수 있었다.

적왕이 되기 전 그녀의 이름은 패트리샤 리먼. 리먼 공작의 딸이었다. 리먼 가문은 제국의 실세, 여섯 공작 가문 중 하나다.

'황녀가 이후에도 비슷한 문제를 걸고넘어지면 곤란한데…….'

패트리샤는 대놓고 권력을 탐하지 않았다. 정치에도 관심 없는 척했다.

하지만 황궁 살림만은 철저하게 틀어쥐었다. 황궁의 궁인들에 대한 지배력은 오히려 황제보다 막강했다.

그녀는 나름대로 절대 권력을 휘두르는 작은 권력자였다.

권력은 자식과도 나누지 않는다고 했다. 황녀가 자신의 영역을 침범하는 건 절대 용납할 수 없었다.

황녀의 관심을 돌릴 만한 일이 뭐가 있을까.

'혼인 준비를 서둘러야겠군.'

고양이를 쓰다듬는 손에 힘이 들어갔다. 고양이는 거칠어지는 주인의 손길에 당황했다.

"캬앙!"

몸을 뒤틀어 벗어나려던 고양이의 발톱이 패트리샤의 손목을 긁었다. 곁에 있던 시녀가 당황해 짧은 비명을 질렀다. 패트리샤의 새하얀 팔목에 붉은 선이 길게 그어졌다. 옅게 배어 나오는 피를 보는 그녀의 미간이 싸늘하게 굳었다. 그녀는 고양이의 목덜미를 잡아 바닥으로 던졌다.

"치워라."

시녀가 도망치는 고양이를 재빠르게 붙잡았다.

이 고양이가 다시는 적왕의 눈에 띄는 일은 없을 것이다. 다른 사람이 키울 수도 없었다. 패트리샤는 자신의 손이 탄 물건을 폐기할지언정 남이 갖는 것은 싫어했다. 살아 있는 생물이라도 다르지 않았다.

시녀가 패트리샤의 표정을 살피며 조심스레 고했다.

"적왕. 알폰 남작이 부르심을 기다리고 있사옵니다."

패트리샤는 관심을 보였다.

"언제?"

"얼마 안 되었사옵니다."

시녀는 오는 길에 남작이 황녀와 마주쳤다는 말은 전하지 않았다. 패트리샤는 정부의 존재를 황녀에게 철저히 감추었다. 자신은 개인적인 욕망을 억누르며 딸에게 헌신하는 어머니여야 하므로. 이미 오래전부터 시에나가 알고 있다는 사실도, 시에나가 알면서 모르는 척한다는 사실도 몰랐다.

시녀들은 적왕을 두려워했다. 그래서 적왕에게 고했다가 치도곤을 당할 일은 종종 숨겼다. 패트리샤는 자신이 궁인들을 완벽하게 지배한다고 생각했지만, 그녀의 공포 정치가 오히려 틈을 만들고 있었다.

패트리샤가 허락하자 옅은 금발의 사내가 들어왔다.

알폰 남작은 패트리샤의 발치에 엎드렸다. 두 손으로 그녀의 발을 잡아 발등에 입을 맞추었다. 귀한 보석을 만지는 것처럼 조심스러웠다.

"날이 갈수록 아름다워지십니다. 적왕."

"듣기 좋으라고 하는 말이구나. 나는 이제 지는 꽃이 아니냐."

"당치 않은 말씀이십니다. 적왕의 우아한 아름다움을 뉘가 따라올 수 있으리까."

패트리샤를 올려다보는 사내의 눈에 황홀감이 가득했다. 그가 정말 패트리샤의 미모에 취한 것인지, 적왕의 권력에 취한 것인지는 알 수 없지만.

어느 쪽이든 상관없었다. 미모든 권력이든 패트리샤의 것이었다.

패트리샤는 앳된 표정이 남아 있는 청년을 보며 웃었다. 스물둘이라 했던가, 셋이라 했던가. 나이가 어리면 풋풋한 맛이 있어 좋다. 기교가 서툴지만, 힘은 좋았다. 지속 시간이 짧은 것은 가르치면 나아지기도 하니까.

"패트리샤 님!"

표정이 몽롱해진 사내가 다급히 달려들었다.

눈을 감는 패트리샤의 붉은 입술이 휘어졌다.

2장

감은 눈을 뜨다

여자가 하얀 찻잔에 연녹색의 찻물을 따랐다. 평소 시에나가 즐겨 찾는 허브차였다.

시에나는 쌉쌀한 향을 풍기는 이 차에 설탕을 듬뿍 한 스푼 넣어 마셨다. 그러면 쓴 향과 단맛의 조화가 오묘했다. 그녀가 단 것을 꽤 좋아한다는 건 아는 사람만 알았다.

오른손을 뻗어 찻잔을 들었다. 입에 머금는 순간 코끝을 맴도는 향과 혀끝에 느껴지는 단맛을 기대했다.

하지만 아무런 향도, 맛도 나지 않았다.

"설탕을 조금만 줄여라."

"예. 폐하."

손을 뻗어 찻잔을 잡았다고 생각했는데 그저 몸의 주인

과 생각이 일치한 우연이었다.

—또?

두 번째 꿈이었다.

시에나는 지난번처럼 당황하지 않았다. 눈을 뜨면 사라질 환상이라는 것을 알고 있으니 여유가 생겼다.

"입맛이 변한 것을 보니 나도 나이가 들었구나. 단맛이 입에 거슬린다."

"당치 않으시옵니다. 아직 정정하신데 어인 말씀이십니까. 소인이 차를 제대로 타지 못해 그렇습니다."

"자네가 차를 끓인 지 한두 해가 아닌데 무슨 말인가. 자네 손맛을 따를 자가 없다."

"황공하옵니다. 폐하."

시에나는 느긋하게 두 사람이 나누는 대화를 들었다. 흥미로운 극을 관람하는 기분이었다.

첫 꿈에서는 당황해 미처 알지 못한 부분 몇 가지를 발견했다. 잠이 덜 깬 것처럼 조금 몽롱했고 두 사람의 말소리가 약간 메아리치듯 울렸다. 집중해야 느낄 수 있을 정도라 그것만 제외하면 현실처럼 생생했다.

—장소는 지난번과 같군.

황제의 집무실이다. 며칠 전에 황제의 집무실에 다녀와서 그런지 내부 구조가 더 눈에 잘 들어왔다. 차 시중을 드는 사람은 지난번 꿈에 나타났던 여자가 아니었다. 처음 보는 사람이다. 나이는 제법 들어 보였다.

—정말 이게 내가 만들어 내는 환상인가?

시에나는 지금 보고 있는 광경이 그저 꿈이라는 게 믿기지 않았다.

"엠마. 나는 차를 마실 때마다 내가 차마 마실 수 없었던 찻잎을 떠올린다."

"폐하께서 소중히 보관하시는 그 찻잎 상자 말씀이십니까?"

"그래."

황제가 나지막이 웃었다.

"스무 살 생일을 앞두고 있을 때였다. 생각지도 못한 분으로부터 생각지도 못한 선물을 받았지. 그때 나는 기쁨보다는 걱정이 더 컸다. 보낸 분의 의도를 짐작하느라 머릿속이 꽉 찼어. 처음에는 두려워서, 나중에는 아까워서 감히 찻잎에 손을 댈 수 없었다."

황제는 그리운 옛 기억을 회상하듯 눈을 감았다.

유감스럽게도 시에나는 눈을 감은 황제의 머릿속에서 어떤 추억이 그려지는지 알 수 없었다. 그저 시야가 어두워질 뿐이었다.

"폐하. 사무관들 입시옵니다."

멀찍이 목소리가 들렸다. 황제가 소리가 들리는 방향으로 고개를 돌리고 눈을 떴다.

잠시 후 관리들이 우르르 안으로 들어왔다. 그들은 모두 양손 가득히 문서를 끌어안고 있었다.

그들은 예를 올린 후 널찍한 황제의 책상 위에 가져온 것들을 차곡차곡 쌓았다. 황제의 시선이 문서의 산을 아래부터 위까지 훑으며 올라갔다가 다시 내려왔다.

시에나는 황제의 생각을 읽을 수 없지만, 시선이 움직이는 방향이나 머무는 시간을 통해 대략의 감정을 추측할 수 있었다. 서류의 산을 바라보는 황제의 시선에 짙은 피로감이 느껴졌다.

관리들이 일거리를 잔뜩 안겨 주고 돌아간 후 황제는 나지막한 한숨을 내쉬었다.

다시 차 시중을 들던 여자와 둘만 남았다.

"선황을 뵌 적 있느냐?"

여자는 바로 대답하지 못했다.

"내 부친이신 선황 말이다."

"먼발치에서만 뵈었습니다."

"그분은 집무실을 개인 공간처럼 사용하셨다. 부름을 받은 자가 아니면 누구도 집무실에 들어올 수 없었다."

"그러셨사옵니까."

"나는 그분과 생각이 달랐다. 집무실은 엄연히 공적으로 사용해야 한다고 생각했지. 하지만 이제 그분의 심정을 알겠다."

황제는 서류를 보며 다시 한숨을 쉬었다.

"이 종이 한 장이 걱정 한 가지다."

"폐하……."

"불쑥불쑥 저들이 들어와 걱정거리를 쌓아 놓을 때마다 울화가 치미는구나."

황제는 씁쓸하게 중얼거렸다.

"엘마."

"예. 폐하."

"나는 황제가 된 이후에 비로소 나도 사람이라는 것을 알았다. 참 우습지 않으냐."

시에나는 눈을 끔벅이며 한참을 천장만 바라보았다.

해가 막 뜨기 시작한 새벽이었다. 그녀는 부스스 일어나 앉았다. 여운이 길게 남았다.

"황제도 사람이다……."

그녀는 가슴을 문질렀다. 안쪽이 찌릿찌릿 아팠다.

신족은 우월하다. 황제는 완전무결했다.

세상을 지배하는 황제는 완벽한 존재이며 냉철한 가슴을 지니고 좌우의 균형이 완벽한 저울이 머릿속에 있어야 했다.

고뇌하는 황제라니. 일에 지쳐 힘들어하는 황제라니. 나약했다. 그런 마음가짐으로는 황제가 되어서는 안 된다. 무엇보다도 꿈에 자꾸 황제가 등장하는 게 신경 쓰였다.

첫 꿈을 꾸고 나서 시에나는 꿈에 관해 다룬 내용을 여러 책에서 찾아보았다. 꿈은 개인의 욕망을 반영한다고 여러 저자가 말했다. 그래서 당혹스러웠다.

'나는 황제가 되고 싶은가? 내 무의식의 욕망이 그런 것인가?'

현재 제국을 지배하는 황제 폐하의 치세에 불만 따위는 없었다. 어차피 황위는 장차 그녀의 것이었다. 기다리면 될 뿐인데 안달할 이유가 없다.

그녀는 장차 황제가 될 미래의 자신을 생각하지만, 절대 탐욕스러운 권력욕은 아니라고 자부했다. 그녀는 찜찜한 기분으로 황실 서고의 책을 뒤지다가 인상적인 구절을 발견했다.

—황족은 신의 핏줄이므로 신족이다. 신의 자손이자 사제이기도 하다. 영광스럽게도 신께서는 신족의 몸에 강림하시어 음성이나 환상을 통해 당신의 뜻을 직접 전하시기도 했다.

'혹시 난 신탁을 받은 것일까?'

그러면 모든 게 설명이 된다. 어떤 이상한 일이 일어나도 납득할 수 있다.

'신탁이라면 그분께서 내게 꿈을 통해 말씀하시려는 뜻이 있겠지. 꿈에 나오는 황제는 실존 인물이었을지도 몰라.'

제국의 오랜 역사만큼 황궁의 역사도 깊다.

수많은 황제가 태양궁의 주인으로 군림해 왔다. 그들의 삶이 남긴 기억은 황궁의 작은 벽돌 하나하나에도 깊이 스며들어 있을 것이다.

'역대 선황 폐하 중 어느 분이었을까. 단서가 너무 적어.'

오후에 길버트가 찾아왔다. 한 명의 기사를 찾아 데려오라고 말한 지 사흘 만이었다. 그러나 오랜 시간이 걸려 그가 가져온 답은 무척 실망스러웠다.

"없다고?"

"예. 황녀님. 말씀하신 특징을 지닌 자는 찾지 못했습니다."

"그자는 분명 기사의 제복을 입고 있었다."

"기사만 제복을 입는 것이 아니라서……."

"그게 무슨 말인가?"

시에나가 정색하자 기사가 움찔했다.

"황궁 출입증의 발급은 절차가 무척 복잡하고 오래 걸립니다."

"그 말은. 기사의 제복이 출입하기 위한 편법으로 이용된다는 건가?"

"……예."

"언제부터?"

"오래되었습니다."

"얼마나 오래?"

"제가 황궁에 처음 들어온 십 년 전에도 들은 적이 있습니다."

이 정도면 만연하다는 소리였다.

시에나는 전혀 들은 바가 없었다. 그녀는 황궁의 모든 규칙이 완벽하게 지켜진다고 믿었다.

"폐하께서 머무시는 황궁이다. 그 말대로면 경비에 큰 구멍이 뚫려 있다는 것 아닌가."

"그렇지는 않습니다."

길버트는 다급히 변명했다.

"기사의 제복은 황궁에서 직접 제작하므로 관리가 철저합니다. 가장 직급이 낮은 제복의 여분만 빼낼 수 있고 그것도 아무나 할 수 없습니다."

"아무나의 기준이 뭔가? 기사단장 정도는 연줄이 닿아야 하나?"

길버트의 안색이 하얗게 질렸다. 말할수록 더 깊은 수렁으로 빠져드는 기분이었다.

그는 그 자리에 무릎을 꿇었다.

"그런 뜻으로 드린 말씀이 아닙니다. 황녀님. 억측을 거두어 주시옵소서."

길버트를 내려다보는 시에나의 눈이 싸늘했다. 불과 며칠 전이였다면 몹시 노여워했을 것이다. 철저한 조사를 통해 제복을 빼돌린 자들을 색출하라고 지시했을 것이다. 필요하다면 그러한 잘못된 관행이 시작된 지점까지 거슬러 올라가 관련자들을 찾아내 처벌했을 것이다.

그러나 시에나는 기사를 노려보며 입술을 지그시 깨무는 것으로 분노를 가라앉혔다. 그녀의 안쪽에서 뭔가가 변했다. 갑자기 부정에 눈감게 되었다는 뜻은 아니다. 규칙은 중요했다. 원칙은 원칙이다.

다만, 지금 이 문제로 시끄럽게 일을 크게 벌이면 길버트가 무척 곤란해질 것이다.

고발자로 낙인찍힐 테고 그는 기사단 생활을 버티지 못할 가능성이 크다.

시에나는 자신이 길버트를 상당히 신뢰한다는 사실을 이번 일로 새삼 깨달았다. 개인적인 지시를 믿고 맡길 사람으로 길버트가 딱 떠올랐다. 기사 제복을 빼돌리는 규칙 위반이 길버트 경과 맞바꿀 정도로 중요하지 않았다.

"어떻게 알아봐야 하지?"

"예?"

"다른 문제는 되었다. 난 그자가 누군지 알고 싶다. 그걸 알아보려면 누구를 불러 물어야 하는가?"

"말씀드렸다시피 아무나 제복에 손댈 수 있는 건 아닙니다."

"그러니까 누구."

"단장…… 님이시라면 아마 아실 겁니다."

길버트는 몹시 힘겹게 말을 꺼냈다. 최고 상사를 지목해 고발한 격이었다.

"알았네. 가 보게."

"황녀님."

"염려 말게. 그대 이름이 나오지는 않을 테니."

"감사합니다. 황녀님."

길버트는 벅차오르는 표정으로 고개를 숙였다.

시에나가 기사단에 용무가 있을 때 길버트를 찾는 이유는 그의 담백함 때문이었다. 노골적으로 환심을 사려는 태도를 보인 적이 없었다. 그런 길버트가 이처럼 충심이 우러나는 표정을 짓는 모습은 처음이었다.

그녀는 묘한 시선으로 길버트를 응시했다.

잘못을 덮어 주는 것이 상을 내리는 것만큼이나 감복할 일인가. 상은 상, 벌은 벌. 두 가지는 철저히 별개가 아니었나.

시에나는 견고한 자신의 세계가 흔들리는 기분이 들었다.

"아, 황녀님."

나가려던 길버트가 돌아섰다.

"말씀하신 손잡이와 날이 모두 흑색인 검 말입니다. 그것에 관해 어릴 때 들은 이야기가 있습니다. 칼리고의 흑검이 유명하다고 합니다."

"칼리고?"

"유명한 용병단 이름입니다."

"어릴 때 들었다면 옛이야기가 아닌가?"

"칼리고는 단장이 바뀌어 이어진다고 합니다. 제가 태어나기 전에도 있었던 용병단입니다."

시에나의 표정은 떨떠름했다.

'용병? 무도한 범법자들이다. 정말 용병일까? 그렇게 막돼먹은 자로는 보이지 않았는데.'

하지만 흑발의 사내를 떠올리며 곰곰이 생각할수록 속이 부글부글했다.

'무례하고 건방졌지. 확실히 기사 같지는 않았어.'

굳이 기사단장을 부를 필요는 없겠다. 그자가 편법으로 황궁에 들어왔다면 누가 손을 썼을지 알 것 같다. 디안 황자일 것이다.

황자에게 물으면 그자를 찾을 수 있으리라.

'그런데…… 찾을 필요가 있나?'

그자의 실력에는 못 미칠지 몰라도 황궁에는 훌륭한 기사들이 넘쳐났다. 훨씬 예의 바르고 충성심도 뛰어나다.

'그만두자.'

시에나는 없었던 일로 되돌렸다. 그게 옳다고 생각하면서도 뭔가를 놓친 것처럼 이상한 기분이 들었다.

싱숭생숭한 기분을 다스리려고 시녀에게 차를 가져오라고 했다. 평소 그녀가 즐겨 마시는 허브차였다. 씁쌀한 향을 들이마신 후 한 모금 마셨다. 정신이 확 들 정도로 달았다. 만족스러워하는 시에나의 입술 끝이 살짝 올라갔다.

'이 단맛이 싫어지는 때가 올까?'

"황녀님. 시종장이 황제 폐하의 하사품을 가져왔습니다."

시녀의 말에 놀란 시에나가 벌떡 일어났다.

"하사품? 시종장을 안으로 들여라."

들어온 시종장이 벨벳으로 감싼 작은 상자를 두 손으로 공손히 바치고 있었다.

"따로 당부의 말씀은 없으셨나?"

"예. 황녀님."

"답례 인사를 드리러 가야겠군."

"폐하께서는 회의 중이십니다. 지금은 뵐 수 없을 것입니다."

"그렇군. 뵈러 가도 괜찮은 시간이 되면 내게 연락 주게."

"예. 황녀님."

시종장이 돌아간 후 시에나는 테이블에 놓인 선물을 차마 만지지 못하고 쳐다보기만 했다.

'폐하께서 갑자기 왜…….'

기쁨은 잠깐이었다. 이면에 담긴 의미가 뭘까 골똘히 생각했다. 한참 눈으로만 보다가 상자를 감싼 벨벳을 조심스럽게 풀었다. 반질반질하게 가공한 나무 상자가 모습을 드러냈다.

상자의 덮개를 열었다. 바짝 마른 찻잎이 가득 들었다. 생각지도 못한 선물이다. 황제로부터 이런 소소한 선물을 처음 받았다.

"찻잎……?"

시에나가 미간을 찡그렸다.

꿈에서 들었던 말이 문득 떠올랐다.

「스무 살 생일을 앞두고 있을 때였다. 생각지도 못한 분으로부터 생각지도 못한 선물을 받았지.」

단순한 우연의 일치로 봐야 하는가?

그녀의 머릿속에서 선물의 의미에 관한 고민이 다 날아갔다.

찻잎을 물끄러미 바라보며 그녀는 꿈에 등장했던 황제를, 그 황제가 했던 말을 생각했다.

* * *

"황녀님. 그간 평안하셨습니까."

"백작부인. 벌써 온 거요?"

출산한 딸을 만나러 긴 여행을 떠났던 베스가 예정한 날보다 일찍 귀환하여 입궁했다.

"예. 일정을 당겼습니다."

"모처럼 딸을 보러 간 김에 푹 쉬다 오지 그랬소."

"황녀님의 탄생일이 머지않았는데 그럴 수는 없지요."

"백작부인의 마음은 고마우나 남작부인이 서운했겠소. 손자는 건강하오?"

"예. 뼈대가 튼실하여 잔병치레할 것 같지는 않았습니다. 황녀님. 약소하지만 선물입니다."

베스가 작은 나무 상자를 내밀었다.

"평소 황녀님께서 즐겨 찾으시는 찻잎입니다. 딸이 직접 덖은 것입니다."

"고맙소. 잘 마시겠소."

"그리고 제가 사람을 한 명 뵈어 드리고자 합니다. 절대 다른 뜻이 있어서는 아닙니다. 돌아올 때 사위의 먼 친척뻘 되는 아이와 동행하였습니다. 적당히 좋은 혼처를 찾아 주려고 데려왔는데 이 아이가 차를 타는 솜씨가 참으로 훌륭합니다. 황녀님께 이 아이가 탄 차를 꼭 맛보게 해 드리고 싶었습니다."

시에나가 가볍게 웃었다.

"백작부인의 호의를 오해하지 않소. 데려와 보시오."

"예. 황녀님."

백작부인이 응접실을 나갔다가 잠시 후 젊은 아가씨를 데리고 들어왔다. 낯선 여자의 얼굴을 확인한 시에나의 눈이 커졌다.

낯설지만, 낯설지 않았다.

베스가 몹시 긴장하여 뻣뻣하게 굳어 있는 여자를 소개했다.

"이 아이입니다, 황녀님. 엠마. 황녀님께 인사드려라."

시에나의 눈동자가 크게 흔들렸다.

"화…… 황녀님께 인사 올립니다. 에…… 엠마, 엠마 달튼입니다."

엠마.

달달 떨며 말을 더듬거리는 여자는 시에나가 꿈에서 봤던 여자와 이름이 같았다. 이름만 같은 게 아니었다. 꿈속 황제의 곁에서 찻물을 따르던 중년 여자의 젊은 시절 모습이 바로 눈앞에 있었다.

'이럴 수가.'

시에나가 넋 놓고 엠마를 바라보는 모습을 다르게 오해한 베스가 엠마를 재촉했다.

"엠마. 황녀님께 차를 올리렴. 긴장하지 말고 차분하게. 평소 실력대로만 해."

"예…… 예. 백작부인."

오한이 드는 것처럼 떨리던 엠마의 손은 찻주전자를 잡자 완전히 멈추었다. 그리고 아주 차분하게 차를 끓여 찻물을 찻잔에 채웠다.

시에나는 차를 마시자마자 감탄했다.

지금까지와 비교할 수 없이 향이 그윽했다. 시에나의 취향에 딱 맞도록 단맛도 완벽했다.

"훌륭하군. 내가 마셔 본 차 중의 최고다."

"황공하옵니다. 황녀님."

꿈속 황제가 마셨던 차가 이거라면 찬사는 과하지 않았다.

그리고 꿈속 엠마의 콧등에 있었던 선명한 점이 젊은 엠마의 콧등에도 있었다.

'틀림없어. 동일인이야.'

"엠마. 이름으로 불러도 되겠나?"

"예, 예. 황녀님."

엠마가 소스라치게 놀라며 대답했다.

시에나의 앞에서 사람들은 대부분 긴장했지만, 곧 쓰러질 것처럼 창백한 안색으로 떠는 사람은 처음이었다. 몹시 심약해 보여 마음에 들었다. 뻔뻔하게 거짓말하거나 이리저리 말을 옮길 성격은 아닐 것 같았다.

"자네의 차를 계속 마시고 싶다. 당분간 궁에 머물며 차를 끓여주겠나?"

소심한 시골 처녀 엠마는 거대한 황궁에 압도되어 반쯤 얼어붙어 있었다.

엠마가 신이 난 건 백작부인을 따라 수도로 향할 때까지만이었다. 화려한 수도의 모습에 주눅이 들고 백작부인의 대저택은 자신이 지내기에 너무 과분해 보였다.

그런데 황궁이라니.

더구나 황녀님을 매일 뵙고 차를 올리라니.

좋은 혼처고 뭐고 엠마는 당장 고향으로 돌아가고 싶었다. 엠마는 애원하는 눈으로 백작부인을 보았다.

제가 감히 감당할 수 없는 일입니다, 간절히 눈빛으로 말했다.

"영광이옵니다. 황녀님. 이 아이도 기쁜 마음으로 황녀님께 차를 올릴 것입니다. 엠마. 뭐하느냐. 어서 황녀님께 감사 인사를 올리지 않고."

백작부인은 엠마의 편이 되어 주지 않았다. 소심한 엠마는 제 입으로 거절을 말할 수 없었다.

"영광…… 이옵니다. 황녀님."

시에나는 시녀를 불러 엠마가 지낼 곳을 마련해 주라고 지시했다. 시녀와 함께 나가는 엠마의 어깨가 축 처졌다. 내키지 않아 하는 기색이 역력하자 백작부인이 민망해했다.

"황녀님. 저 아이가 아직 황궁에 익숙하지 않아 그렇니다."

"아는 사람도 없는 낯선 곳에서 지내려니 어련하겠소. 백작부인이 아침저녁으로 들여다보며 챙겨 주시오."

그날 밤, 시에나는 침대에 누워 꿈의 내용을 되짚었다. 꿈속 황제가 누구인지 알아내는 일은 좀처럼 진전이 없었다. 첫 번째 꿈에서 봤던, 집무실에서 내려다본 정원이 문제였다.

다양한 주제별로 꾸민 지금과 같은 형태의 정원이 약 칠십 년 전에 만들어졌다. 그때 제국은 시에나의 증조부였던 선황의 치세 아래에 있었다. 그 후 부친인 지금의 황제까지 황제는 전부 남자였다.

"엠마……."

황제가 보낸 찻잎 선물까지만 해도 확신이 없었다. 그런데 꿈속 인물이 현실에 나타났다.

'꿈속의 황제는 나…….'

그러면 모든 게 맞아떨어졌다.

그녀의 심장이 쿵쿵 뛰었다. 웃음이 나올 것 같았다.

'역시 신탁이었구나.'

미래를 엿보는 꿈이야말로 신의 힘이었다.

'내 미래를 본 거야.'

주변에서 전부 그녀가 황제가 될 거라고 했다. 그녀도 당연하다고 생각했다. 혈통도 능력도 충분히 자격을 갖추었다. 그런데 신탁까지 받은 것이다. 신께서 너는 확실하게 황제가 된다고 말씀하셨다. 절대적인 힘으로부터 인정을 받았다.

'단지 내 미래를 보여 주실 뜻이었다면 그렇게 모호한 꿈을 두 번이나 보여 주시지는 않았겠지. 신탁에 분명히 담긴 뜻이 있어. 내가 찾아내야 해.'

그리고 시에나는 세 번째 꿈을 꾸었다.

시에나의 눈앞에 갑자기 중년 귀부인이 나타났다. 곧 거울에 비친 모습이라는 걸 깨달았다.

꿈속의 황제가 미래의 자신이라고 확신한 후 처음 꾸는 꿈이었다. 그리고 그녀의 확신이 옳다고 말해 주는 훌륭한 증거가 눈앞에 있었다.

—이게…… 미래의 나.

나이가 들어 변했어도 보자마자 알 수 있었다.

푸른색이 섞인 은발과 금색 눈동자. 볼은 조금 더 갸름했고 눈꺼풀이 얇아져 눈이 더 깊이 들어가 보였다.

스무 살의 시에나처럼 피부에서 싱그러운 생기는 느껴지

지 않았다.

이십 년. 혹은 그보다 조금 더 나이를 먹었을까. 정확한 나이는 가늠하기 어려웠다.

아직 성년도 되지 않은 현재의 시에나는 젊음의 정점에 있었다. 젊은이들이 대개 그러하듯 시에나도 자신의 늙은 모습을 상상해 보지 않았다. 사람은 누구나 죽음을 향해 걸어간다는 보편적 진리가 새삼스럽게 마음에 와 닿았다.

갑자기 세월을 건너뛴 자신의 모습을 보는 기분은 이상했다. 한편으로 시에나가 몹시 마음에 드는 부분이 있었다.

눈.

황제가 된 미래의 자신의 눈빛에는 깊은 연륜이 담겼다. 현재의 시에나는 아무리 애를 써도 가질 수 없는 것. 세월의 지혜가 눈동자 속에 있었다.

뒤에서 왔다 갔다 하는 시녀들의 움직임이 거울에 비쳤다. 그들은 황제의 의장을 도왔다. 시녀 둘이 황제의 어깨에 망토를 고정했다. 금실로 수를 놓은 화려한 예복은 아름다우면서 위엄이 흘렀다.

분주하게 움직이던 시녀들이 물러서서 고개를 숙였다.

"다 되었느냐."

"예. 폐하."

"가자."

황제가 몸을 돌렸다. 굳게 닫혔던 문은 황제가 다가가자 활짝 열렸다. 황제는 긴 회랑을 따라 걸었다. 일정 간격의 둥

근 기둥에 화려한 부조 장식이 새겨져 있었다. 중정을 끼고 죽 뻗은 길은 옆이 트였다.

시에나는 이 길이 어디로 통하는지 알고 있었다. 그녀도 몇 번 지나가 보았다.

—알현실인가.

비스듬히 옆으로 비추는 햇빛이 황제의 그림자를 만들었다. 시에나는 그림자의 길이로 대충 시간을 계산했다.

—한낮의 휴식 시간이 지난 오후.

어디를 가는지, 무엇을 하러 가는지 알 것 같다. 오후의 공식 알현이다. 황제의 가장 흔한 일정이었다.

황제의 통치 방식은 공식 알현에서 극명하게 드러났다. 알현에 얼마나 시간을 할애하는지, 누구를 만나는지, 모두 황제의 결정에 달렸다.

역대 제국의 황제 중 평생 귀족이 아닌 자의 알현은 단 한 번도 허락하지 않은 황제도 있고 온종일 백성의 읍소를 직접 받은 황제도 있었다.

알현실에 거의 다다랐을 때였다.

"폐하! 폐……."

다급한 외침, 웅성거리는 소리. 황제가 발걸음에 속도를 더하자 주변이 빠르게 확확 지나갔다. 저만치에 기사와 시종들이 누군가를 끌고 가는 모습이 보였다.

"멈춰라!"

황제가 멈추어 선 그들에게 다가갔다.

중년의 남자는 정신을 잃은 채 양쪽 팔이 기사에게 잡혀 축 늘어져 있었다.

"누구냐."

기사가 대답했다.

"이자는 거짓으로 신분을 속였습니다. 알현실에 무단으로 침입하여 감히 폐하를 능멸하려 하였나이다."

"본래 신분이 무엇이기에?"

기사가 잠시 주저하다가 답했다.

"페로 왕국의 사신을 보좌하는 관리입니다."

"사신? 절차에 맞추어 알현 신청을 하면 될 것을. 속임수를 써서 침입한 이유가 무엇이냐. 짐을 해하려 모의했나?"

"취조하여 알아내겠습니다."

황제가 기사를 쳐다보았다. 시에나는 황제의 속마음을 읽을 수 없지만, 왠지 기사를 노려보는 것 같았다. 황제는 옆의 시종에게 말했다.

"이자의 품을 뒤져라."

시종이 기절한 자의 옷을 뒤졌다.

"무기가 있느냐?"

"없사옵니다. 폐하."

"짐을 해하려는 자가 단신으로 무기도 없이 예까지 당당히 들어왔단 말이냐?"

기사가 대답하지 못했다.

"정신이 들면 데려오라. 직접 묻겠다."

"폐하."

부르는 소리를 듣고 황제는 고개를 돌렸다.

"무도한 자가 소란을 일으켰다는 말을 듣고 급히 달려왔습니다."

—흠.

시에나는 탄식처럼 중얼거렸다. 드디어 아는 얼굴을 만났다. 물론 시에나가 기억하는 모습보다는 훨씬 나이를 먹었다. 그래도 자기 부친의 판박이인 노인을 금방 알아볼 수 있었다.

더그 리먼.

리먼 공작의 장자이며 패트리샤의 오라버니. 시에나에게는 외숙이 된다.

—많이 늙었소. 외숙.

상대방이 들을 리 없는 인사말을 던져 놓고 시에나는 피식 웃었다. 지난 두 번의 꿈과 다르게 시에나는 약간 들떠 있었다. 신의 기적을 경험하고 있으니까. 미래를 엿보고 있으니까.

"이런 사소한 일로 달려올 필요는 없었소. 리먼 공."

"사소하다니요. 폐하의 안위와 관련된 일을 어찌 사소하다고 하시옵니까."

더그는 기사에게 붙들린 남자를 보며 혀를 찼다.

"저자는 여기까지 와서……."

"아는 자요?"

"페로 왕국의 국왕이 실정을 하여 나라의 근간이 흔들리고 있다고 합니다. 국론이 분열되어 일부는 제국의 간섭을 바라고 있습니다. 저자는 그들의 대표입니다. 아무리 제국의 신하를 자처한다지만, 자치권을 가진 왕국의 정세에 폐하께서 직접 개입하시는 것은 도리에 맞지 않습니다. 폐하의 심기만 어지럽힐까 염려됩니다. 저자는 제가 데려가겠습니다."

"……그러시오."

두 사람의 대화를 들으며 시에나의 기분이 가라앉았다. 두 사람의 서로에 대한 감정이 무엇인지는 몰라도 최소한 호감은 아니었다.

황제의 눈을 통해 바라보는 외숙은 어딘지 모르게 교활해 보였다. 앞뒤 사정은 모른다. 그런데 시에나는 외숙이 뭔가를 감추려 한다는 느낌을 받았다. 이대로 넘어갈 일이 아니다.

—눈치채지 못하는 건가? 아니면 모르는 척하는 건가?

시에나는 미래의 자신을 비난했다. 듣지 못하겠지만.

황제의 시선이 페로 왕국의 사신에게 향했다가 외면하듯 돌아갔다. 황제는 알현실로 들어가려다가 멈추어 섰다.

"알현은 다음으로 미루겠다."

황제가 알현실 앞에서 방향을 바꿔 왔던 길을 되돌아 걸었다.

"개자식."

이를 악문 작은 중얼거림이 시에나의 귀에는 똑똑히 들렸다.

* * *

황궁을 중심으로 남쪽은 저택들이 모여 일정 구역을 이루었다. 으리으리한 저택의 주인들은 모두 거부 혹은 고위 귀족들이었다. 남쪽 거리의 가장 끄트머리 경계에 걸쳐 있는 저택은 고위 귀족이 주인이 아니고 황궁에서 가깝지도 않았지만, 또 다른 의미로 유명했다.

대개 가문의 이름을 따서 부르는 다른 저택과 달리 사람들은 담쟁이덩굴이 벽을 빼곡하게 타고 오른 고택을 붉은 담쟁이 저택이라고 불렀다.

붉은 담쟁이 저택은 매우 오래되었고 낡았으며 규모가 엄청났다. 마지막 주인이었던 백작이 죽은 후 십 년이 넘도록 비어 있었다. 백작은 저택을 원형 그대로 보존할 사람에게만 상속하겠다고 유언했기 때문이다.

저택이 워낙 커서 유지비가 어마어마했다. 오래된 건축물이라 유행에도 뒤떨어졌다. 그걸 감수할 만큼 위치가 좋지도 않았다. 후손들은 상속을 포기했고 매입하겠다고 나서는 사람도 없었다.

그런데 몇 년 전, 매입자가 나타났다.

짐을 잔뜩 실을 마차들이 저택 안으로 줄줄이 들어가는 광경은 구경 나온 사람들이 있을 정도로 꽤 화제가 되었다.

그 후로 몇 년. 담쟁이 저택의 새 주인이 누구인지 알려지지 않았다. 타국의 거상이라는 말만 나돌았다.

담쟁이 저택의 집사 발터는 복도를 지나가다가 창에 묻은 얼룩을 발견하고 멈추어 섰다. 손수건을 꺼내 뽀득뽀득 소리가 나도록 닦아 낸 후 이리저리 각도를 바꾸어 살폈다. 투명한 유리창의 상태를 확인하며 만족스럽게 고개를 끄덕였다.

발터는 최근 자신의 적성을 새로 발견했다. 그는 원래 직접 발로 뛰거나 사람을 상대하는 활동적인 업무를 했었다. 난데없이 집사 일을 맡게 되어 투덜거렸던 것은 초반뿐, 그는 아주 훌륭하게 집사로 거듭나는 중이었다.

창틀에 낀 먼지 하나를 그냥 넘기지 못하는 살림꾼 기질이 자신에게 있을 줄은 몰랐다. '무릇 집사라면 이래야지!' 하면서 마련한 집사복과 외눈 안경도 마음에 들었다.

발터는 복도 저편에서 오는 사람을 보며 인상을 찌푸렸다. 속도를 높여 재빠르게 다가갔다.

"어디 가십니까?"

쿤은 노골적으로 못마땅한 표정을 짓고 있는 발터를 슥 한 번 보고 지나쳤다.

"황궁."

발터는 얼른 옆에 따라붙었다.

"또요?"

"디안이 보잔다."

"얼마 전에 다녀오셨잖습니까."

"어제 봤더라도 용무가 있으면 가야지."

"머리끼리는 자주 만나는 거 아닙니다. 심부름꾼을 보내시라고요."

"그건 어디 법이야?"

"대체 그분은 왜 자꾸 쿤을 오라 가라 하는 겁니까?"

"내가 움직이는 것과 디안이 움직이는 것. 어느 쪽이 간단할까? 디안 곁에 보는 눈이 붙었다. 조심해야지."

"그분 곁에 감시자가 없던 적이 있었던가요? 황궁에 자꾸 혼자 들어가시는 건 불안하단 말입니다. 누구든 데려가시던가요."

"누굴?"

"여차하면 먹이로 던져 주고 쿤은 몸을 빼낼 수 있을 아무나요. 후보는 많습니다. 다들 기꺼이 웃으며 죽을 겁니다."

쿤은 한숨을 내쉬었다.

농담이 아닌 진담이라는 게 더 무섭다.

"그래 봬도 디안은 황자다. 일이 생기면 디안이 알아서 막을 거야."

"그분을 뭘 믿고요."

"디안이 알면 섭섭해하겠어. 넌 자기편인 줄 알던데."

발터는 코웃음 쳤다.

"제가 왜 그분 편입니까? 스테판이 워낙 막말을 하니 그냥 말 몇 마디 보탠 것뿐이지요. 행여나 저 떨굴 생각 마세요. 쿤 곁에서 절대 안 떨어질 거니까."

쿤이 피식 웃었다.

"유능한 집사를 잃으면 나만 손해지."

발터가 한숨을 푹 쉬었다.

"전 이제 완전히 집사가 되는 건가요?"

"할 사람이 없잖아."

"예, 예. 죽을 때까지 쿤의 뒤치다꺼리하라면 할 테니까 어서 안주인 마님을 데려오세요."

얘기가 왜 거기로 튀냐.

쿤은 입을 다물었다. 그가 스무 살이 될 무렵부터 시작된 결혼에 대한 압박은 해를 넘길수록 강해졌다. 모여서 작당이라도 했는지 다들 무슨 말만 했다 하면 마무리를 결혼으로 끝맺는 게 당연시되어 버렸다.

듣기 좋은 소리도 삼세번이라는데. 노이로제에 걸릴 지경이었다.

'그렇다고 아무나 데려와 결혼할 수는 없잖아.'

쿤은 일족의 장으로서 후계를 남길 의무가 있다.

하지만 꼭 의무 때문이 아니라도 그는 절대 독신주의자가 아니었다. 그가 그리는 자신의 미래에는 언제나 아내가 있고 자식이 있었다.

다만, 아직 찾지 못했다. 특별한 여자를 원했다.

자신과 함께 일족을 다스릴 역량을 지닌 여자, 그리고 자신이 남긴 모든 것을 물려받아 지킬 수 있는 후계를 낳고 키워 줄 수 있는 여자.

그리고 가장 중요한 조건은 아주 사사롭되 까다로웠다. 부모님이, 그리고 조부모님이 그랬듯 사랑하는 사람과 결혼하겠다는 결심은 흔들린 적이 없었다. 필요에 의해 떠밀리는 결혼은 절대 하지 않을 것이다.

평생 한 침대를 함께 쓸 여자였다. 남은 인생을 함께할 사람이었다. 마음과 몸이 모두 끌리는 상대여야 한다. 알몸으로 뒹굴고 싶은 마음이 들어야 한다. 끌어안고 키스하고 사랑하고 싶어야 한다.

* * *

쿤은 여느 때처럼 기사의 제복을 입고 디안을 만나러 갔다.

장소는 바뀌었다. 미로 정원이 아니라 작은 소궁이었다. 디안을 보자마자 시에나 황녀가 떠올랐다. 두 이복 남매는 전혀 닮지 않았는데도 불구하고.

지난번에 그런 식으로 도망친 게 계속 찜찜했다. 왼손의 베인 상처가 따끔거릴 때마다 자꾸 생각이 났다.

"별일 없었고?"

"무슨 별일?"

디안은 전혀 모르는 눈치였다. 다행이면서도 아쉬웠다.

"그냥. 안부차 물었다."

"싱겁긴. 얼마 전에 봤으면서 무슨."

"여긴 어디야?"

"내가 황궁에 막 들어왔을 때 잠깐 지냈던 곳. 지금은 비어 있어."

"난 왜 불렀어?"

"일이 있어야 부르냐. 우리 사이에."

시녀가 테이블에 차를 내려놓고 물러갔다. 쿤은 앞에 놓인 찻잔에 손도 대지 않고 디안을 응시했다.

"디안. 나 바쁘다. 노닥거릴 시간 없어."

표정이 없는 쿤의 인상은 차가워 보였다. 디안은 내색하지 않았지만, 살짝 주눅이 들었다. 그래서 오히려 더 가볍게 어깨를 으쓱했다.

"농담도 못 하겠네. 그로시 공작과 얘기 끝냈다."

"잘도 그 구렁이를 구워삶았군."

쿤의 얼굴에 안도감이 떠올랐다가 사라졌다. 생각보다 교섭이 늦어져 걱정하고 있었다.

"그쪽도 계산해 보니 나쁠 게 없었겠지. 자신의 가문에서 적왕이 나오면 남는 장사니까."

디안은 그로시 공작에게 혼인 동맹을 제안했다. 공작의 손녀를 디안이 아내로 맞겠다고 한 것이다.

얘기가 나온 지는 오래되었다. 그런데 공작이 확답을 주지 않고 시간을 끌었다. 미적거린 이유 중에는 디안의 주변 조사도 있을 것이다.

즐기는 애인 한둘이 있다고 해서 결혼에 문제가 되겠는가마는 아무리 정략혼이라도 자신의 손녀사위가 될 사람이 문란하면 후한 점수를 주기는 어려운 법이다. 그런 면에서 디안은 깨끗했다. 교묘하게 잘 숨겨서가 아니라 정말 없었다. 미래를 꿈꾸는 자의 자기 관리는 당연한 일이니까.

"얼굴은 봤어?"

"누굴?"

"공작의 손녀."

"아니. 봐서 뭐해. 세상에서 제일가는 추녀라고 해도 어차피 결혼할 텐데. 물론 추녀는 아니겠지. 혈통 좋은 공작가의 핏줄이니."

제후의 자격을 지닌 여섯의 공작 가문이 모두 황실과의 혼인 관계를 통해 조금씩 황실과 피가 섞였다. 황족의 특징—두 가지 색의 머리카락—이 나타나지는 않아도 우수한 신체와 빼어난 외모를 지녔다.

"……괜찮은 건가?"

디안의 안색이 굳었다.

"그로시 공작가에 관해 들은 말이라도?"

"아니. 그런 결혼을 해도 되겠냐고."

디안은 어리둥절한 표정으로 쿤을 보다가 헛웃음을 터트렸다.

"쿤 라드. 너 미쳤냐? 어울리지 않게 감상적인 소리를 하고 그래. 우리 같은 사람에게 결혼은 계약이고 장사야."

"그 '우리'에서 난 빼라. 난 내 여자는 내가 고를 거니까."

"그게 가당키나 해?"

디안은 어이없어했다. 이놈이 뭘 잘못 먹었나, 이런 표정이었다. 하지만 쿤은 진지했다.

"그건 내 권리야. 그리고 일족의 전통이지."

"……정말?"

"결혼은 사랑하는 사람과……."

디안이 '으아아아!' 하며 괴성을 질렀다.

"닥쳐. 더는 말하지 마. 네 입에서 그런 소리가 나오다니 속이 뒤집힌다."

디안은 과장된 몸짓으로 제 팔을 긁는 시늉을 했다.

"아무튼. 그렇게 얘기가 됐으니 알고 있어라. 조만간 약혼 발표할 거야."

"너무 서두르는 거 아니야?"

"그로시 공이 그러길 원해."

"이상하군. 시간을 끌다가 왜?"

"적왕 때문일 거야. 요즘 부지런히 청왕 후보들을 고른다는 소문이 자자해."

"청왕이면……."

"시에나 황녀의 남편감."

찻잔을 들고 있는 쿤의 손이 미세하게 움찔했다.

"그로시 공작가에는 청왕 후보로 세울 사람이 없거든. 그래서 내게는 잘된 일이지. 아니면 공작은 끝까지 나와 황녀 사이에서 저울질하려 했을 거다."

"이르지 않나? 시에나 황녀의 나이가 아직."

"성년 전에 약혼도 하는데 이른 건 아니지. 시에나 황녀는 그다지 관심이 없는 모양이지만, 그래서 더 적왕은 서두를 거야. 황녀가 관심을 두기 전에 청왕 후보를 구슬려 말 잘 듣는 개로 만들어야 할 테니까."

"……."

시에나 황녀의 결혼.

세상을 제 눈 아래 두는 듯한 그 오만한 여자가 한 남자의 아내가 된다고? 도무지 그림이 그려지지 않았다. 그녀는 날카롭게 날을 벼린 한 자루의 검 같았다. 단단하고 매서웠다. 잘못 쥐면 손을 피투성이로 만들 것이다.

금색 눈동자를 빛내며 검을 내리치던 그 날의 광경이 갑자기 떠올랐다.

쿤은 식어 버린 차를 한 모금 마셨다. 이상하게 목이 탔다.

* * *

시에나는 오랜만에 검술 연습을 다시 시작했다.

기사가 자신을 봐주고 있었을지 모른다는 의혹이 든 이후 왠지 기분이 내키지 않아 한동안 검을 들지 않았다. 그런데 지난 밤 꿈 때문에 머릿속이 복잡해서 아무 생각 없이 몸을 움직여 땀을 내고 싶었다.

오랫동안 그녀의 검술 연습의 상대가 되었던 기사가 오늘도 불려 왔다. 검을 부딪치는 순간에 그녀는 미간을 일그러뜨렸다. 확연한 차이점을 느꼈다. 시에나가 검을 내리자 다음 공격에 대비하며 자세를 잡던 기사도 멋쩍어하며 검을 내렸다.

"왜 그러십니까. 황녀님."

시에나가 빤히 보기만 하자 기사는 괜히 제 발이 저려 안절부절 못했다.

"최선을 다한 건가?"

"예?"

"그대의 실력을 전부 보인 것이냐고 묻는 거네. 내게 적당히 맞추어 준 건 아닌가?"

"황녀님. 검술은 주고받는 공방이 끊임없이 이어져야 실력 향상에 보탬이 됩니다."

"그 말은 부족한 내게 그대가 맞추었다는 거군."

황녀의 의도를 가늠하려는 기사의 표정이 조심스러웠다.

"그대의 교육 방식에 내가 왈가왈부할 수는 없지. 난 배우는 입장이니까. 하지만 학생이 자신의 수준을 객관적으로 파악할 수 있도록 지도하는 것도 교사의 중요한 덕목이지. 아닌가?"

"옳은 말씀입니다."

"그대는 날 기만했다."

"황녀님. 저는 결코……."

"'예, 아니요'로만 답하게. 그대는 내가 내 실력을 수준 이상으로 착각하도록 유도했고 그걸 바로잡지 않았어."

기사는 마른침을 삼켰다. 눈앞이 깜깜했다.

황녀를 오랫동안 가르쳤으니 성품을 잘 알고 있다. 어설픈 변명이 통한 분이 아니었다.

"……예."

"자의로 판단한 건가?"

"저는……."

"대답하기 전에 생각 잘하게. 어떤 대답이 나오든 그대를 처벌할 생각은 없어. 하지만 그대가 내게 아부할 요량으로 한 짓이면 아주 실망할 거야. 그리고 다시는 그대를 볼 일이 없겠지."

기사는 고민했다.

시에나는 기사의 꽤 오랜 침묵을 기다려 주었다.

"지시를 받았습니다."

"누구의?"

기사는 눈을 질끈 감았다가 입을 열었다. 어차피 이 상황을 벗어나기는 틀렸다.

"적왕께서 부르셨습니다."

시에나의 눈동자가 흔들렸다.

"언제?"

"제가 황녀님께 검술을 가르쳐 드리기 시작할 무렵이었습니다."

시에나는 무겁게 눈을 감았다가 떴다.

"적왕께서 뭐라고 하셨나? 더하지도 빼지도 말고 말하게."

「황녀는 장차 제국의 주인이 될 분일세. 모든 것이 완벽해야 해. 운동 삼아 하는 검술이 황녀의 발부리에 차이는 돌이 되어서는 곤란하지. 어미인 나는 황녀의 성정을 잘 알아. 고집이 세고 자기 자신에게 엄격하다네. 황녀는 자신의 부족함을 발견하면 완벽해지기 위해 파고들겠지. 기사가 될 것도 아닌데 황녀가 검술을 잘해서 뭘 하나? 황녀는 할 일이 많아. 검술 같은 쓸데없는 일에 시간을 쏟을 여유가 없네. 그러니 그대는 황녀가 자신의 실력에 충분히 만족하도록 도와주게.」

기사가 기억을 더듬어 말하는 동안 시에나는 마치 패트리샤의 목소리가 귓가에서 들리는 것 같았다.

검술을 배울 거라는 말을 처음 꺼냈을 때 패트리샤는 손이 거칠어진다며 마땅치 않아 했다. 하지만 반대하지도 않았다. 그 후 검술 연습에 관해 물어본 적도 없었다.

시에나는 패트리샤가 검술에 전혀 관심이 없는 줄 알았다.

"그럼 적왕께서 기사단장도 부르셨나?"

"아……. 그건, 제가 단장님께 따로 부탁드렸습니다. 송구합니다, 황녀님. 하지만 황녀님의 실력이 놀랍도록 빠르게 는다고 말씀드린 건 거짓이 아닙니다."

"검술은 재능보다 성실함. 그대가 날 가르치는 첫날에 한 말이야. 이삼 일에 한 번, 고작 두어 시간. 이런 연습량으로 기사 한 명을 상대할 수 있으려면 얼마나 걸리지? 평생?"

시에나는 자신의 자만심이 부끄러웠다. 그녀는 부족한 연습량을 압도적인 자신의 재능으로 뛰어넘을 수 있다고 믿었다. 불과 며칠 전까지는.

그녀는 고개를 푹 숙인 기사를 응시했다.

"그대를 용서하겠다."

기사가 놀라 고개를 들었다. 그는 꼼짝없이 자신의 경력이 끝장난 줄 알았다.

"단, 조건이 있다. 첫째, 오늘 일은 없었던 일로 할 것. 오늘 나와 나눈 이야기는 잊어버리게. 둘째, 앞으로는 최선을 다해 본 실력을 보이게. 나는 내가 어느 정도 수준인지 알고 싶으니까. 지킬 수 있겠나?"

"예. 황녀님. 약속드리겠습니다."

"그럼 오늘 연습을 다시……."

시에나는 검을 쥐어 자세를 잡다가 기사에게 물었다.

"그 후 적왕을 뵌 적은 없나?"

"가끔 뵈었습니다."

설마.

그녀의 심장이 두근두근 뛰기 시작했다.

"가끔이면 언제?"

"두세 달에 한 번 정도 부르셨습니다."

"최근에도?"

"예. 한 달 전쯤에 뵈었습니다."

"불러서 무슨 말씀을 하시던가?"

대수롭지 않게 말을 꺼냈던 기사는 시에나가 추궁하자 긴장했다.

"별다른 말씀은 없으셨습니다. 검술 연습에 관해서, 혹시 황녀님께서 힘들어하시지는 않는지. 이런저런 걱정 어린 말씀을 하셨습니다. 적왕께서 황녀님을 염려하신다고 생각했습니다. 황녀님. 절대 중간에서 말을 옮기는 짓은 하지 않았습니다."

어머니로서 자식의 교육에 관심이 있을 수 있다. 그런데 시에나의 직감은 단지 그런 순수한 의도만은 아닐 거라고 말했다.

"불편하시면 이후 다시는 적왕을 뵙지 않겠습니다."

"아니. 부르시면 가서 뵙게. 지금까지처럼 하던 대로 하게. 오늘 있었던 일은, 그리고 내가 알았다는 것은 전달하지 말고."

"예. 황녀님."

"적왕이 나의 어머니인 것은 사실이지만, 황제가 될 사람은 적왕이 아니라 나다."

기사는 약삭빠른 처세에 서툴렀지만, 시에나의 말뜻은 충분히 알아들었다. 아까부터 식은땀으로 축축해진 등이 식어 한기가 느껴졌다. 그는 깊이 고개를 숙여 대답했다.

평소보다 연습을 일찍 끝냈다. 기사를 돌려보내고 시에나는 혼자 남아 생각에 잠겼다.

패트리샤가 딸의 말에 전전긍긍하는 성격은 아니었다. 기분이 상하면 드러내고 가끔 소소한 투정을 부리기도 했다. 그래서 오히려 시에나는 어머니가 솔직한 사람이라고 생각했다.

기사는 적왕에게 별다른 말은 하지 않았다고 했다.

'사실이겠지. 말할 게 없을 테니까.'

검술 연습 중에 기사와 사담을 나눈 적이 없었다. 오늘 나눈 대화가 가장 길었다. 몇 번 불러 이야기하다 보면 적왕도 눈치챘을 것이다.

그런데 왜 계속 불렀을까. 뭘 확인하려고.

무심히 주변을 둘러보던 시에나는 낮게 탄식했다. 주변에 아무도 없다. 그녀의 곁에는 늘 누군가 있었다. 하지만 검술 훈련 시간에는 집중력을 방해받는 게 싫어서 시녀들을 다 물렸다.

즉, 이 시간에 시에나가 무엇을 하는지 아는 사람은 시에나 본인과 훈련을 돕는 기사뿐이었다.

'확인한 건가. 내가 이 시간에 정말 검술 연습을 하는지.'

이 정도면 사심 없는 어머니의 애정이라고 보기엔 지나쳤다. 집요한 감시였다.

'내가 어디서 뭘 하는지 다 알아야 직성이 풀린다면 내 일거수일투족 전부가 어머니의 귀에 들어가겠군.'

시에나는 천천히 걸음을 옮겼다. 자신의 궁이 아닌 전혀 다른 방향으로.

'당신을 믿었어.'

둔기로 얻어맞은 것처럼 얼얼했다. 자신도 모르는 사이에 주변인이 패트리샤에게 휘둘렸다는 사실은 충격일 수밖에 없었다. 시에나가 막연히 그려온 어머니는 그런 사람이 아니니까.

그녀는 자신이 넓은 하늘을 마음껏 날아다니는 새라고 생각했다. 그런데 보이지 않는 얇고 질긴 그물이 사방에서 그녀를 덮칠 준비를 하고 있었다.

'자식을 해롭게 하는 어머니는 없다는 당신의 말을 믿었는데.'

너를 해롭게 한 건 아니라고 적왕은 항변할지 모른다. 시에나가 평범한 사람이라면 자식에게 집착이 강한 어머니의 행동 정도로 넘어갈 수도 있었다. 하지만 시에나는 평범하지 않았다. 시에나를 손아귀에 넣으려는 것은 장차 제국을 좌지우지하겠다는 것과 같았다.

모든 건 시에나의 추측이었다. 패트리샤의 속마음이 진짜 무엇인지 아직 들어보지 않았다. 그러나 돌이키기엔 늦었다. 무슨 대답을 듣든 그녀의 마음속에 이미 불신의 싹이 텄다.

더구나 지난 밤 꿈을 꾼 이후 풀리지 않았던 의문이 오히려 해결됐다. 대체 왜 미래의 자신이 외숙과 대척하는지 실마리를 얻었다. 어머니와 외숙이 미래의 자신을 쥐고 흔들어 국정을 농단하고 있음이 틀림없었다.

그녀는 자신을 둘러싼 모든 사람이 의심스러워졌다. 길을 잃은 아이의 심정이 되었다. 처음 느끼는 암담함이었다.

어느새 그녀는 미로 정원으로 들어가는 입구 앞에 서 있었다. 혼란스럽던 머릿속에 흑발의 사내 얼굴이 떠올랐다.

'있을까?'

아까 기사가 처음 제 실력을 보이며 상대해 주었을 때 시에나는 실망했다. 시에나는 검을 놓치지 않았고 몇 합 정도는 막아 냈다.

실력 차이는 느꼈지만, 할 만하다고도 생각했다. 기사가 돌변하여 자신을 죽이려 한다면 어떡해서든 빈틈을 노려 도망칠 수 있을 것 같았다.

하지만 그 사내는 거대한 벽이었다.

그저 힘만으로 시에나의 검을 날려 보낸 게 아니었다. 단순한 동작 속에 숙달된 기술이 있었다.

"아……."

미로의 안쪽은 비어 있었다. 테이블도 없고 사람도 없었다.

'이쯤이었나?'

그녀는 테이블이 놓였던 자리로 걸어갔다. 우두커니 서서 주변을 둘러보았다.

'있을 리가 없잖아.'

피식 웃으며 고개를 들었다가 막 안쪽으로 들어서는 흑발의 사내와 눈이 마주쳤다. 시에나의 눈이 동그랗게 커졌다. 경직되어 잠시 서 있던 사내가 서둘러 돌아섰다.

시에나가 그의 등 뒤에 대고 소리쳤다.

"거기 서!"

시에나는 멈추어 선 사내에게 다가갔다.

또 도망치면 이번엔 쫓아가 붙잡으려 했는데 사내는 돌아선 자세 그대로 얌전히 서 있었다.

'미쳤지. 내가.'

쿤은 한 손으로 얼굴을 감싸 쥐고 한숨을 내쉬었다. 디안과 만나고 돌아가는 길에 멀찍이 보이는 미로 정원에 관심도 두지 말았어야 했다. 왜 황녀를 떠올렸을까. 여긴 뭐하자고 들어왔을까.

"오늘은 이름부터 듣지."

바로 뒤에서 목소리가 들렸다. 한 번 들으면 절대 잊을 수 없는 듣기 좋은 미성이었다. 변성기가 오지 않은 소년처럼 음색이 높지만, 힘이 있었다.

쿤은 천천히 돌아섰다. 몇 걸음 떨어진 위치에 시에나 황녀가 서 있었다. 그녀는 검술 연습을 하다 왔는지 경갑옷 차림에 검을 들고 있었다. 약간 치켜뜬 눈초리의 황녀가 너무 아름다워서 그는 이상한 위기감을 느꼈다.

"이름."

가명을…….

"진짜 이름."

"……쿤."

이런.

"그게 전부인가?"

왜 갑자기 가명이 생각나지 않았을까. 이미 말했으니 포기하고 순순히 대답했다.

"쿤이라고 부르시면 됩니다."

"용병단 칼리고."

시에나는 우연히 얻은 정보로 넘겨짚어 보았다. 침묵하는 사내의 반응은 긍정이나 다름없었다.

'큰일이다. 이걸 어떻게 수습하지.'

쿤의 무표정 안에서 치열한 갈등이 충돌했다. 매사에 조심 또 조심하라며 주변인들을 닦달했으면서 정작 사고는 자신이 쳐 버렸다. 황녀가 그와 디안의 연결 관계를 의심하여 파고들기 시작하면 여간 골치 아픈 게 아니었다.

'당분간 입궁하지 말아야겠다. 디안과 연락책도 다 끊고. 아예 수도를 잠시 떠나 있을까.'

"그대 말이 맞았어."

"……뭐가 말입니까?"

"내 검술 연습을 돕는 기사가 내게 수준을 맞추었더군."

쿤은 멀뚱히 황녀를 보았다.

잔뜩 각오했던 그는 황녀가 꺼낸 말이 엉뚱해서 허탈했다.

"그대는 디안 황자의 호위인가?"

"아셨다시피 저는 기사가 아닙니다만."

"기사만 호위를 하란 법은 없지."

'어머니는 디안 황자를 끔찍이 싫어하셨지.'

패트리샤가 단지 악담만으로 끝내지 않고 실질적인 해코지를 했을지도 모른다는 생각이 문득 들었다. 시에나가 아무리 어머니를 좋게 봐주려 해도 패트리샤가 선량한 사람은 아니었다.

디안 황자가 위협을 느낄 만한 일을 당했다면 아마 황궁의 기사를 믿지 못할 것이다. 외부인을 데려다 자신을 보호하는 방패로 쓴다 해도 그럴 만했다.

'이게 지금 내게 유리한 상황인가, 불리한 상황인가.'

쿤은 시에나의 속을 읽어 보려고 애썼지만, 그녀의 표정만으로는 영 아리송했다.

"용건 끝나셨으면 저는 이만."

쿤은 고개만 까딱 숙이고 돌아섰다. 상황이 더 나빠지기 전에 도망쳐야겠다.

"쿤!"

쿤의 손끝이 움찔했다.

수없이 불리는 자신의 이름이 왜 특별하게 들리는 걸까.

"내 말이 끝나지도 않았는데 등을 보이다니. 기본적인 예의도 모르는 건가."

쿤은 팔짱을 끼며 심드렁하게 대꾸했다.

"죄송합니다. 워낙 못 배워 먹은 놈이라."

"지금 그 말투도."

쿤이 고개를 삐딱하게 기울였다.

"어쩔까요? 발치에 엎드려 개처럼 길까요?"

아예 막 나가는 태도로 상종 못 할 놈이 되자는 작전이었다. 머리끝까지 화가 난 황녀가 '쓰레기 같은 놈.' 하고 일갈하며 가 버리면 속이 좀 쓰릴 것 같긴 하지만.

"전 황녀님의 신하도 아니고. 황궁은 나가면 그만입니다. 제가 왜 황녀님께 꼬리를 살랑거려야 합니까? 뭘 얻어먹을 게 있다고."

"디안 황자는?"

"알 게 뭡니까. 저란 놈은 약속 따위는 헌신짝처럼 내다 버리거든요."

시에나는 빈정거리는 쿤을 노려보았다. 쿤의 의도와 다르게 시에나는 그를 되먹지 못한 자로 생각하지 않았다. 심기가 상해 비딱하게 굴고 있다고 판단했다.

'정말 무례한 자야.'

사사롭게 외조부인 리먼 공작도 시에나에게 예의를 지켰다. 용병이라면 평민 중에서도 바닥 아닌가. 이런 사람은 처음 봤다. 제국의 황녀에게 '나 지금 기분 나쁘다.' 하고 시위를 하다니.

"내 말이 심했다면 정정하지. 그대를 깎아내릴 의도는 아니었다."

시에나는 난생처음으로 사과 비슷한 말을 했다. 어쩌겠나. 아쉬운 사람이 숙여야지. 그에게 물어보고 싶은 게 있었다. 그런데 남자는 대답이 없었다. 시에나는 자신을 빤히 보는 그에게 인상을 썼다.

"사죄의 말이라도 들어야겠다는 건가?"

"아…… 아닙니다."

쿤이 고개를 좌우로 흔들었다.

"제가 무례했습니다."

쿤은 머쓱하게 대답했다. 훨씬 더 막돼먹은 놈처럼 굴 수도 있지만, 왠지 그러고 싶지 않았다.

"그대에게 물을 게 있다."

시에나는 '흐음.' 하고 이상한 소리를 내는 쿤을 노려보았다.

"그 대답은 뭐지?"

"생각 중입니다. 황녀님의 물음에 답을 할지 말지."

"당연히 내 질문에 답해야 한다."

"당연하지 않습니다. 저는 황녀님의 신하가 아닙니다."

"백성도 신하다."

"저는 제국의 백성이 아닙니다."

시에나는 순간 멈칫했다.

"황제 폐하께서는 세상의 주인이시다. 그대가 어느 왕국의 출신이든 그 왕은 제후로서 폐하를 섬기고 있지. 마땅히 그대도 폐하와 황실에 복종해야 한다."

"전 왕국의 백성도 아닙니다만."

"억지를 부리는구나."

"억지가 아니라. 저는, 그리고 제 가족은."

쿤은 '일족'을 '가족'으로 바꿔 말했다. 따지고 들면 일족 전부가 혈연관계는 아니었다. 하지만 피보다 더 진하게 묶여 있으므로 별 차이 없다고 생각했다.

"국적이 없습니다. 정확히 표현하면 대륙의 어떤 왕이나 영주도 제게 명령권을 갖고 있지 않습니다."

그 명령권을 갖고 싶어 혈안이 되어 있는 왕이나 영주들이 대기표를 발급해야 할 정도로 줄을 서 있었다. 라드 일족을 자신의 밑으로 끌어들이려는 노골적이고 끈질긴 접촉이 징글징글할 정도이지만, 그런 사정은 굳이 덧붙여 설명하지 않았다.

"터 잡아 사는 곳이 있지 않은가."

"잠시 머무는 곳은 있습니다. 제가 이사를 자주 다닙니다. 왕국의 백성이 제국에 몇 개월 머물면 제국의 백성이 됩니까?"

"태어난 곳이 있을 터!"

"부모 형제 전부가 태어난 땅이 다릅니다. 저는 대륙 끝자락에 있는 소국에서 태어났는데 오래전 멸망했습니다."

쿤은 입술 끝을 살짝 올리며 말했다.

"첨부하면 그 소국은 이웃한 다섯 나라가 쪼개 가졌더군요."

시에나는 주먹을 꼭 쥐었다. 속에서 부글부글 끓어오르는 화기가 정수리까지 올라갔다. 그녀는 처음으로 누군가와 말다툼을 하며 밀리는 경험을 하고 있었다.

그럴 수밖에 없었다. 누가 감히 황녀에게 말대꾸하겠는가. 무슨 말을 해도 전부 '예. 지당하십니다.', '분부에 따르겠습니다.' 등의 복종하는 말만 들어왔다. 기분이 나쁜데 자신이 화가 난다는 감정이 드는 것 자체가 분한, 아주 이상한 불쾌함이었다.

"너는 정말 무엄하다."

웃으면 안 돼.

쿤은 입 안쪽을 꽉 물었다. 여기서 웃었다가는 황녀의 분노가 폭발할 테고 그렇게까지 황녀의 화를 돋우고 싶지 않았다.

쿤은 꽤 많은 왕족과 귀족을 만나 봤다.

관대한 척, 너를 담아 줄 그릇을 지닌 주인은 나뿐이라고 잘난 척하는 꼴이 같잖았다. 적당히 말을 받아 주면서 은근히 말을 뒤틀어 조롱하는 건 그의 특기였다.

그는 고상하게 말을 빙빙 돌려 하는 자들의 속을 긁는 법을 알았다. 대부분은 말꼬리를 잡아 또박또박 대거리하면 무척 언짢아했다. 그리고 그들은 점잖은 척 감춘 본성을 자신도 모르게 드러내곤 했다.

황녀의 반응은 최고로 신선했다. '너'로 격하된 호칭에서 황녀의 노여움이 느껴졌다. 황녀는 분노를 표현하는 방식조차도 고상했다.

'이렇게 다른가?'

디안과 영 딴판이었다. 디안은 낯가죽이 두껍기가 이루 말할 수가 없고 눈도 깜짝하지 않고 거짓말을 했다. 걸쭉하게 쏟아내는 욕설은 쿤이 질릴 정도였다.

시에나는 '무엄하다, 무엄해.'라고 반복해서 속으로 중얼거리며 화를 가라앉혔다.

"곤란한 질문이면 답하지 않아도 좋다."

기분이 나쁜 것과는 별개로 쿤의 태도는 오히려 시에나가 원하는 답을 줄 사람으로 적격이었다. 시에나는 '황녀님. 그게 아닙니다.'라는 말을 듣고 싶었다.

그런데 아무리 생각해 봐도 주변에는 자신에게 그런 말을 해 줄 사람이 없었다.

'이자는 내 비위를 맞추려고 말을 꾸미진 않겠지.'

시에나의 반응이 뜻밖에 온화하니 이제는 쿤이 궁금했다. 대체 뭘 묻고 싶은 것인지.

"하문하십시오."

"내가 검술을 배우기 시작한 이래 팔 년 정도 되었다. 정확한 내 실력을 알게 되기까지 팔 년이 걸린 셈이지. 그대 덕분이다."

"별말씀을요."

"나는 검술 외에 다른 부분에서도 내가 미처 보지 못한 것이 있을지 모른다는 생각이 들었다. 새로운 시선을 갖고 싶다. 하지만 익숙한 것을 버리자니 참 어렵구나. 검술에 관한 건 그냥 넘겨 버릴 수도 있다. 어쩌면 공연한 걱정으로 긁어 부스럼을 만드는 것일지도 모르지. 황제 폐하의 통치 아래 제국은 완전하고 굳건하니까."

전제하는 사실 자체가 잘못되었다고, 쿤은 말하고 싶었다.

'황녀. 당신 생각처럼 세상은 아름답지 않아.'

완벽하게 돌아가는 곳은 오직 황궁뿐이었다. 황궁은 화려한 인공 연못이었다. 바깥에서 끊임없이 맑은 물을 끌어와 깨끗한 수질을 유지했다.

"묻겠다. 내가 쓸데없는 고민을 하는 것인가?"

황녀의 곧은 눈빛을 마주 보고 있으니 쿤은 가슴이 답답했다.

'온실의 꽃…….'

디안은 시에나 황녀를 그렇게 표현했다. 반은 맞고 반은 틀렸다.

황녀는 자신의 부족함을 발견하고 고민하고 있었다. 누구나 그녀처럼 하지는 못할 것이다. 그녀처럼 주변의 당연한 떠받듦 속에서 자라온 위치라면 더더욱.

황녀는 굳어 버린 고목이 아니라 자라나는 어린나무였다. 아직 가지를 어디로 뻗을지 결정하지 않았다. 진심 어린 조언을 건넬 충신이 곁에 있다면 그녀는 명군이 될 수도 있을 것이다.

'하지만 적왕이 문제야.'

그리고 절대 기득권을 놓지 않을 제후 공작 가문들도.

'황녀. 어머니를 제대로 보는 것부터 시작하는 게 좋을 거요.'

쿤은 속으로만 중얼거렸다. 아마 누구도 할 수 없는 조언일 것이다. 의도에 사심이 없다고 해도 모녀 사이를 이간질했다는 비난을 면하기 어려울 테고 결과가 어찌 되든 모녀 양쪽의 원망을 모두 받게 될 테니까.

"황녀님께 조언을 드릴 주제는 못됩니다. 하지만 저라면 의심을 그냥 덮지 않을 겁니다. 살면서 잘못된 것을 바로잡을 기회는 자주 오는 게 아니니까요. 다른 방향을 바라볼 계기는 기적과도 같지요. 좋은 고민을 하고 계십니다."

두 사람의 시선이 마주쳤다. 시에나는 어이가 없었다.

그는 마치 대견한 아이를 어르듯 칭찬했다.

감히. 평민 주제에 황녀인 자신에게.

"무엄하구나."

풋, 웃음을 터뜨린 쿤이 헛기침을 하며 사과했다.

"죄송합니다. 딴생각을 하다가."

시에나는 그를 못마땅하게 쏘아보다가 말했다.

"의견은 참고하겠다."

"그럼 이만 가 봐도 됩니까? 급한 일이 있습니다."

시에나는 그와 이야기를 더 나누고 싶었다. 그녀의 주변에 이 정도로 주고받는 말 상대를 해 줄 사람이 없으니까. 하지만 딱히 잡을 명분이 없었다.

"……가도 좋다."

쿤이 꾸벅 고개를 숙였다. 제대로 된 예의는 아니어도 아까보다는 정중했다.

"손은 괜찮은가?"

"예?"

"다친 손 말이다."

"아, 예……. 괜찮습니다."

쿤은 몇 걸음 걷다가 돌아섰다.

"황녀님. 연못 바깥을 보고 싶으시면 연못 바깥으로 나가야 합니다."

그는 황녀의 반응을 확인하지 않고 관목의 벽으로 들어갔다. 미로를 빠져나오는 발걸음을 서둘렀다. 가볍게 주먹을 쥔 왼 손바닥 안쪽이 방금 베인 것처럼 후끈거렸다.

뒤에서 황녀가 부르면 그의 다리가 그를 배신하고 쪼르르 달려갈 것 같았다.

인정하기 싫지만, 그는 지금 도망치고 있었다. 자꾸 황녀에게 끌리는 자신의 마음으로부터.

기분이 복잡했다. 그가 계획하고 있는 모든 일이 시에나 황녀와 대적점에 있었다. 시에나 황녀가 알고 보니 최악의 악녀인 경우가 차라리 낫겠다. 그녀는 여러모로 디안과 달랐다. 그런데 디안과는 다른 의미로 대화를 나눠 보고 싶은 사람이었다.

'날 증오하게 되겠지.'

언제고 그날이 올 것이다.

디안이 황제가 되는 날 황녀는 원독에 찬 눈으로 자신을 노려볼 것이다. 위가 조여드는 것 같아서 그는 이를 사리물었다.

3장

얽히는 인연

시에나는 주변에 둘러선 시녀들을 슬쩍 훑었다. 요 며칠 시에나는 시녀들을 종종 유심히 보았다. 전에는 그들을 침실의 가구처럼 여겨 신경 쓰지 않았다.

그들은 가구가 아니라 사람이었다. 엄연히 보고 듣는 게 있을 텐데 그 점을 전혀 고려하지 않았다. 저들 중 누군가 감시의 눈이 되어 적왕을 만나러 간다고 생각하니 괘씸했다.

'백작부인도 어머니와 줄이 닿아 있을까?'

그동안 시에나는 주변 사람에게 의혹을 품은 적이 없었다. 그런데 의심하기 시작하자 '이 사람만큼은 믿어.' 하고 콕 집어 골라낼 사람도 없었다.

시녀가 다가와 고했다.

"황녀님. 적왕궁에서 시녀가 왔습니다."

"들여……. 아니다. 지금 적왕을 뵈러 가겠다."

며칠 동안 적왕궁에 가지 않았다. 마음에 껄끄러움이 있어서 그런지 피하게 되었다.

'도망치는 게 능사는 아니지.'

패트리샤는 혼자가 아니었다. 낯선 청년이 시에나가 들어오자 일어났다.

'새 정부인가?'

시에나는 속으로 생각하고 청년을 무시했다. 패트리샤에게만 인사했다.

"찾으셨습니까."

"황녀는 참. 오랜만에 보는 어미에게 다정한 인사말을 해 주시는 게 어렵습니까."

패트리샤가 살포시 눈을 흘겼다.

"격조하였습니다. 어머니. 부르시기 전에 찾아뵈었어야 하는데 제가 무심했습니다."

"아닙니다. 시간을 쪼개 쓰는 황녀의 일정을 어찌 내가 모르겠어요."

"이해해 주셔서 감사합니다."

"잘 지내셨지요?"

"예."

"황녀. 인사 나누세요."

패트리샤는 엉거주춤 서 있는 청년을 소개했다.

"인품도, 신분도 청왕이 될 자격이 충분한 사람입니다."

밝은 금발 머리의 청년이 시에나의 앞으로 가까이 다가가 한 손을 가슴에 대고 깊이 허리를 숙였다.

"루크 백작의 아들 조세프, 황녀님께 인사드립니다. 루크 공작이 제 조부가 되십니다."

시에나가 눈살을 찌푸렸다. 패트리샤가 선수를 쳤다.

"지난번에 말했었지요? 청왕 후보는 여럿 있습니다. 그중 황녀의 마음에 차는 사람을 택하면 됩니다."

"어머니."

"황녀. 강요하지 않습니다. 하지만 어떤 사람인지 알아보려는 노력은 하셔야지요."

"곧 수업이 있습니다."

"그럼 영랑이 황녀의 궁까지 배웅하면 되겠군요. 잠깐이라도 좋으니 대화를 나눠 보세요."

시에나는 작게 한숨을 쉬며 일어났다. 응접실을 나가는 시에나의 뒤를 조세프가 얼른 뒤따라갔다.

"황녀님. 전에 뵈었을 때보다 더욱 아름다워지셨습니다. 혹시 기억하실지 모르겠습니다. 반년 전에 있었던 황실무도회에서 인사를 드린 적이 있었습니다."

"그렇소?"

"예. 제가 황녀님의 곁에 설 기회를 얻어 무척 영광입니다. 제 조부께서 종종 황녀님에 관해 말씀하시곤 하셨습니다. 성품이 공명정

대하시고 영명하신 분이라 장차 황제 폐하의 뒤를 이어 황제가 되시면 역사에 남을 성군이 되실 거라고 했습니다."

판에 박힌 남자의 아부와 칭송은 지루했다. 그나마 봐줄 만한 것은 키. 조세프처럼 시에나가 시선을 들어서 봐야 하는 상대는 아주 드물었다.

그래도 작았다.

그 남자보다는.

두 사람은 마차에 올랐다. 황녀와 대화를 하고 싶은 조세프가 열심히 머리를 굴렸다.

"사냥이나 승마는 즐기십니까?"

"승마는 종종 하오."

"승마를 하신다면 사냥도 취향에 맞으실 겁니다. 매년 날이 서늘해질 무렵에 큰 사냥 대회가 있습니다. 가끔 황제 폐하께서도 참가하시는 전통 있는 행사입니다. 사냥으로 전술을 배운다는 말이 있습니다. 기품 있는 유흥거리이지요."

시에나는 조세프가 늘어놓는 사냥예찬론을 잠자코 들었다. 황녀가 귀 기울여 듣는다고 생각했는지 조세프는 점점 흥이 올라 떠들었다.

무심한 표정과 다르게 그녀는 언짢았다. 그녀는 사냥에 거창한 의미를 부여하는 자들을 한심하게 보았다. 안전한 곳에서 다수의 사람이 짐승들을 몰이해서 학살하는 행위는 그저 놀이일 뿐이다.

"쓸 만한 사냥터를 찾는 일이 참 어렵습니다."

"사막귀는 잡아 봤소?"

"……예?"

"사냥이라면 강한 짐승을 잡을수록 의미가 있지 않겠소?"

"황녀님. 사막귀는 기사도 당해내지 못합니다."

"사막귀야말로 강한 짐승의 정점이오. 거대한 사슴을 백 마리 잡아 봤자 사막귀 한 마리만도 못할 거요. 사막으로 나가 보시오. 사냥할 곳이 넘칠 테니까."

"……."

"내 말이 틀렸소?"

"지당…… 하신 말씀입니다. 황녀님."

시에나는 쭈그러드는 조세프를 보며 코웃음 쳤다. 자신이 억지를 부린다는 건 알고 있다. 사막귀는 짐승이 아니라 괴물이었다.

문득 쿤이 떠올랐다. 그 남자라면 '물론, 잡아 봤습니다.'라고 말하며 비죽 웃을 것 같았다.

'이상하군.'

느닷없이 불쑥불쑥 그자가 생각났다.

'계속 황궁에 드나들고 있을까?'

예의 없고 건방진 천한 용병 따위의 근황이 왜 궁금한지 모르겠다.

시에나가 생각에 잠긴 모습을 흘끔거리며 조세프는 전전긍긍했다. 우물쭈물하는 사이에 마차가 황녀의 궁에 도착했고 그는 위기감을 느껴 다급히 말했다.

"송구합니다. 황녀님. 제가 황녀님의 심기를 불편하게 해 드렸습니다. 하찮은 짐승의 목숨이라도 귀하게 여기는 황녀님의 고결하신 마음을 알지 못했습니다."

무조건 납작 엎드렸다.

황녀처럼 성격이 강한 여인은 상대해 본 적이 없어서 어떤 태도를 보여야 호감을 살지 감이 잡히지 않았다.

"사실 저는 황녀님께서 잠시 여유 시간이 나시면 가면무도회에 모시고 싶었습니다. 자연스럽게 말씀을 드리려고 이런저런 말을 하다 보니 실수를 했습니다. 부디 너그럽게 이해해 주시옵소서."

시에나는 말없이 마차에서 내렸다.

'이게 아닌가?'

조세프의 눈동자가 당혹스럽게 흔들렸다.

"장소는 어디요? 공작가의 저택?"

"예? 예!"

시무룩했던 조세프의 얼굴에 화색이 돌았다.

시에나는 단 한 번도 외부에서 개최하는 파티에 참석한 적이 없었다. 사교 활동은 황실에서 열리는 파티만으로도 충분하다고 생각했다. 하지만 마음이 바뀌었다. 파티라면 황궁 바깥으로 나갈 핑계로 적당했다.

'연못 바깥을 보려면 연못 바깥으로 나가야 한다고 했으니까.'

무심코 떠올린 말을 누가 했는지 기억나자 그녀는 살짝 당황했다.

"날짜와 시각을 알려 주시오."

"초대장을 보내드리겠습니다. 영광입니다. 황녀님."

조세프는 속으로 환호성을 질렀다.

'됐어!'

황녀의 성품은 차갑기로 유명했다. 황녀로부터 이만한 반응을 끌어냈다는 것만으로도 대단한 성과였다. 더구나 황녀가 처음으로 사적인 초대에 응했다. 루크 공작가에서 개최하는 파티가 황녀의 첫 외출이 되는 셈이다.

청왕의 자리가 코앞에 다가왔다. 자신의 장밋빛 미래를 상상하자 웃음이 절로 나왔다. 조세프는 애써 표정을 관리했다.

'내 것이 된다.'

청왕의 자리도, 이 고귀한 여자도. 반드시 손에 넣으리라.

고고한 황녀가 나신으로 제 밑에 깔릴 모습을 상상하니 입안에 침이 돌았다.

조세프를 태운 마차가 궁을 떠났다. 시에나를 마중 나왔던 포프 백작부인이 조심히 말을 골랐다.

"루크 공작가의 영랑입니까?"

"사적으로 아시오?"

"파티에 참석했다가 몇 번 보았습니다. 사교계의 유명 인사입니다."

"조부가 루크 공이라서?"

"그도 그렇지만. 근사한 신사는 아름다운 숙녀만큼 사람들의 찬사를 받는답니다."

조세프는 객관적으로 준수한 미청년이었다. 하지만 시에나는 백작부인의 말에 선뜻 공감은 가지 않았다. 그를 처음 봤을 때도 다시 되새겨 생각해 봐도 별 감정이 들지 않았다.

"곧 초대장이 올 거요. 출궁 준비는 백작부인이 알아서 해 주시오."

"예. 갑자기 외부 파티에 참석하신다니 놀랐습니다."

"그는 내 남편 후보요."

"아……. 예."

"알고 있었소?"

"얼핏 들은 이야기는 있습니다."

"오늘 적왕께서 말씀하셨소. 어떤 사람인지 알아보려는 노력은 해야 한다고. 성가시다고 생각했지만, 적왕의 말씀이 옳은 것 같소. 내 배우자는 장차 청왕이 될 거요. 아무나 그 자리에 올릴 수는 없지. 누군가를 제대로 알기 위해서는 그 사람의 다양한 모습을 봐야 하지 않겠소. 종종 외부 파티에 참석해 직접 보고 소문도 듣고, 나름대로 노력해 보려 하오."

시에나는 일부러 목소리를 조금 높였다. 주변에 있는 시녀들이 모두 들을 수 있도록. 그리고 말한 내용 그대로 적왕의 귀에 들어갈 수 있도록.

"자주 출궁하신다는 말씀입니까?"

"그럴 생각이오."

"사교계가 들썩거리겠습니다. 황녀님."

시에나의 진짜 속셈은 패트리샤의 속을 떠보려는 것이었다.

*　*　*

초대장에 적힌 시각보다 일찍 출발했다. 시에나는 곧장 공작가로 가지 않고 수도를 한 바퀴 돌아보겠다는 계획을 짰다. 황궁에서 루크 공작가의 저택까지 일직선으로 가면 바로 도착이지만, 마차는 정반대의 방향으로 출발했다.

시에나를 태운 마차, 호위와 시중드는 자들을 태운 마차까지 총 다섯 대의 마차가 달려갔다. 시에나는 차창 밖으로 지나치는 수도의 정경을 보며 미간을 찡그렸다.

'이건 아니야.'

다른 마차는 보이지 않았다. 긴 창을 든 치안병들이 잔뜩 몰려든 사람들을 단속해 질서를 잡고 있었다. 평소의 수도는 이렇지 않을 터였다. 마차는 거리를 달리고 사람들은 제 갈 길을 가느라 바쁠 것이다.

그녀가 보고 싶은 건 통제된 거리가 아니었다. 신목의 문양으로 장식한 화려한 황궁의 마차가 신기해서 목을 빼고 구경하는 사람들은, 시에나가 보고자 했던 백성의 모습이 아니었다.

출발할 때만 해도 그녀는 설렜다. 가슴이 두근거리는 흥분이 생소하지만 좋았다. 기대감은 잠깐뿐이었다. 반짝거리던 그녀의 눈동자는 금방 가라앉아 버렸다.

시에나는 출궁 전 외출 허락을 받기 위해 황제를 뵈었다. 황제는 의미심장한 한마디를 남겼다.

「황녀. 네가 모친에게 정을 품는 건 이해한다만, 너는 적왕의 딸이기 전에 신족의 핏줄이다. 사사로운 감정에 치우치지 마라.」

속으로조차 반박하지 못했다. 알지 못한 어머니의 이면의 모습을 발견해 심란하던 참이었다.

그녀의 가슴속에 서늘한 바람이 불었다. 인간의 정은 부질없다고 말하는 황제, 모녀 관계는 특별하다고 말하는 적왕. 어느 쪽으로도 선뜻 마음이 가지 않는다.

창밖을 바라보던 그녀의 눈동자가 커졌다.

"잠깐! 멈춰라!"

시에나는 주먹으로 마차의 벽을 두드리며 소리쳤다. 마부가 강하게 고삐를 잡아당겼다. 놀란 말이 요란하게 투레질했다.

황녀를 태운 마차가 갑자기 멈추자 앞뒤로 에워싸 함께 달리던 마차들도 급하게 멈추어 섰다. 수행원들을 더욱 기겁하게 만드는 일이 벌어졌다. 황녀가 직접 마차 문을 열고 밖으로 나갔다.

'분명히 봤어.'

다른 사람보다 머리 하나만큼 불쑥 위로 올라온 흑발의 남자는 단번에 눈에 띄었다.

'쿤.'

틀림없이 그 남자였다. 시에나는 그가 서 있던 부근을 눈으로 훑었다. 아주 잠깐 놓쳤을 뿐인데 남자는 어느새 사라졌다.

"황녀님. 무슨 일이십니까."

호위 기사가 다급히 다가왔다. 시에나는 말없이 고개만 저었다.

'대체 내가 지금 뭐 하는 거지.'

충동적으로 저지른 짓이었다. 왜 그랬는지 설명을 못 하겠다. 이유를 알 수 없는 복잡한 기분과 묘한 실망감에 휩싸였다.

"황제 폐하 만세!"

누군가 소리쳤다. 그건 신호가 되었다. 황녀가 마차에서 갑자기 내릴 때부터 술죽이던 사람들이 여기저기에서 소리를 질렀다. 합쳐진 목소리는 순식간에 거대한 함성이 되었다.

"아르! 아르!"

"황제 폐하 만세!"

제국의 국호는 아르. 처음에는 아르 제국이었다.

현재 대륙에서 신성제국 아르만 유일한 제국이지만, 과거에는 제법 강한 국력을 자랑하며 제국을 자칭하는 나라가 몇이 있었다.

아르의 제국민들은 자국을 특별하다고 생각했다. 그들은 스스로 신성제국이라 부르며 차별화했다. 민간에서 비공식적으로 쓰던 국호가 시간이 흘러 공식 국호로 지정된 특이한 경우였다. '신성제국'은 제국민의 자긍심을 상징했다. 그들은 자신들이 사람이 아닌 신의 통치 아래 있다고 자부했다.

그래서 황족에 대한 제국민들의 경외심은 다른 왕국의 백성들과 차원이 달랐다.

고귀한 신분만큼 지극히 아름다운 황녀는 백성들이 기대하는 황족에 대한 환상을 충족시켰다. 사람일 수가 없다. 사람이라면 저렇게 완벽하게 눈이 부신 아름다움은 설명이 안 된다. 역시 황족은 신의 핏줄이었다.

제국민들은 전혀 논리적이지 않은 결론을 도출했다. 어차피 결론에 이르는 과정을 신경 쓰는 자는 아무도 없었다. 결론만이 중요했다.

"어서 황녀님을 마차 안으로 모셔라."

기사들이 서둘러 시에나를 마차에 태웠다. 좋은 감정이건 나쁜 감정이건 흥분한 대중은 위험했다.

멀어지는 황실 마차를 향해 환호성은 계속되었다. 마차의 모습이 거의 보이지 않게 된 후에도 사람들이 삼삼오오 모여 떠들었다.

"황녀님을 직접 뵙다니. 믿을 수가 없어."

"나는 숨이 막히더라. 역시 신의 피를 이어받은 분이셔."

벽의 그림자에 기대어 숨어 있던 쿤이 사람들 틈으로 나왔다. 마차가 가 버린 방향을 응시하는 그의 눈이 흔들렸다.

*　*　*

공작가에서 개최하는 가면무도회에 유례없는 인파가 몰렸다. 초대장을 소지한 사람은 대부분 참석했고 초대장을 확보하기 위해 뒷거래를 하는 자들도 적지 않았다.

시에나 황녀의 참석은 사교계를 뒤흔드는 이벤트였다.

시에나는 평소 사교 활동을 거의 하지 않았다. 황궁에서 주최하는 중요한 자리에 잠깐 얼굴만 내밀었다. 황녀가 가까이 지내는 사람이 거의 없다는 것은 아직 기회가 열려 있다는 말이었다.

사람들은 오늘 테마가 가면무도회라는 점을 유감스러워했다. 기본 복장이 가면과 가발이다. 자신이 누구인지 감추어야 한다.

물론 서로 몇 마디 나누어 보면 누군지 금방 안다. 사교계는 좁았다. 참석하는 사람은 매번 거기서 거기였다.

서로 빤히 알면서 모르는 척 즐기는 것이 가면무도회의 매력이었다. 하지만 오늘은 달랐다. 다들 황녀에게 자신이 누군지 알릴 방법을 고민했다. 가발이 걸려 벗겨지는 연출을 할까, 실수인 척 가면을 떨어뜨릴까. 모두 비슷비슷한 생각을 했다.

늦은 오후에 시작한 파티는 이제 막 시작되었는데도 벌써 분위기가 무르익었다. 공작가 대저택의 넓은 홀이 사람으로 꽉 찼다.

무도회의 호스트, 루크 공작의 며느리인 루크 백작부인이 2층에서 아래를 내려다보며 흐뭇해했다. 오늘 무도회는 대성공이었다.

"어머니. 제가 에스코트하겠습니다."

마침 홀로 내려가려던 조세프가 백작부인에게 다가와 팔을 내밀었다.

"너는 황녀님을 에스코트해야지."

"그야 그렇지요. 그런데 아직 오지 않으셨으니까요."

"고얀 녀석. 황녀님이 오시면 당장 나를 버리고 가겠구나. 어머니보다는 배필이 될 사람을 챙기겠다는 거니?"

"이해해 주십시오."

아들을 흘겨보는 백작부인의 입은 웃고 있었다.

"틀림없이 오시는 거지?"

"그럼요. 이미 출발하셨습니다."

"황녀님께서 널 마음에 두신 거겠지?"

"급하십니다. 겨우 한 번 뵈었어요. 하지만 황녀님께서 외부의 사교 파티 초대를 응하신 것이 처음입니다."

"그래. 그렇지. 무척 진중한 분이시라니까 아무 의미 없이 네 초대를 받지는 않으셨을 거다."

황녀의 남편, 그리고 장차 청왕의 자리를 이미 손에 쥔 것처럼 두 모자는 의기양양했다.

홀에 내려가 손님을 맞이하는 백작부인의 표정에는 승리자의 미소가 가득했다. 백작부인에게 인사말을 건네는 손님들은 웃는 표정 속에 질시를 숨겼다. 앞에서는 훌륭한 파티라고 덕담하고 뒤돌아서는 폄하했다.

"백작부인 표정만 봐서는 세상을 다 가진 것 같네요."

"루크 공작 가문에서 청왕이 나올까요?"

"리먼 다음은 루크인가요. 그래도 리먼 공작가가 밀리지는 않겠죠."

"그럼요. 적왕이 계시는데요."

"조세프 군을 적왕께서 점찍었다는 말이 있어요. 이미 두 공작 가문 사이에 거래가 끝났다는 거죠."

"솔직히 이해는 안 가요. 조세프 군이 말끔한 얼굴 말고 봐 줄 게 뭐가 있나요?"

"바로 그 이유로 적왕께서 마음에 두셨겠지요."

"아하."

귀부인들은 자신들의 대화가 누구에게 들리거나 말거나 아랑곳하지 않고 거침없이 떠들었다. 목소리는 조금 낮추었지만, 딱히 조심하는 기색이 없었다.

혀가 비수가 되어 사람을 찌르는 곳이 사교계였다. 면전에 대고 말하는 것만 아니면 무슨 말을 해도 암묵적으로 용인했다. 심지어 그 사람의 바로 등 뒤에서 욕을 하더라도.

귀부인들과 그리 멀지 않은 구석에 다른 사람과 어울리지 않고 혼자 서 있는 남자가 있었다. 그는 듣고 싶지 않아도 저절로 들려오는 뒷말을 들으며 쓴웃음을 지었다.

그는 얼굴의 반 이상을 가리는 마스크 형태의 흔한 가면을 썼다. 어깨를 덮는 긴 갈색 머리카락은 본래 자신의 것인지 가발인지 확실하지 않았다.

그는 사람들의 시선에서 비켜서 있었다. 일부러 숨은 것처럼 존재감을 드러내지 않았지만, 이미 아까 그가 등장할 무렵부터 눈썰미가 좋은 여자들이 계속 주시하고 있었다. 부채를 흔드는 척 노골적으로 남자의 몸을 위에서 아래로 훑었다.

'기사인가? 몸이 좋은데.'

얼굴이 보이지 않기 때문에 그 밖의 매력이 더 두드러졌다. 몸에 잘 맞추어 입은 저 연미복을 벗겨 보고 싶었다.

쿤은 자신을 탐욕스럽게 핥는 것 같은 시선을 모른 척했다.

'이래서 싫다니까.'

그나마 교양 있는 척하는 보통 연회와 다르게 가면무도회는 훨씬 욕망에 충실했다. 극단적으로 표현하면 발정기 짐승들이 몰려나온 것 같다. 이따가 자정이 가까워지면 쳐다보는 정도로 그치지 않고 가슴을 그의 팔에 비비며 끈적하게 달라붙을 것이다.

'왜 하필 택해도 가면무도회를.'

그는 황녀의 선택을 유감스러워하며 투덜거렸다.

* * *

시에나는 무도회장으로 조용히 입장했다. 붉은 나비 가면을 쓰고 가면 색과 맞추어 붉은 가발을 썼다.

'참석자가 많군.'

공작가 저택의 홀은 수용 가능한 사람의 수를 이미 훌쩍 넘어 서로 옷이 스치지 않고 움직일 수 없을 지경이었다. 그런데 썰물처럼 시에나의 앞에 길이 열렸다.

옷이 스치기는커녕 사람들이 알아서 그녀 주변에만 넓은 공간을 만들어 주었다. 시선이 일제히 자신에게 꽂히는 것을 느끼며 시에나는 한숨을 쉬었다.

'가면도, 가발도. 다 쓸데없는 짓이었어.'

가면무도회라고 해서 기대했다. 사람들 틈에 섞여 자신이 누군지 모르는 사람들과 평범하게 파티를 즐길 수 있지 않을까.

얼마나 바보 같은 착각을 했는지 뒤늦게 알았다. 전부 정수리가 보였다. 그녀만큼 키가 큰 귀부인은 없었다. '나는 시에나 황녀다.'라고 말하는 것이나 마찬가지였다.

"환영합니다."

푸른색 반가면을 쓴 푸른 머리카락의 남자가 다가와 말을 걸었다. 양손에 들고 있는 샴페인 잔을 하나 시에나에게 내밀었다.

"무도회는 즐기고 계시는지요?"

보자마자 알았다. 대화를 나눈 적이 있으니 목소리도 귀에 익었다. 남자는 조세프였다.

시에나는 말없이 샴페인 잔을 받았다.

"홀에 들어오시는 모습을 보는 순간 제 발길이 저절로 레이디께 향했습니다."

자신의 매력을 과시하듯 조세프는 눈을 휘며 미소 지었다. 꽤 많은 레이디들을 홀린 미소였지만, 시에나는 조세프의 속셈이 뭔지만 생각했다.

'내가 누군지 알 텐데? 아, 그렇군. 알면서도 모르는 척하는 건가. 가면무도회라는 게 이런 거구나.'

아예 초면이 아니면 가면 같은 건 정체를 숨기는 데 전혀 효과가 없다는 걸 깨달았다. 눈빛, 목소리, 태도. 한 사람을 특정하는 요소는 많았다.

"마침 미뉴에트가 나오는군요. 레이디께 한 곡 청합니다. 받아 주시겠습니까?"

시에나의 앞에 내민 조세프의 손 옆으로 갑자기 손 하나가 더 끼어들었다. 조세프는 인상을 찌푸리며 고개를 돌렸다. 첫 춤은 조세프에게 우선권이 있었다. 오늘 암묵적으로 정해진 규칙이었다.

규칙을 깨고 난입한 자를 노려보았다. 누군지는 모르지만, 최소한 여섯 공작 가문의 사람은 아니었다. 그쪽 사람이라면 아무리 가면을 쓰고 있어도 충분히 알아볼 수 있었다.

일단 신분에서 자신이 우위에 있다고 판단하자 조세프는 여유를 되찾았다.

"무슨 짓인가?"

"뭐가 말이오?"

"이분께 내가 먼저 춤을 청했소. 이게 무슨 예의 없는 짓이오."

조세프는 강한 불쾌감을 드러냈다.

"썩 물러가시오. 주제를 알아야지."

반가면을 쓴 사내는 마치 비웃는 것처럼 피식 웃었다.

"가면 안을 들여다보는 재주라도 있나 보군. 난 그쪽이 누군지 모르는데. 혹시 날 아시오? 주제를 모르는 쪽이 그쪽일 수도 있지."

"내가!"

조세프는 울컥해서 입을 열었다가 다시 다물었다. '감히 내가 누군지 알고.'라는 대사를 직접 하는 건 볼썽사납다. 다른 자리였다면 누군가 도우미가 되어 조세프를 대변했겠지만, 오늘은 가면무도회였다.

눈 가리고 아웅이라지만, 규칙은 규칙이었다. 아마 두고두고 회자되며 비웃음거리가 될 것이다. 체면을 깎는 짓은 할 수 없었다.

"나비가 어느 꽃에 앉을지는."

반가면 사내의 시선이 시에나에게 향했다.

"나비의 선택에 달린 것 아닌가?"

"어머나."

누군가의 작은 중얼거림이 지금 이 상황을 흥미진진하게 지켜보는 사람들의 심정을 대변했다.

모두 황녀와 조세프에게 촉각을 곤두세우고 있으면서도 큰 기대는 하지 않았다. 뻔하고 의례적인 대화를 나눈 후 춤을 추겠지. 예측 가능한 광경을 떠올리며 지루해하고 있었다.

그런데 반전이 일어났다. 이건 놓칠 수 없는 구경거리였다.

시끌벅적하던 홀의 소음이 조금씩 가라앉았다. 한 여자의 앞에 손을 내민 두 남자, 홀에 울려 퍼지는 잔잔한 미뉴에트. 로맨틱한 분위기마저 극적인 효과를 도와주었다.

이미 다들 붉은 가면을 쓴 여자가 황녀라는 것을, 푸른 가면을 쓴 남자가 조세프라는 것을 알고 있었다. 그런데 황녀에게 춤을 청한 새로운 등장인물에 관한 정보는 없었다.

대체 누굴까. 사람들은 반가면을 쓴 남자의 정체를 알아내기 위해 열심히 머리를 굴렸다. 황녀는 과연 두 남자 중 누구의 손을 잡을 것인가.

시에나는 가면 안쪽에서 자신과 똑바로 눈을 마주치는 사내를 보며 살짝 미간을 찡그렸다.

검은 눈동자. 그리고 귀에 익은 목소리.

'쿤.'

시에나가 입 모양으로 이름을 불렀다. 사내의 입술이 위로 휘었다. 손을 내민 그는 마치 '반드시 당신은 내 손을 잡을 거다.'라고 말하는 것처럼 당당했다. 자신만만한 그의 태도가 얄미우면서도 의외의 장소에서 다시 만난 게 반가웠다.

시에나가 쿤을 바라보는 시간이 길어지자 조세프의 표정이 점점 일그러졌다.

시에나가 손을 쿤의 손 위에 올렸을 때 숨죽이고 있던 자들이 일제히 숨을 내쉬었다. 감탄이랄지 환호성이랄지 묘한 소리도 뒤섞였다. 쿤이 시에나의 손을 잡아끌며 홀의 중앙으로 나갔다.

정체 모를 불청객을 노려보는 조세프의 꽉 쥔 주먹이 부들부들 떨렸다. 키득거리는 웃음소리가 여기저기에서 들렸다. 수치로 새빨갛게 달아오른 얼굴은 다행히 가면에 가려졌다.

'놈. 가만두지 않겠다.'

조세프는 이를 부득부득 갈며 눈에 띄지 않는 구석으로 물러났다. 하인을 불러 귓속말로 지시를 내렸다. 굳은 표정으로 고개를 끄덕인 하인이 저택 안쪽으로 들어갔다.

'네놈은 결코 내일 아침 해를 보지 못할 거다.'

조세프의 눈에 섬뜩한 빛이 번뜩였다.

* * *

'정체가 뭐지?'

처음에 봤을 때는 기사였다. 원래는 용병이라고 했다. 평민이 공작가의 파티에 손님 자격으로 참석한다고? 격식을 따지는 공작가에서 아무에게나 초대장을 주지는 않을 것이다.

시에나를 자연스럽게 이끄는 그의 춤 솜씨는 매우 숙달되어 있었다. 제대로 배운 것이 분명했다. 원래 귀족이었나? 귀족이 왜 용병이 되었지? 아무리 생각해도 앞뒤가 맞지 않았다.

"아까. 나를 봤지?"

"무슨 말씀이신지."

"마차를 타고 지나갈 때 그대를 봤다. 그대도 나를 봤지?"

"절 아십니까?"

시에나의 눈이 동그랗게 커졌다.

"초면인데. 하대는 너무 하시는군요."

시에나는 천연덕스럽게 받아넘기는 쿤을 노려보았다. 아주 잠깐, 그의 거짓말에 속아 넘어갈 뻔했다. 그러나 자신이 쏘아보는데도 여유롭게 웃으며 시선을 맞추는 사내의 태도에 확신했다.

'이런 무례한 자가 둘이 있을 리 없지.'

"그다지 무도회를 즐기시는 것 같지 않습니다. 황녀님."

그리고 이 목소리를 모를 수가 없다. 낮은데 탁하지 않았다. 그리고 발음이 굉장히 좋았다. 타고난 것도 있겠지만, 발성법을 꾸준히 배우고 익혔을 것이다. 생각하면 할수록 남자의 신분에 의문이 더해졌다.

"지루하니까."

무심히 대답했다가 시에나는 미간을 찌푸렸다. 워낙 자연스러워서 노골적으로 '황녀'로 칭한 것을 한 박자 늦게 알아차렸다.

"날 조롱하는구나."

"조롱이라니. 당치 않습니다."

"날 처음 본다면서 내가 누군지 어떻게 알지?"

"그야 오늘 파티에 황녀님이 참석하신다고 소문이 파다하니까요. 이 자리에 있는 모두가 알고 있을 겁니다."

"내가 이름을 불렀을 때 아는 척을 하지 않았나?"

"제가요?"

"쿤. 그대 이름이잖아."

"글쎄요."

요리조리 말을 돌리는 남자가 못마땅했다. 그런데 불쾌하지 않았다. 오히려 재미있었다. 지금껏 시에나의 곁에 있던 자들과 전혀 달랐다. 무슨 말을 할지 예측이 안 되었다. 이 말을 하면 이 남자는 어떤 말을 할까, 기대감이 생겼다.

"왜 지루해하십니까? 황궁의 파티와 비교하면 눈에 차지 않으십니까?"

"어디나 마찬가지다. 다들 똑같은 말만 해."

"예를 들면요?"

"황실에 대한 충성심. 나에 대한 찬사."

"전자는 지루할 수도 있겠습니다만, 후자는 이해가 안 갑니다. 찬사는 들을수록 좋은 것 아닙니까?"

"당연한 말을 자꾸 하면 지루한 거다."

쿤을 웃음이 나올 것 같아 입술을 꾹 물었다. 찬사가 당연하다니. 이런 말을 듣는 사람이 납득하여 고개를 끄덕이게 하는 사람은 아마 황녀뿐일 것이다.

시답지 않은 대화를 나누는 사이에 미뉴에트가 끝났다. 시에나는 오늘따라 미뉴에트가 유난히 짧다고 생각했다.

"따라오게."

쿤은 휙 몸을 돌려 걸어가는 시에나의 뒷모습을 난감하게 바라보았다.

'대체 내가 왜 자꾸 미친 짓을 하는지 모르겠네.'

멀찍이서 보기만 하려고 했는데.

조세프와 황녀가 당장 결혼이라도 할 것처럼 설레발치는 수군거림이 귀에 거슬렸다. 황녀에게 춤을 청하는 조세프를 보자 배 속이 꼬여 자기도 모르게 끼어들었다.

하지만 그는 더 근본적인 모순을 깨닫지 못했다. 그는 귀족의 사교 모임을 좋아하지 않았다.

그가 사교 파티에 참석하는 이유는 딱 둘뿐이었다. 도저히 가지 않으면 안 되는 자리거나, 정보를 얻기 위해서거나. 두 가지 이유 모두 해당하지 않는데 굳이 초대장을 구해 참석한 건 처음이었다.

쿤은 한숨을 푹 쉬고 황녀의 뒤를 따라갔다. 조세프가 두 번째 춤을 청하기 위해 다가왔다가 황녀가 무시하고 지나가자 뻘쭘하게 서 있었다. 쿤은 조세프의 바로 옆을 보란 듯이 지나치며 눈을 맞추고 웃어 주었다.

죽일 듯이 노려보는 조세프를 뒤로하고 그는 키득거렸다. 황녀의 앞에서 군중이 쭉 갈라지는 모습이 참으로 장관이었다.

시에나는 조용히 대화를 나눌 만한 곳을 찾았다. 어디에나 사람이 잔뜩 있었다.

마침 적당한 곳이 눈에 띄었다. 돌출된 발코니를 커튼으로 반은 막고 반은 옆으로 묶어 놓았다. 그녀는 안으로 들어가며 묶인 끈을 풀었다. 쿤이 바로 따라 들어가지 못하고 주저했다.

가면무도회는 기본적으로 퇴폐적인 사교 파티였다. 지금은 시간이 일러 점잖아 보여도 밤이 깊어지면 분위기가 완전히 바뀌었다.

커튼으로 가린 발코니는 노골적인 밀회 장소였다. 커튼을 풀면 안에 사람이 있으며 남에게 보여 주지 못할 일이 벌어지고 있으니 들어오지 말라는 신호였다. 황녀가 이런 은밀한 의미를 알 것 같지 않았다.

그는 망설이다가 안으로 들어갔다. 위에 등이 달려 환한 덕분에 다행히 으슥한 분위기는 나지 않았다.

"벗어."

"……예?"

"가면."

말없이 서 있는 쿤에게 시에나가 성큼 다가갔다. 가면을 벗겨 내려고 그의 얼굴로 손을 뻗었다. 쿤은 한 걸음 물러서며 재빠르게 몸을 피했다.

"가면무도회입니다. 규칙을……."

그녀는 들은 척도 하지 않고 다시 덤볐다. 좁은 발코니에서 그는 재주 좋게 피해 다녔다. 슬쩍 방향을 트는 것만으로 시에나의 손은 번번이 허공만 휘둘렀다.

시에나는 씩씩거렸다. 이 남자하고 있으면 자꾸 평정심이 흐트러지는 게 화가 났다. 그녀는 신경질적으로 제 얼굴에 쓴 가면을 벗어 내던졌다.

이미 아는 얼굴인데도 쿤은 순간 숨이 막혔다. 발끝부터 저릿한 감각이 순식간에 허리를 타고 정수리까지 올라갔다. 황녀가 바짝 다가와 그가 쓴 가면을 잡아당기는 동안 꼼짝할 수가 없었다.

시에나는 그의 가면을 벗겨 내고 승리를 만끽했다. 드러나는 낯익은 얼굴을 보며 거만하게 웃었다.

"아직도 우리가 초면인가?"

그의 손이 갑자기 가면을 쥔 시에나의 손목을 잡았다. 그녀는 흠칫 놀랐다.

감히. 허락 없이 황녀의 몸에 손을 대다니. 시에나는 머릿속으로 생각한 말을 입 밖으로 꺼내지 못했다. 자신을 똑바로 바라보는 그의 시선에 붙들렸다. 그의 짙은 눈동자 안쪽에서 뭔가가 이글거리는 것 같았다. 덩달아 그녀의 가슴 속도 뜨거운 것이 울렁거렸다.

가만히 서서 그를 올려다보았다. 새삼스레 이 남자가 참 군더더기 없이 잘생겼다는 생각을 했다.

서로를 바라보는 두 사람 주변에 긴장이 감돌았다. 그의 손이 시에나의 얼굴에 닿았다. 손가락 끝으로 조심스럽게 볼을 쓸다가 커다란 손이 그녀의 얼굴을 완전히 감싸 쥐었다.

"무엄하다. 안 하십니까?"

가라앉은 목소리가 탁했다. 마치 꾹 눌러 참는 것처럼.

시에나는 입술만 달싹거렸다. 목이 꽉 막힌 것처럼 소리가 나오지 않았다.

그의 엄지손가락이 시에나의 아랫입술을 누르며 천천히 쓸었다. 그녀의 붉은 입술이 뭉그러졌다가 제 모습으로 돌아왔다.

감히. 감히.

시에나의 머릿속에 하나의 단어만 메아리쳤다. 희롱당하고 있다. 무엄? 그런 말로 나무라는 수준을 한참 넘었다. 당장 죄를 물어 포박해 감옥으로 끌고 가라고 명령해야 한다.

"황녀님!"

바깥에서 다급히 부르는 목소리를 듣고 두 사람은 흠칫했다.

"황녀님. 괜찮으십니까?"

호위 기사가 뒤늦게 달려와 안부를 묻고 있었다.

시에나는 대답하지 않았다. 여전히 자신을 보고 있는 남자로부터 눈을 돌리지 않았다.

아마 그가 조금이라도 주저하는 기색을 보이거나 불안해했다면 시에나는 큰 소리로 기사를 불렀을 것이다. 당장 이놈을 무릎 꿇리라고 명령했을 것이다.

그는 더 대담해졌다. 눈빛에 담긴 욕망이 노골적이었다. 시에나의 볼을 감싼 손이 그녀의 턱을 받쳐 올리고 그의 얼굴이 천천히 다가왔다.

힘으로 강제하는 건 아니었다. 그녀의 손목을 붙든 힘은 오히려 느슨해졌다. 당장 뿌리치고 뺨을 후려칠 수도 있었다.

"황녀님. 들어가겠습니다."

"들어오지 마."

쿤의 눈이 가늘어졌다.

"내가 부를 때까지 들어오지 마라."

"……예. 황녀님."

두 사람의 얼굴이 더 가까워졌다. 아슬아슬하게 입술이 닿기 직전이었다. 내쉬는 숨이 상대의 얼굴을 간질였다.

"고삐를 쥐여 드렸는데. 황녀님이 놓으신 겁니다."

그가 나직이 속삭였다. 이어서 시에나의 입술에 그의 입술이 살짝 닿았다가 떨어졌다. 재차 허락을 구하는 것처럼 그는 지그시 그녀를 바라보았다.

시에나의 눈동자가 흔들렸다. 아직 잡혀 있는 손목이 화상을 입은 것처럼 뜨거웠다. 지금 둘 사이에 오가는 긴장감이 뭘 뜻하는지 모르지 않았다.

감정이 메마른 황족은 자손이 귀했다. 문란한 성생활을 오히려 장려했다. 그래서 황족의 성교육은 아주 노골적이었다. 시에나가 초경을 시작했을 때 불려 온 남녀가 직접 그녀의 눈앞에서 정사를 시연했다.

그때는 그들이 짐승 같다고 생각했다. 언젠가 자신도 사내와 저 짓을 해야 한다는 게 불쾌했다. 그런데 이제는 알겠다. 도덕적이라서 여태 금욕적인 생활을 한 게 아니었다. 그럴 마음이 드는 상대가 없어서였을 뿐.

그녀는 호기롭게 코웃음 쳤다.

"사내가 패기가 없구나."

쿤의 눈이 커졌다가 큭, 작게 웃음을 터뜨렸다. 시에나는 갑자기 변한 그의 눈빛을 보고 움찔했다. 사냥을 위해 도약하기 직전의 짐승 눈빛이 저러할 것이다.

힘이 담긴 손이 그녀의 뒷목을 감싸듯 쥐었다. 그녀의 입술이 와락 덤벼든 입술에 삼켜졌다. 단번에 호흡을 뺏긴 시에나가 눈을 꾹 감았다. 그가 시에나의 아랫입술을 쭉 빨아들이다가 입술 사이로 그녀의 입술을 깨물었다.

뜨거운 살덩이가 그녀의 살짝 벌어진 입안으로 파고들었다. 거침없이 입안을 훑는 그의 혀가 시에나의 혀를 휘감아 문질렀다.

그녀는 노골적이고 직접적인 접촉으로 입안의 체온이 뒤섞이는 이 낯선 경험이 그다지 싫지 않았다. 불결하다는 생각도, 자신의 몸을 만지는 그의 손길도 불쾌하지 않았다.

그녀의 작은 혀가 조금씩 반응했다. 새침하게 도망쳤다가 조심스럽게 다가왔다. 쿤은 잡힐 듯 말 듯 한 말캉한 혀를 붙잡아 끌어내고 싶어 안달이 났다. 그는 그녀의 입안을 전부 삼켜 버릴 것처럼 빨아들이고 그녀의 타액을 삼켰다.

가느다란 팔이 자신의 목에 감기는 감각을 느끼며 그의 머릿속에서 뭔가가 탁 끊어졌다. 그녀의 입안이 너무 달아서 현기증이 났다.

상상했던 것보다 훨씬 더 그녀의 뽀얀 볼은 말랑말랑하고 부드러웠다. 차마 굳은살이 박인 자신의 거친 손으로 만지기 죄스러웠다. 한편으로 그녀의 몸을 감싼 옷을 모두 벗겨 그녀의 온몸 구석구석을 만지고 싶었다.

그는 본능에 휩쓸려 그녀의 입술과 입안을 탐했다. 손끝이 저릿하다. 머릿속이 들끓었다. 혈기왕성한 수컷의 본능이 당장 그녀를 취하라고 그를 몰아댔다. 아랫배가 아프게 죄어들었다. 아찔한 망상 속에서 그는 그녀의 두 다리를 벌려 단단히 성이 난 제 분신을 밀어 넣었다.

'안 돼!'

그는 초인적으로 날아간 정신을 붙잡았다. 겨우 제정신으로 돌아왔을 때 그의 팔은 그녀를 단단히 구속하듯 허리를 감아 완전히 얽어맨 상태였다. 어느새 한쪽 손은 본능에 따라 그녀의 가슴을 쥐고 있었다. 이성으로 충동을 억제하지 못한 이런 경험은 처음이었다.

이 순간에도 그는 수없이 주저했다. 온몸의 감각이 곤두서서 아우성이었다. 가라앉지 않은 흥분으로 욱신욱신했다. 흥분한 성기가 바지 안에서 눌려 압박이 느껴졌다. 이 욕망에 굴복하고 싶었다. 도톰하게 부푼 그녀의 입술을 보니 더 미칠 것 같았다.

쿤은 입 안쪽을 피가 나도록 깨물었다. 비릿한 맛이 나자 들썩이던 속이 간신히 가라앉았다.

목에 감긴 그녀의 손을 풀었다. 흐트러진 그녀의 매무새를 정리해 주었다. 반쯤 벗겨진 붉은 가발도 제대로 고쳐 주었다. 그는 느리지도 빠르지도 않은 손길로 차분하게 움직였다.

달아올랐던 공기가 빠르게 식었다. 가슴이 오르락내리락하던 시에나의 호흡이 점차 편안해졌다. 점점 분노로 샛노랗게 빛나는 시에나의 금색 눈동자가 그를 매섭게 노려보았다.

약간의 흥분도 보이지 않는 무표정한 남자의 표정이 그녀의 자존심을 사정없이 뭉갰다. 마치 자신 혼자만 몸이 달아 매달린 것 같았다. 이런 모욕이 없었다. 수치심으로 손끝이 차갑게 식었다. 강렬한 살의가 솟구쳤다.

"송구합니다."

쿤의 사과는 가까스로 억눌렀던 시에나의 분노를 폭발시켰다. 있는 힘을 다 실어 그의 뺨을 쳤다. 제대로 얻어맞은 그의 얼굴이 휙 돌아갔다.

시에나는 얼얼한 손을 꽉 주먹 쥐며 쿤에게 사납게 일갈했다.

"비겁한 놈. 다시 한 번 내 눈에 띄었다가는 가만두지 않겠다."

쿤은 차갑게 돌아서서 나가는 황녀의 뒷모습을 망연히 응시했다. 그녀가 발코니의 커튼을 젖힐 때까지의 짧은 시간이 무척 더디게 흘러갔다.

그는 치열하게 갈등했다. 지금이라도 늦지 않았다. 그녀의 팔을 붙들어 돌려세울 수 있는 시간이 남았다. 달콤한 유혹의 목소리가 머릿속에서 속삭였다.

'치미는 충동에 따라가 봐. 답이 보이지 않을 때는 일단 저질러 보는 것도 해결책이지.'

그가 자신을 통제할 이성이 남은 것은 다행이자 불행이었다. 미련이 남은 그의 손가락만 꿈틀했을 뿐 그는 꼼짝하지 못했다.

마지막 기회가 지나갔다. 그녀는 나가 버렸다. 그는 자신도 모르게 탄식했다.

쿤은 한참을 혼자 서 있었다. 바지 앞섶이 팽팽하도록 곤두선 아랫도리의 흥분이 가라앉을 때까지는 움직일 수 없었다.

그는 두 손으로 얼굴을 감싸며 깊은 한숨을 내쉬었다. 후회가 밀려왔다. 금단의 열매에 손을 댔다. 몰랐으면 모르는 채로 살았을 텐데 달콤함을 맛보았다.

미친놈. 대체 무슨 짓을 저지른 거냐.

황녀가 진심이었을 거라고는 생각하지 않는다. 얼마간 그녀의 성격을 파악했다. 그녀는 황족으로서의 자신의 위치를 절대 잊을 사람이 아니었다. 무도회의 열기에 휩쓸린 하룻밤의 불장난 정도였겠지. 못 이긴 척 그 불장난을 함께할 수도 있었다.

하지만 이게 옳았다. 여기서 멈추는 게 맞다. 여기까지면 포기할 수 있었다.

그는 바닥에 떨어진 자신의 부서진 가면을 물끄러미 쳐다보았다. 황녀가 나가면서 얼마나 자근자근 짓밟았는지 얇은 사기 재질의 가면은 산산이 부서져 있었다.

그는 쓰게 웃으며 중얼거렸다.

"……관대하시군. 뺨 한 대라니."

그는 가면 없이 발코니에서 나갔다. 커튼을 열자마자 노골적인 시선이 사방에서 날아와 꽂혔다. 잠시라도 미적거리면 우르르 몰려와 말을 걸 것이다. 쿤은 빠른 걸음으로 지나쳤다.

"록산 경."

쿤이 멈칫했다. '이런' 하고 한숨을 삼키며 적당한 미소를 만들어 고개를 돌렸다.

'록산'은 쿤이 대외적으로 내보이는 신분 중 하나였다. 부서진 반가면 따위는 그가 쓰는 진짜 가면에 비하면 장난이었다.

배가 잔뜩 나온 중년의 남자가 쓰고 있던 가면을 슬쩍 벗어 얼굴을 보였다가 다시 썼다.

"이런 곳에서 볼 줄은 몰랐네."

"그러게 말입니다. 오랜만에 뵙습니다."

"가면은 어쩐 건가?"

"안 그래도 가면이 망가져서 돌아가려던 참입니다."

"가면 정도야 내가 금방 구해 주지. 모처럼 왔는데 즐기게. 내가 엊그제 귀국했고 오늘이 첫 사교 모임인데 막 들어오자마자 예기치 못한 곳에서 자네를 만났으니 인연이 아닌가. 나와 술 한잔 나누며 이야기도 좀 하세."

"말씀은 감사합니다. 오늘은 기분이 나지 않는군요."

"제국에 언제까지 머물 건가? 일간 한 번 보세나."

"예. 연락드리겠습니다."

"약속했네. 떠나기 전에 꼭 연락 주게."

남자는 몇 번의 확답을 받은 후에 쿤을 놓아주었다. 두 사람의 대화를 지켜보고 있던 귀부인이 호기심을 드러냈다.

"눈에 띄는 사람이네요."

저런 사람은 한 번이라도 봤으면 기억에 남았을 텐데. 대체 누구냐. 여자는 돌려 물었다.

"제국인은 아니라오. 에드워드 록산. 록산 상회의 주인이지."

"록산 상회요?"

"대륙의 몇 개국에 자리를 잡은 상회인데 제국 사람들은 잘 모를 거요."

"역시 버록 경은 식견이 넓으십니다. 모르는 것도 모르는 사람도 없으세요."

"나야 워낙 방랑벽이 도져 여기저기 돌아다니길 좋아하니. 덕분에 주워들은 잡지식이 많은 것뿐이지."

"겸손하시기까지 하시죠."

한바탕 웃음이 터졌다. 두 남녀의 화기애애한 대화에 귀 기울이던 누군가가 끼어들었다.

“제국에 들어오지 못한 상회라면 대단치 않군요. 잡화점 수준은 아닌가요?”

“그보다는 낫소. 규모는 작아도 재정 기반이 탄탄하다고 들었소. 주인도 괜찮은 사람이라오. 깍듯하고 건실한 젊은이지.”

“상회 이야기가 나와서 그러는데 라드 상회 말입니다. 주인이 여자라던데. 혹시 버록 경께서는 관련해서 들으신 이야기가 없으십니까?”

“처음 듣는군. 어디서 나온 말이오?”

“어머. 저는 나이 지긋한 신사분이라고 들었는걸요.”

“라드 상회의 주인은 변신술이라도 익혔나 봅니다. 여자가 되었다가 노인도 되었다가.”

둥글게 모인 사람들이 웃음을 터뜨렸다. 어느새 라드 상회는 그들 화제의 중심이 되었다. 수익이 얼마라더라, 얼마 전에 어디에도 또 지점이 생겼더라, 이야깃거리가 끊이지 않았다.

라드 상회는 꾸준하게 사교계의 관심 대상이었다. 귀족이 상인에게 관심을 보이는 경우는 드물었다. 돈을 좋아해도 겉으로는 안 그런 척 가식을 떨었다.

그런데 라드 상회는 제국의 상계에서 차지하는 지분이 워낙 큰 데다가 베일에 싸여 있었다. 감출수록 더 벗겨 내고 싶은 게 어쩔 수 없는 사람의 심리였다. 이면에 다른 속셈도 있었다. 어떻게 해서든 상회의 주인과 인연을 만들고 싶은 것이다.

사교 활동은 많은 돈이 들었다. 모든 귀족이 부자는 아니었다. 그래서 꽤 많은 귀족이 부유한 후원자를 물색했다.

귀족은 후원을 받아 사치스러운 삶을 유지했다. 상인은 후원하는 귀족을 통해 권력자에 비빌 끈을 만들었다. 상부상조였다.

* * *

쿤은 또 자신을 알아보는 자가 나타나기 전에 서둘러 무도회장을 빠져나갔다.

이미 바깥은 완전히 어두워졌다. 그는 마차를 세워 놓은 곳으로 갔다. 귀빈일수록 마차는 입구에서 가까웠다. 그래서 그가 타고 온 마차까지는 한참 걸어야 했다.

마차 문을 열고 안에 올라타자 고개를 꾸벅꾸벅 아래위로 흔들던 적갈색 머리카락의 사내가 눈을 떴다.

"금방 들어갔다 나온다면서요. 무슨 일이 있는 줄 알고 걱정했잖습니까."

우스는 졸고 있었던 주제에 뻔뻔하게 잔소리를 늘어놓았다. 하지만 대답 없는 쿤의 표정을 살피며 슬그머니 입을 다물었다.

바깥에서 마차 문을 두드렸다. 우스가 문을 살짝 열어 누군가와 작은 소리로 말을 나누더니 쿤을 돌아보며 말했다.

"꼬리가 붙었다네요."

"어디서?"

"공작가의 하인이라는데. 어찌할까요?"

누구 짓인지 알 만했다. 파르르 떨던 애송이 녀석을 떠올리며 그는 냉소를 지었다.

"죽일 건 없다."

"예. 그럼 적당히 알아서 처리하라고 하죠."

바깥에 있는 자와 몇 마디 한 후 다시 문을 닫은 우스가 마차 벽을 두드렸다. 잠시 후 마차가 출발했다.

"지금 어디로 가는 거지?"

"저택으로……."

"상회로 가."

"예."

어두운 밤길을 따라 마차가 달려갔다. 앞서 달리는 마차의 뒤에 작은 짐마차가 따라붙었다.

오늘따라 차로에 마차가 거의 없었다. 바짝 붙었다가는 뒤를 밟는다는 의심을 살 수 있으므로 적당히 간격을 유지했다.

톰이 지시받은 내용은 간단했다. 일단 사는 곳만 알아 두면 되었다. 마차 미행은 자주 하던 짓이라 이골이 났다.

'어디서 내리는지만 알아내면 되니까. 누가 또 도련님 눈 밖에 난 거야. 재수도 없지.'

톰이 혀를 끌끌 찼다.

길을 꺾는 순간 톰은 달려드는 마차를 보고 기겁해 고삐를 당겼다.

"으아악!"

쾅! 요란한 소리를 내며 마차의 몸체가 서로 충돌했다. 작은 짐마차는 그대로 넘어갔다. 말들도 서로 부딪치고 넘어지며 묶은 줄이 꼬였다. 현장은 순식간에 아수라장이 되었다.

"사고가 났다!"

"치안병을 불러와!"

여기저기 꺼진 불이 켜졌다. 근처 집에서 사람들이 자다가 뛰어 나왔다. 흔하게 일어나는 마차 사고였다.

붙은 꼬리를 간단히 잘라낸 마차는 유유히 동쪽 거리로 들어섰다. 동쪽 거리는 제국 수도에서 가장 큰 시장이 자리 잡은 상거리였다.

매일 새벽부터 해 질 무렵까지 장이 열렸다. 도매에서 소매까지 크고 작은 거래가 이루어졌다. 손꼽히는 유명 상회 본점은 모두 이곳에 있었다.

장사가 끝난 거리는 전부 불이 꺼져 어두웠다. 마차가 큼직한 건물 앞에 멈추어 섰다. 건물의 상단에 '라드 상회'라는 간판이 붙어 있었다.

마차에서 내린 쿤이 안으로 들어갔다. 나이 지긋한 노인이 다가와 고개를 숙였다. 그는 라드 상회 본점의 총지배인이었다.

"어쩐 일이십니까. 쿤."

"록산 상회. 회계 자료 가져와."

"기다릴까요?"

우스가 물었다. 쿤이 고개를 저었다.

"금방 안 끝나. 돌아가 있어."

"예. 그럼 먼저 갑니다. 아, 영감. 저번에 내가 그…… 부탁한 건 어떻게 됐소?"

우스가 슬쩍 쿤의 눈치를 살피며 말했다.

“챙겨 놨으니 나중에 받으러 와라.”

“오오! 역시 영감밖에 없어.”

“우스.”

히죽거리며 돌아서던 우스는 쿤이 부르자 움찔했다.

“예?”

“술 처먹고 사고 치면 죽는다. 이번엔 안 봐줘.”

“사고 안 쳐요!”

귀한 특산주 몇 병을 빼돌려 챙겨 달라고 부탁해 놓은 우스는 지레 찔려 버럭 소리쳤다. 혹시 쿤의 입에서 금주령이라도 떨어질까 봐 우스는 도망치듯 사라졌다.

“하여튼 저놈은 눈을 뗄 수가 없다니까.”

“반년 금주는 착실히 지키지 않았습니까. 조금 풀어 주시지요.”

총지배인 메이슨이 빙그레 웃었다.

“지금이 좋아. 이번에 확실히 알았어. 저 녀석은 목줄을 묶어야 해.”

쿤은 자연스럽게 앞장서 총지배인의 업무실로 들어갔다. 대외적으로는 방의 주인으로 알려진 총지배인이 오히려 손님인 것처럼 뒤를 따라 들어갔다.

“갑자기 록산 상회의 회계 자료는 왜 찾으십니까? 무슨 일이라도…….”

메이슨이 두툼한 서류 묶음을 책상에 내려놓으며 물었다.

“버록 남작과 마주쳤어. 조만간 만나야 할 것 같아. 그 양반이 록산 상회에 관심이 많잖아. 분명 이것저것 물을 텐데 최근 소식은 내가 뭘 알아야 대답을 하지.”

쿤은 서류를 빠르게 넘겨 눈으로 훑었다.

"눈여겨볼 만하신 큰 변화는 없습니다. 현상 유지만 하고 있으니까요. 아, 얼마 전에 분점 두 군데를 닫았습니다. 따로 정리한 내용이 그 안에 있을 겁니다."

"버록 남작에게 사람 보내서 약속 잡아. 사나흘 후쯤으로."

"예."

쿤이 서류를 살피는 데 집중하자 메이슨이 어느 사이에 조용히 사라졌다. 그리고 잠시 후 돌아와 얼음주머니를 담은 쟁반을 책상에 올렸다.

"찜질하지 않으면 내일 아침에 더 많이 부으실 겁니다."

쿤이 민망해하며 한 손으로 이마를 짚었다.

"염려 마십시오. 우스는 눈치채지 못했을 겁니다. 워낙 둔한 녀석 아닙니까."

"……그럼 다행이고. 그놈 입은 깃털보다 가볍단 말이야."

쿤이 얼음주머니를 쥐어 볼에 댔다. 차가운 얼음이 닿자 조금 따끔거렸다.

"쿤."

"말하지 마."

"숙녀께 뺨을 얻어맞을 만한 짓을 하고 다니십니까? 쿤을 그렇게 키운 기억은 없습니다."

쿤이 뚱하게 대꾸했다.

"……여자한테 맞았다고 하지 않았어."

"아니면 쿤이 순순히 얻어맞을 리가 없지요."

"……."

"그리고 맞을 짓을 했으니 맞아 주셨겠죠."

메이슨은 심통 난 아이처럼 턱을 괴고 얼음찜질을 하는 쿤을 보며 미소 지었다. 손자를 바라보듯 눈빛에 애정이 가득했다.

아들처럼 듬직했다가 때로는 손자처럼 사랑스럽다가 가끔은 애잔하기도 한 자신의 젊은 주인.

어서 짝을 찾아 가정을 꾸려 행복해졌으면 좋겠는데 도통 결혼 생각이 없어 보였다. 주인은 울타리 안에 있는 사람에게는 한없이 관대하지만, 그 울타리 안에 쉽게 사람을 들이지 않았다.

그 기준이 남녀 관계에도 적용되는 모양이었다. 막 성년이 되었을 때는 호기심에 몇 번 여자를 만나는가 싶더니 깊은 관계로 발전하지 못했다. 한창나이에 여자에게 관심은 없고 일만 찾아 바쁘게 돌아다니는 쿤을 보며 다들 걱정이 많았다.

이분이 드디어 연애하시나. 메이슨은 은근한 기대감으로 즐거웠다.

"잘못했으면 용서를 비셔야지요. 사과는 하셨습니까?"

"눈앞에 얼씬도 하지 말라고 하더군."

"저런. 큰 잘못을 하셨나 봅니다. 무조건 비세요. 그거밖에 없습니다."

"지금 얼굴도 모르는 여자 편을 드는 거야?"

"누구든 환영입니다. 쿤의 뺨을 칠만큼 대찬 분이라니 더욱 좋습니다. 미적거릴 이유가 뭐가 있습니까. 올해 안으로 날을 잡으시죠."

"쓸데없는 소리 말고 나가. 아직 이거 다 보려면 멀었어."

메이슨을 쫓아 버린 후 쿤은 얼음주머니를 볼에 대고 문지르며 투덜거렸다.

"무슨 말만 꺼냈다 하면 결혼, 결혼. 결혼은 나 혼자 하나."

다들 그가 마음만 먹으면 세상의 어떤 여자와도 결혼할 수 있을 거라고 믿는 것 같다.

제국이 천하를 지배한다고? 최소한 라드 일족에게는 해당하지 않는 말이었다. 일족의 수장, 오랜 일족의 염원을 이루어 줄 구원자. 일족에게 쿤은 우상이자 신앙이었다. 쿤을 위해서는 기꺼이 웃으며 죽을 수 있는 자가 수천 명이다.

든든한 만큼 무거운 짐이었다. 일족의 기대에 부응해야 했다. 완벽하고 강해야 했다. 그는 자신을 끝없이 다그치며 여기까지 왔다. 다행히 그에게 주어진 길은 그도 바라는 길이었다.

잘해 왔다. 지금까지.

쿤은 자신의 손을 쥐었다가 폈다. 아직도 감촉이 남아 있는 것 같았다. 그토록 강렬하게 몸이 들끓는 갈망은 처음이었다. 부드러운 촉감, 뜨거운 그녀의 입안, 코끝을 스치던 그녀의 체향을 떠올리는 것만으로 아랫배에서 훅 열기가 치솟았다.

손이 닿지 않는 절벽 위의 꽃이다. 황녀는 절대 그가 가질 수 없는 여자였다.

황녀의 허리를 끌어안고 그녀의 입술을 삼키는 순간에 그녀를 원하는 자신의 욕심을, 그리고 이미 한참 전부터 시작된 흔들림을 모르는 척 외면한 제 마음을, 겨우 알았다.

포기해.

그의 마음속의 목소리가 그에게 충고했다.

황녀는 널 유희로 여길 뿐, 절대 너와 미래를 꿈꾸지 않을 것이다. 만에 하나 황녀와 서로 마음이 통한다고 해도 그녀를 얻기 위해서는 네가 짊어진 모든 것들을 버려야 할 텐데. 할 수 있겠어? 넌 절대 못 해.

그의 냉정한 이성은 언제나 옳은 충고를 했다. 아는데도 괜한 반발심이 들었다. 반박할 수 없어서 속이 쓰렸다.

독이 잔뜩 오른 금색 눈동자가 자신을 쏘아보던 모습을 떠올리자 오싹했다.

"하아……."

그는 절망 가득한 한숨을 내쉬었다. 그를 죽일 것처럼 노려보던 그 모습마저도 미치도록 예뻤다.

가질 수 없으니 더 애가 타는 걸까.

목이 탔다. 아무리 얼음물을 들이켜도 풀리지 않을 갈증이었다.

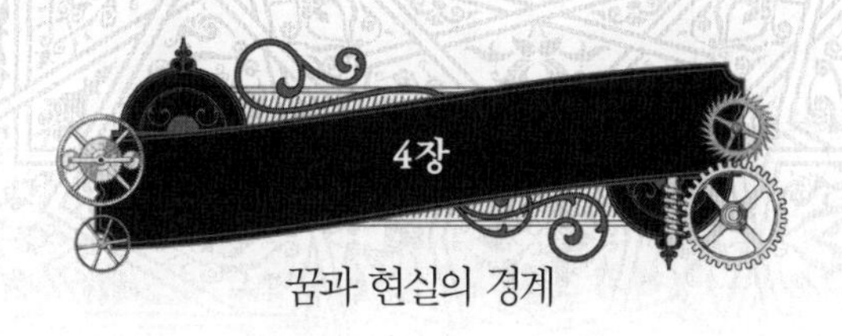

4장 꿈과 현실의 경계

한 장의 초상화 앞이었다.

약간의 몽롱한 감각이 이제는 익숙했다. 그리고 반가웠다. 시에나는 꿈을 꾸는 중이었다.

오늘은 무엇을 보게 될까. 잔뜩 기대되었다.

황제가 바라보는 초상화 속에 한 손에는 검을 다른 손에는 왕홀을 쥔 중년의 남자가 엄숙한 표정을 짓고 있었다.

—태조 선황 폐하.

중년 남자는 시에나가 아는 사람이었다. 그는 유명인이었다. 책을 펼쳐 본 적 있는 제국의 백성이라면 알아볼 것이다. 제국에서 발간하는 모든 서적의 첫 장은 이 초상화가 실렸다.

황제는 초상화를 보면서 천천히 걸었다. 옆에 또 다른 초상화가 있었다.

시에나는 이곳이 어딘지 알았다.

—초상화의 방이구나.

역대 제국 황제의 초상화를 모두 걸어 둔 방이다. 원칙적으로 황족이라면 누구나 자유롭게 들어갈 수 있었다.

그런데 초상화의 방이 황제의 집무실과 가깝다는 게 문제였다. 정해진 규칙이 있는 것은 아니지만, 황제의 허락을 받아 들어가는 게 관례가 되었다.

시에나는 딱 두 번 들어가 보았다. 쭉 걸린 초상화를 보며 맨 끝에 언젠가 나의 초상화가 걸리겠구나 생각했었다.

황제는 일정한 속도로 걸었다. 갈수록 걸음이 점점 느려지다가 멈추어 섰다.

—아…….

시에나는 헛숨을 들이켰다. 황제 폐하, 즉 아버지의 초상화 앞이었다.

초상화는 사후에 제작된다. 현재 강건하게 살아 계신 분의 초상화를 보니 기분이 이상했다.

황제는 통치 기간 중 몇 년에 한 번씩 초상화를 제작하며 사후에 이미 제작된 초상화를 기반으로 이 방에 걸 초상화를 새로 그렸다. 눈앞의 초상화는 현재 아버지보다 훨씬 젊었다.

초상화는 여기까지여야 한다. 옆에는 시에나가 죽은 후

만들어질 초상화가 걸릴 테니까. 그런데 황제가 슬쩍 오른쪽으로 고개를 틀자 시선 끝에 액자의 모서리가 보였다.

—왜 초상화가 더 있지?

방의 구조는 복도식으로 길었다. 가장 안쪽에 걸린 제국 시조의 초상화를 시작으로 오른쪽으로 갈수록 최근의 것이었다.

황제가 벽에서 눈을 떼고 고개를 돌렸다. 저 멀리 문이 보였다.

—안 돼. 나가지 마. 누구의 초상화인지 내게 보여 줘.

시에나의 다급한 외침이 들리기라도 한 것처럼 황제는 두어 걸음 걷다가 멈추어 섰다.

그리고 천천히 고개를 벽 쪽으로 돌렸다.

마치 태조 황제처럼 양손에 검과 왕홀을 쥔 남자의 초상화였다. 굳게 다문 입술과 정면을 노려보듯 바라보는 눈빛에서 단호한 의지가 느껴졌다.

붉은 머리카락이 섞인 잿빛의 금발, 시에나보다는 조금 옅은 금색 눈동자.

—말도 안 돼.

남자는 시에나가 아는 사람이었다. 그녀의 이복형제, 디안 아르젠트였다.

—디안 황자가…… 황제가 된다고?

그것도 나보다 먼저.

있을 수 없는 일이다. 시에나의 계승 서열이 높았다. 서열은 절대적이었다. 황제가 서열을 무시하고 마음에 차는 자식에게 황위를 물려준다는 건 제국에서는 불가능했다.

"폐하."

—뭔가 잘못됐어.

"한 번이라도 불러 드릴 것을 그랬습니다."

—거짓이야!

"그때는 당신을 증오했습니다."

—신탁이 아니었어! 헛된 꿈이야! 이건 환상이야!

시에나가 아무리 소리쳐도 꿈속의 자신에게는 전혀 닿지 않았다. 황제는 디안의 초상화에서 눈을 떼지 않으며 차분하게 계속 말을 붙였다. 시에나에게 네가 보고 있는 것이 틀림없는 진실이라고 확인시켜 주는 것처럼.

"당신을 황제라고 칭하면 영영 굴복하는 거라고 생각했습니다. 어리석었지요. 이기고 지고. 이 황제라는 자리가 우승자에게 주어지는 트로피가 아닌데 말입니다."

세월을 담아 노숙한 목소리는 조금씩 시에나의 흥분을 가라앉혔다.

"저는 계속 눈을 감고 살았습니다. 너무 늦게 깨달았어요."

감정이 북받치는지 목소리 끝이 떨렸다.

—당신. 힘들구나.

제국의 황제가 온기가 없는 그림 한 장을 보며 긴 혼잣말을 하고 있다.

무척 쓸쓸해 보였다.

시에나는 황제가 측은했다. 미래의 자신이지만, 솔직히 황제를 자신과 동일시할 수 없었다. 타인으로 느껴져 제3자의 시선으로 보게 되었다.

"폐하가 황자의 신분으로 입궁하고 얼마 안 되어 우리가 만난 일을 기억하십니까? 아주 짧은 만남이었지요. 그리고 제 성년식 날 두 번째로 폐하를 뵐 때까지 저는 사실 폐하의 존재를 아예 잊고 지냈습니다."

—성년식이 두 번째?

시에나는 의아해하며 반론을 제기했다. 세 번째가 아니라?

"그날 저를 바라보던 폐하의 눈빛을 아직 기억합니다. 당신의 분노가 나를 향한 적대감인 줄 알았습니다. 몰랐습니다. 당신에게 무슨 일이 일어났는지. 그게 분노가 아니라 슬픔과 고통이었다는 것을 몰랐습니다. 이제 와서 몰랐다는 말로 변명은 되지 않겠지만, 폐하. 정말 저는……. 어머니가 당신에게 무슨 짓을 했는지 몰랐습니다."

잠에서 깨어난 시에나는 천장을 응시하며 멍하게 넋을 놓았다. 자신을 둘러싼 세계가 산산이 부서지는 것 같았다. 난데없이 전혀 모르는 세상에 뚝 떨어진 기분이었다.

상실감? 허무함? 어떤 말로도 표현할 수 없었다.

*　*　*

쿤은 수도의 상징물이자 입구인 거대한 아치형 돌문을 통과하며 기분이 싱숭생숭했다. 그는 마음의 정리를 위해 한동안 수도를 떠나 있자는 마음을 먹고 바로 행동에 옮겼다. 가면무도회 다음 날이었다.

예정대로면 두 달 정도는 외유하려 했다.

붙잡는 디안에게 다급히 처리해야 하는 중요한 일이 있다고 거짓 핑계까지 댔다.

곧 다가올 황녀의 성년 생일 연회를 피하고 싶었다. 그날 분명히 황녀의 약혼이 주된 화제가 될 것이다. 그녀의 약혼을 모른 척 지켜볼 자신이 없었다. 차라리 자신의 부재중에 모든 일이 끝나버리기를 바랐다.

그녀의 약혼이 구체화되면 그녀와 자신이 더는 얽힐 일이 없을 거라고 생각했다.

그런데 제국을 벗어나기도 전에 예기치 못한 일이 생겨서 다시 돌아왔다. 미지의 힘이 자꾸 자신을 도망치지 못하게 잡는 것 같았다.

“이쪽입니다.”

우스가 방향을 가리키며 말했다. 우스는 쿤과 비슷하게 키가 컸다. 하지만 둘이 나란히 서 있으니 결코 평범한 체격이 아닌 쿤이 마른 체형으로 보였다. 그만큼 우스의 몸은 우락부락한 근육질이었다.

두 사람은 인적이 드문 뒷길로 들어갔다. 들어갈수록 길이 좁아지고 지저분했다.

"여기가 맞는데 말입니다."

우스는 품에서 접은 종이를 꺼내 암호처럼 그려진 지도를 보며 다시 한 번 접선 장소가 맞는지 확인했다.

쓰러질 것 같은 건물들이 다닥다닥 붙어 높은 벽을 만들었다. 두 사람이 간신히 통과할 수 있는 좁은 길은 미로처럼 뻗어 있었다.

한낮에도 제대로 빛이 들지 않아 어두컴컴하고 음습한 악취가 풍겼다. 수도에 거주하는 사람 중 상당수가 아예 이곳의 존재를 몰랐다. 화려한 제국의 감추어진 그림자 같은 곳이었다.

장신의 두 사내가 멀뚱히 서서 기다렸다. 차 한 잔 마실 정도의 시간이 지났다.

허리춤에 놓인 우스의 손가락이 검집을 툭툭 건드렸다. 우스를 아는 자들이라면 당장 사방 백 걸음 이상 후퇴할 위험 신호였다. 우스의 인내심이 바닥에 이르렀을 때 왜소한 체격의 남자가 불쑥 나타났다.

"따라오……. 컥!"

쥐를 낚아채는 솔개처럼 우스의 손이 단번에 남자의 목을 틀어쥐었다. 남자는 몸이 잽싸기로 이 바닥에서 유명했다. 하지만 도망은커녕 억센 손이 다가오는 기척도 몰랐다. 남자의 발이 공중에 대롱대롱 매달렸다.

"뭐 하자는 수작이야. 대기하고 기다렸다가 모셔 가도 모자랄 판에 어디서 간을 보고 지랄이야!"

우스가 남자의 목을 한 손으로 움켜쥔 채 짤짤 흔들며 사납게 으르렁거렸다.

"그러다 죽겠다."

옆에서 말을 보태는 쿤의 표정이 무심했다. 남자가 죽거나 말거나 상관없다는 태도였다.

제대로 목이 졸린 남자는 비명조차 지르지 못하고 눈이 까뒤집어졌다. 사실 남자가 아직 살아 있다는 건 우스가 봐주지 않고서는 불가능했다. 우스는 사람을 교살하는 취미는 없었다. 목뼈를 분질러 버릴지언정.

"그만하시오!"

로브를 뒤집어쓴 남자가 튀어나와 소리쳤다. 우스는 더 눈을 험상궂게 부라렸다. 우스에게 잡힌 남자의 입에 부글부글 거품이 일었다.

"죄송합니다. 부디 노여움을 푸십시오."

또 다른 사람이 나타났다.

남자는 후드를 벗어 늙수그레한 얼굴을 드러냈다. 그리고 바닥에 납작 엎드렸다. 우스는 낮게 코웃음 치며 들고 있던 자를 바닥에 내던졌다. 남자는 그대로 축 늘어졌다. 로브의 남자가 달려가 상태를 살폈다.

맥이 뛰는 것을 확인하고 안도의 숨을 내쉬었다.

노인은 바닥에 다시 한 번 머리를 박았다.

"손속에 사정을 봐주시어 감사합니다."

"같잖은 수작질하면 네놈들의 목을 싹 따버리겠다. 내가 못할 것 같나? 엉?"

노인은 몸을 부르르 떨었다. 협박이 결코 허세 같지 않았다. 얼굴은 처음 보지만, 선불 맞은 멧돼지처럼 길길이 날뛰는 사내가 누군지 알 것 같았다.

칼리고의 우스는 집요한 뒤끝으로 유명했다. 우스에게 원한을 사느니 차라리 사막으로 가서 사막귀의 밥이 되라는 이쪽 세계에 떠도는 말이 있었다. 노인은 그 소문이 사실인지 확인할 생각은 전혀 없었다.

"이…… 이쪽으로 오십시오."

노인은 앞서 걸었다. 몇 개의 골목을 지나 꺾어지고 때로는 허름한 집을 통과해 다른 길로 넘어갔다. 용케 길을 외워 안내한다는 생각이 들 정도로 복잡했다.

한참 가던 노인은 슬쩍 뒤돌아보았다. 음산한 길로 깊이 들어가는데도 두 사내는 마치 벗의 집을 방문하는 것처럼 여유로웠다. 그들의 느긋함이 고깝지 않고 오싹했다. 허튼짓을 했다가는 네 목이 날아갈 거라는 협박 같았다.

노인은 두 사람을 특색이 없는 허름한 집 앞에 데려다주고 어디론가 가 버렸다.

우스가 문을 밀었다. 아무것도 없는 텅 빈 방 저편에 또 문이 있었다. 성큼 안으로 들어서려는 우스를 쿤이 손을 들어 제지했다. 안쪽의 문은 쿤이 직접 열었다. 방에 널찍한 테이블이 있고 후드를 깊이 눌러 쓴 한 사람이 앉아 있었다.

쿤은 방으로 들어가 의자를 빼 테이블에 앉았다.

우스는 쿤의 뒤를 지키듯 섰다.

"제대로 예의를 갖추지 못하고 모셔서 죄송합니다."

로브에서 흘러나오는 목소리는 여자의 것이 틀림없는 미성이었다. 말을 끝내자마자 스스로 후드를 벗어 얼굴을 드러냈다. 여자, 그것도 매우 젊은 미녀가 요염하게 웃었다. 쿤의 눈빛이 차갑게 가라앉았다.

"에비타입니다. 오해하시기 전에 말씀드리면 제가 '올가'의 주인입니다."

'올가'는 제국의 수도에 기반을 잡고 활동하는 정보 조직이었다. 그리고 제국의 암흑가를 꽉 잡은 지배자이기도 했다. 그들은 절대 제국의 귀족과는 거래하지 않았다. 존재조차 모르게 숨죽여 엎드린 것이 지금껏 살아남은 그들의 방식이었다.

"언제부터?"

남자의 냉랭한 반응에 에비타는 무안했다. 갑자기 화사한 미모를 드러내며 인사하는 방식은 중요 전략이었다. 고객이 남자일 때 효과를 보지 못한 적이 없다.

'이 새끼, 고자 아냐?'

에비타가 붉은 입술을 삐죽였다가 더욱 환하게 웃었다.

"올가의 주인이 여자라서 놀라신 모양이군요. 알려지지 않아 그렇지……."

쾅, 요란한 소리와 함께 쿤의 허리춤에 매여 있던 흑검이 테이블 위로 올라왔다.

"내가 이걸 뽑으면 넌 죽는다. 푸른 수염은 어디 갔지?"

에비타의 눈동자가 흔들렸다.

그녀의 얼굴에서 웃음기가 사라졌다.

"……의부를 아시는군요."

이런 중요한 정보를 남기지 않으셨다니. 에비타는 의부를 원망하며 입술을 깨물었다.

"의부는 돌아가셨습니다. 전 그분의 뒤를 이어 올가의 주인이 되었습니다."

"정당한 계승자라면 증표를 갖고 있겠지."

"어떻게 그걸!"

"증표."

"……갖고 있지 않다면요?"

쿤은 말없이 검을 쥐었다.

"의부의 원수를 갚겠다는 건가요?"

"푸른 수염이 어떤 이유로 누구에게 죽었든 알 바 아니야. 난 올가의 주인이 만나자기에 왔다. 정당한 계승자가 아니라면 사칭했다는 말이지. 거짓말을 하는 자는 꼭 뒤통수를 치더군."

쿤이 검을 반쯤 뽑아내자 에비타는 기겁했다. 칼리고의 단장이 들고 다니는 흑검의 악명은 귀에 못이 박이도록 들었다.

"성격이 급하시네요!"

에비타는 자신의 목에 걸린 것을 쿤에게 던졌다. 그는 날아오는 작은 돌을 잡아챘다. 무지개 색으로 오묘하게 빛나는 독특한 원석을 유심히 살핀 후 다시 에비타에게 던졌다. 에비타는 증표를 소중히 두 손으로 감싸 쥐며 투덜거렸다.

"영광인 줄 아세요. 의부께 받은 후 이걸 만져 본 사람은 나 말고는 그쪽이 처음이니까."

"원래 내 아버지 거였어."

"뭐라고요?"

"팔겠다는 정보는 가져왔나?"

에비타는 방금 그가 한 말의 내용을 더 자세하게 듣고 싶었다. 하지만 바늘 하나도 들어갈 틈 없는 표정으로 앉아 있는 흑발의 사내는 순순히 말해 줄 것 같지 않았다.

정보를 팔아먹고 살면서 공짜로 달라고 할 수가 없다. 그렇다고 정보를 사겠다고 호기를 부릴 수도 없었다. 최근 올가의 자금줄이 말라붙었다.

에비타는 문득 서글펐다. 한때 승승장구했던 조직이 어쩌다 이렇게 되었을까.

'지금 내 호기심이 중요한 게 아니지.'

그녀는 일어나 손바닥으로 벽을 더듬었다. 표식을 남긴 곳을 찾아내 손끝으로 두드렸다. 암호가 섞여서 두드리는 간격에 일정한 박자가 실렸다.

"잠시 기다려 주세요. 저희는 정보가 곧 재산이라 이중 삼중으로 조심할 수밖에 없어요. 저희와 거래하시려면 약간의 인내심은 필수랍니다."

그녀는 조금 전 우스가 올가의 조직원을 험하게 다룬 것을 돌려서 비난했다.

처음 만나기로 약속했던 장소는 이곳에서 직선거리로 매우 가까웠다. 쿤과 우스를 안내한 노인은 일부러 멀리 돌았다. 시간을 버는 사이에 다른 조직원이 에비타에게 달려와 상황을 보고했다. 고객을 맞이할 때마다 항상 거치는 절차였다.

"장사할 줄을 모르는군. 의부에게 제대로 배우지 못했나?"

"말씀이 지나치시군요."

"상대를 봐가며 찔러야지. 내게 직접 넘기는 거래만 하겠대서 날 여기까지 부른 건 그쪽 아닌가?"

말문이 막힌 에비타는 입을 앙다물었다. 기다리게 하면 가끔 반발하는 고객이 있었다. 그러면 그런 자와의 거래는 없던 것으로 되돌렸다.

더구나 우스처럼 조직원의 목숨까지 위협하는 불한당은 처음이었다. 그런데도 두 사람을 이곳으로 데려와 만났다. 중요한 원칙을 깨뜨린 것이다.

하지만 어쩔 수 없었다. 지금 아쉬운 쪽은 정보를 사겠다고 온 두 사람이 아니라 판매하려는 올가였다.

누군가에게는 천금처럼 귀한 정보가 누군가에게는 쓰레기였다. 판매할 고객을 확보하는 일보다 정보를 모으는 일이 차라리 쉬웠다.

어둠의 정보 상인을 찾는 자들치고 제대로 된 사람은 거의 없었다. 정보만 확실하다면 보상을 확실히 해 줄 거라는 신뢰를 주는 고객은 손가락으로 꼽혔다. 눈앞에 앉아 있는 사내는 그런 고객이었다.

"그렇군요. 확실히 저희의 실수였어요."

에비타는 괜한 신경전을 포기하고 순순히 잘못을 인정했다.

"본인이 맞나……."

중얼거림을 듣고 고개를 들자 눈이 마주친 에비타가 당황했다.

"생각만 하려던 게 저도 모르게……. 의미 없는 혼잣말입니다."

쿤이 고개를 기울이며 입술 끝을 비스듬하게 끌어올렸다.

"너무 늦은 확인 아닌가? 내가 칼리고의 단장 본인이 맞는지 의심스러워?"

"의심이 아닙니다."

에비타는 자신의 실수가 어처구니없었다.

얼굴을 붉히며 변명했다.

"상상했던 모습과 달라서. 그냥 그뿐입니다."

칼리고의 단장을 직접 보는 건 처음이다.

하지만 얼굴은 매우 어렵게 입수한 초상화를 봐두어 이미 알고 있었다. 다만 어딘가 달랐다. 외모는 동일인이 맞는데 분위기가 달랐다.

초상화 속의 남자는 용병이 아니라 거친 일을 한 번도 해 본 적이 없는 곱상한 귀족 도련님 같았다. 훨씬 부드럽고 온화했다. 그래서 처음 초상화를 봤을 때 에비타는 '정말 이 사람이?' 하고 생각했다.

'몇 년 전에 본 초상화이니 물론 그때보다 나이는 더 들었겠지만, 그래 봤자 서너 살일 텐데. 사람 자체가 바뀐 것 같잖아.'

에비타는 초상화를 보고 첫눈에 반했다. 남모르게 한 장 더 구해서 비밀 장소에 감추어 두고 생각날 때마다 꺼내 감상했다. 솔직히 오늘 기대했다.

뭘 어찌 해 보겠다는 게 아니라 미남은 구경만 해도 기분이 좋으니까.

초상화가 실제 생김새와 영 딴판인 경우가 종종 있었다.

화가의 주관이 개입되기도 하고 귀부인은 웃돈을 얹어 평범한 외모가 미녀로 탈바꿈하기도 했다.

남자의 초상화는 미화되지 않았다. 오히려 실물이 더 생동감이 있고 입체적이었다. 짙은 눈썹, 날카로운 눈매, 강인해 보이는 턱선과 곧은 콧대. 이목구비를 하나하나 뜯어봐도 못난 구석이 없고 전체적인 조화가 어긋난 곳도 없었다.

남자는 미남이었다. 저절로 시선이 갈 만큼.

하지만 에비타는 그를 처음 보자마자 '무섭다.'라고 생각했다. 너무 강렬한 느낌이라 잘생긴 외모에 대한 호감 같은 건 저만치 밀려났다.

모든 사람의 감상평이 그녀와 같지는 않을 것이다. 아무래도 하는 일도, 살아온 환경도 특수해 사람을 보는 눈이 보통 사람과 달랐다. 외모보다 그 사람이 풍기는 기질로 판단하는 습관이 들었다. 그리고 그녀의 예민함은 그녀의 재능이기도 했다. 지금껏 첫인상이 틀린 적이 없었다.

'그 초상화를 그린 화가는 아마 굉장히 둔한 사람이거나. 이 남자가 그렇게 보이도록 자신을 꾸몄거나 둘 중 하나일 거야.'

아마 후자 쪽일 거라고, 에비타는 추측했다.

이 남자는 자신의 또 다른 모습을 초상화로 절대 남기지 않을 것 같다.

똑, 똑똑, 똑.

리듬을 넣은 네 번의 노크 소리가 들렸다. 문이 열리고 들어오는 남자는 큼직한 봉투를 두 손에 들고 있었다.

에비타는 곧장 자신에게 오는 남자에게 말했다.

"가져온 건 저분께 드려."

남자가 봉투를 쿤에게 건넸다. 쿤은 봉투를 열어 문서를 꺼냈다. 빠른 속도로 전체를 훑어본 후 다시 봉투에 담았다.

"새어 나가진 않겠지?"

"올가의 이름으로 보증합니다. 정보를 판매한 순간부터 소유권은 전적으로 구매한 분께 있습니다. 저희는 절대 판매한 정보를 공유하지 않습니다."

쿤이 우스를 보며 턱짓으로 신호했다.

우스가 품에서 작은 주머니를 꺼내 에비타에게 던졌다. 동시에 쿤이 일어나 돌아섰다.

고객이 돌아간 후 에비타는 봉투를 가져온 남자에게 지시했다.

"뒤처리는 확실히 해. 관련 정보는 틀림없이 다 폐기하고."

"예. 그런데."

남자가 주저했다.

"이리저리 끼워 맞춰 보니 누군지 알 것 같습니다. 저들이 찾고 있는 사람 말입니다."

칼리고에서 오래전부터 은밀하게 행방을 쫓는 사람이 있었다. 어지간한 규모의 정보 조직은 대부분 칼리고의 의뢰를 받았다.

어떤 미친놈이 칼리고에 원한을 샀구나.

다들 그렇게 생각했다. 왜냐하면, 칼리고에서는 사람을 찾아 주면 '현상금'을 주겠다고 했다. 그 단어가 주는 어감이 그렇다. 보통 죄인에게 붙이는 표현이다.

걸린 금액이 엄청났다. 많은 정보 조직이 현상금에 군침을 흘리며 이 일에 뛰어들었다.

그러나 역시 세상에 공짜는 없었다. 칼리고에서는 찾겠다는 사람의 관련 정보를 주는 데 인색했다. 인상착의조차 구체적으로 알려 주지 않았다. 시간이 지날수록 아무것도 건지지 못한 자들이 하나씩 손을 털고 떨어져 나갔다.

올가는 여력이 안 되어 애초에 시작조차 하지 않았다.

정보는 우연히 습득했다. 정말 운이 좋았다. 에비타는 엄청난 돈줄을 쥐었다는 사실을 알았을 때 새까만 암흑 속에서 빛이 스며들어 오는 환상을 보았다.

에비타가 조직을 물려받는 과정에서 여러 일이 있었다. 어디나 주인이 바뀌는 과정에는 잡음이 끼어들듯 올가도 마찬가지였다. 겨우 수습했을 때 조직은 만신창이가 되었다.

우연이 얻은 정보는 조직의 막힐 숨통을 단번에 틔워 줄 생명수였다. 잃어버리면 끝이었다. 아무도 믿을 수 없었다.

칼리고에 당신들이 찾고 있는 정보를 갖고 있다는 연락을 보내면서 첨부했다.

칼리고의 단장 본인이 오지 않으면 팔지 않겠다고.

무사히 거래를 마친 그녀는 무겁게 지고 있던 짐을 다 내려놓은 것처럼 홀가분했다.

"누구를 찾든 우리가 알 바 아니잖아?"

"예……."

에비타가 단칼에 잘라 말했다.

하지만 개인적인 호기심은 별개였다.

"누군데?"

"이십오 년 전에 벌어진 제국의 혈사 말입니다. 그때의 생존자 같습니다."

에비타의 표정이 굳었다. 정치라니. 이런 문제에 얽히면 골치 아팠다.

"파고들면 뭐가 있을 거 같은데요. 칼리고가 제국의 정세에 관심이 있는 걸까요? 아시다시피 칼리고에 관한 정보는 부르는 게 값입니다. 사소한 거 하나만 잡아도 비싸게 팔 수 있을걸요."

잠시 생각하던 에비타가 고개를 저었다.

"하지 마. 우리는 모르는 일이야."

순간 혹한 마음이 든 건 사실이다. 돈이 필요했다.

"적으로 돌리면 안 되는 사람이야."

남자는 아까워하며 입맛을 다셨다.

"명심해. 칼리고와 척져서 말년이 좋은 사람 봤어? 그 남자에게 찍히면 곱게 못 죽어. 돈이 귀해 목숨이 귀해?"

에비타는 남자가 혹시 몰래 딴짓을 할까 봐 단단히 일렀다. 남자가 한숨을 푹 쉬었다.

"예. 알아들었습니다."

*　*　*

입맛에 딱 맞는 차를 마시며 만족스러워하던 시에나가 찻잔을 입에 댄 채 인상을 썼다. 계속 황녀의 표정을 살피고 있던 엠마가 놀라 안절부절못했다.

"입에 맞지 않으십니까. 황녀님."

"음? 아니다. 좋구나."

시에나는 아예 찻잔을 내려놓고 생각에 잠겼다. 엠마가 방해하지 않으려고 황녀로부터 멀찍이 물러났다.

'한바탕 풍랑이 지나간 것 같아.'

시에나는 작은 한숨을 내쉬었다. 이제 겨우 조금 마음이 진정되었다. 충격적인 미래를 엿본 후 그녀는 한동안 극도의 혼란 상태에 빠져 있었다. 누구와도 의논할 수 없으니 홀로 끙끙 앓았다.

겉보기에는 평소와 달라진 점이 없었고 하루 일정도 늘 하던 대로 충실했다. 그녀는 자신의 마음을 쉽게 드러내는 성격이 아니었다. 그래서 주변에서는 누구도 그녀의 고뇌를 알아차리지 못했다.

'이해할 수 없는 점이 너무 많아.'

미래의 자신이 외숙과 대척하는 이유를 모르겠다.

외가인 리먼 공작가를 포함한 여섯 공작 가문은 황실의 방패였다. 제국에서 여섯 가문이 갖는 우월한 지위는 다른 귀족 가문과 비교할 수가 없었다.

제후국의 국왕들만 참석이 가능한 제국의회에 여섯 공작을 위한 의석이 여섯 개가 있었다.

즉, 여섯 공작은 제후국의 국왕에 버금가는 지위를 누렸다.

더구나 리먼 공작가는 적왕을 배출한 가문이고 시에나의 외가였다. 시에나가 황제가 되면 누구보다도 시에나의 편이 되어 황제의 절대 권력을 공고하게 뒷받침해 줘야 한다. 그리고 당연히 그들이 그렇게 할 거라고 믿었다.

그런데 그 믿음이 흔들리고 있다.

'어머니 때문에?'

적왕과의 관계가 극단적으로 악화될 경우를 가정해 봤다. 그래도 이해가 안 되었다.

적왕와 공작 가문은 별개였다. 리먼 가문이 적왕과 시에나 둘 중 하나를 택해야 한다면 시에나를 택할 것이다. 꿈속 미래에서 아무리 패트리샤의 기세가 등등하다고 해도 황제는 시에나다. 리먼 가문이 적왕을 등에 업고 황제와 맞서는 것은 매우 어리석었다.

'아니면 청왕 때문에?'

시에나와 결혼할 사람도 공작 가문 출신일 테니 청왕을 배출한 공작가와 리먼 공작가가 모종의 이유로 충돌했을 수도 있다.

'아니면 혹시……. 디안 황자가 황제가 된 것과 관련이 있을까?'

시에나 스스로 놀랄 정도로 디안 황자가 다음 황제가 된다는 미래를 순순히 받아들였다.

미래의 자신이 털어놓은 깊은 죄책감이 담긴 고백 때문인지 그렇게 억울하다거나 화나지 않았다. 그저 도대체 무슨 수로 디안 황자가 황제가 될 수 있었는지가 궁금했다.

'성년식이 두 번째 만남이라고 했지.'

그녀가 꿈에서 보는 것들은 원래 그렇게 될 예정이었던 미래. 그리고 그 꿈으로 인해 현재가 바뀌어도 꿈에서 보는 미래는 변화를 반영하지 않는다. 죽은 미래가 되어 버리는 것이다.

꿈속 미래의 자신은 성년 생일을 앞두고 미로 정원에 간 적이 없는 것 같다. 미래의 시에나와 다르게 현재의 시에나는 디안 황자와 우연히 재회했다.

'그리고 그 남자…….'

쿤을 만났다.

미래의 자신은 어땠을까. 그 남자를 만났을까?

그녀는 가면무도회에서 벌어진 일을 떠올렸다. 이런저런 생각을 한참 하다가도 마지막에는 그 남자를 떠올리지 않는 날이 없었다.

그날, 정말 머리끝까지 화가 났다. 그렇게까지 화가 난 적이 전에는 없었다. 그 정도로 분노를 터뜨린 것도, 사람을 때린 것도 처음이었다.

시간이 지나고 나니 그날 왜 그렇게 감정을 내보였는지 모르겠다. 그자가 괜한 객기를 부렸다가 황녀라는 지위에 제풀에 놀라 물러섰다고 해서 화낼 이유는 없었다. 별수 없는 놈이구나, 비웃고 지나가면 그만이었다.

'그건……. 뭐랄까. 정말 이상했어.'

처음 경험한 입맞춤 자체는 불쾌하지 않았다.

타인의 체온과 깊이 맞닿으며 기이한 희열을 느꼈다. 타인의 혀가 자신의 입안을 휘젓고 자신의 혀가 강하게 빨리는 느낌이 짜릿했다. 온몸이 뜨거워지고 배 속이 간지러웠다. 단단한 팔이 자신의 허리를 감아 품으로 강하게 당기던 그 순간, 가슴이 뛰었다.

그녀는 손으로 제 입술을 살짝 문질렀다.

'한 번 더 해 보면 느낌이 다를까?'

다른 남자와 해 보면?

시에나는 조세프를 생각했다가 고개를 저었다. 전혀 그럴 마음이 들지 않았다.

조세프와 쿤, 둘 다 미남이지만 풍기는 인상이 전혀 달랐다. 조세프는 매끈하게 잘생겼다. 잘 자란 도련님처럼 다소 유약한 느낌도 있다.

쿤은 다듬지 않은 원석 같았다. 딱 잡히는 이미지가 없었다. 시에나가 쿤을 볼 때마다 대체 이자의 정체가 뭔가, 고민하는 이유도 그래서였다. 용병이라고 하면 용병 같고 귀족이라고 하면 귀족 같고 기사라고 하면 기사 같았다.

조세프가 다루기는 쉬울 것이다. 그건 확실했다. 그런데 둘 중 하나를 고르라면 쿤이었다. 지금껏 몰랐는데 그녀에게도 취향이 있었다. 무례한 놈은 싫지만, 무조건 엎드려 비굴한 태도를 보이는 놈은 더 싫었다.

"황녀님."

엠마가 조심스럽게 불렀다.

맞잡은 두 손이 가만있지 못하고 계속 꿈지럭거렸다. 엠마의 초조한 마음이 그대로 드러났다.

"드릴 말씀이 있습니다."

"말하게."

"정말 송구합니다. 황녀님께서 부족한 제 솜씨를 인정해 주시고 직접 끓인 차를 황녀님께 올릴 수 있어 영광입니다. 하지만 제게 너무 과분한 임무이니 부디 거두어 주시옵소서."

엠마의 목소리는 가늘게 떨리면서도 머릿속에서 오래 준비했는지 막힘이 없었다.

시에나는 불안해 보이는 엠마의 표정과 태도를 유심히 살폈다. 단도직입적으로 물었다.

"적왕께서 부르셨나?"

놀란 엠마가 얼굴을 들었다가 다시 숙였다. 잠시 후 미미하게 고개를 끄덕였다.

"뭐라고 하시던가?"

"별말씀은 안 하셨습니다. 황녀님과 무슨 이야기를 그렇게 재미나게 나누느냐고 하셨습니다."

"그래서?"

엠마가 번쩍 고개를 들어 억울한 표정으로 말했다.

"황녀님. 저는 절대 아무 말씀도 적왕께 전하지 않았습니다. 정말입니다."

"그랬겠지."

시에나가 고개를 끄덕였다.

"나눈 말이 있어야 전할 게 아닌가."

모든 시녀를 다 물러가게 하고 하루 두 번. 정 여유 시간이 없으면 하루 한 번. 시에나는 엠마가 끓여주는 차를 마시며 엠마와 단둘이 시간을 보냈다.

두 사람 사이에 오가는 대화는 없었다. 딱히 시에나가 이러니저러니 말이 많은 성격이 아니고 엠마도 그랬다. 그래서 엠마는 억울했다. 주변 사람들은 그녀를 부러워했다.

'황녀님의 말동무를 하고 있다며?'

이런 질문을 얼마나 받았는지 모른다. 그리고 엠마를 통해 황녀의 취향을 알아내고 싶어 했다.

적왕도 다른 사람과 마찬가지였다. 적왕의 질문에 엠마가 차만 올린다고 대답하자 믿는 눈빛이 아니었다.

적왕은 싸늘하게 말했다.

「다음에는 좀 더 성의 있는 답을 기대하지. 돌아가 잘 생각해 보라.」

엠마는 적왕의 쌀쌀맞은 말투를 생각하면 지금도 가슴이 철렁했다.

"황녀님. 저는…… 무섭습니다."

시간이 지날수록 자신이 권력의 한복판에 서 있음을 알게 되었다. 사방에서 가하는 보이지 않는 압력에 납작 짜부라질 것 같았다. 원래 베개에 머리만 대면 잠들었는데 요즘 불면증까지 생겼다.

'참 심약하구나.'

시에나는 엠마가 신기했다. 저런 새가슴으로 세상을 어찌 사는 걸까. 지금껏 주변에서 본 적이 없는 유형이었다.

'먼 미래에도 내 곁에 있다는 건 믿을 만한 사람이라는 거겠지.'

시에나는 현재의 자신을 믿는 만큼 미래의 자신도 믿었다. 훗날의 자신은 현재보다 더 현명하고 신중할 것이다.

"엠마. 자네가 끓여 주는 차는 내게 휴식이자 즐거움이라네. 갑자기 환경이 바뀌어 놀란 마음은 이해하지만, 이미 맛본 자네의 솜씨를 놓치기가 아까워. 기간을 정하지. 우선 석 달은 있어 줘. 그 후에도 정 견디기 힘들면 다시 말하게."

시에나는 평소보다 훨씬 상냥한 말투로 부드럽게 미소까지 지으며 말했다. 모든 용기를 끌어모았던 엠마의 의지는 황녀의 미소 앞에서 물에 풀리는 소금처럼 사르르 녹아 버렸다.

'아아. 어쩌면 황녀님께서는 이렇게 아름다우실까. 역시 신의 핏줄이시구나.'

그동안 주눅이 들어 제대로 고개조차 들지 못했던 엠마는 오늘 처음 제대로 황녀의 얼굴을 정면에서 보았다.

'고귀하신 분께서 보잘것없는 내게 이토록 간곡하게 부탁하시다니. 그래. 석 달도 못 견디겠어.'

시에나의 말 어디에도 석 달 뒤에 보내 주겠다는 내용은 없었지만, 엠마는 교묘한 빈틈을 깨닫지 못했다.

"말씀대로 하겠습니다. 황녀님. 부족한 솜씨를 어여삐 봐 주시어 감읍할 따름입니다."

"자네가 중간에서 곤란한 것 같은데. 이렇게 하면 어떻겠나? 적왕께서 부르시면 가서 뵙고 무슨 질문을 하시든 아는 대로 대답하게."

"그래도…… 되는 것입니까?"

"안 될 것도 없지. 그런데 가장 큰 문제가 남지 않았나? 나는 자네에게 말한 것이 없고 자네는 들은 것이 없으니 적왕께 올릴 말씀이 없을 테지."

엠마가 강하게 고개를 끄덕였다.

"내가 자네에게 이야깃거리를 주지."

"예?"

"나는 자네의 차를 계속 마시고 싶고 자네는 곤란한 상황에서 벗어날 수 있지. 그리고 내게 말동무도 생기는 셈이니 두루두루 다 좋은 일 아닌가."

엠마는 금방 울음이라도 터뜨릴 것처럼 그렁그렁한 눈으로 황녀를 우러러보았다.

황녀님께서 나를 위해 이렇게까지! 감동이 밀려왔다.

"대신 내가 안다는 사실만은 적왕께 전달하지 말게. 그러면 자네 꼴이 퍽 우스워질 테니까."

"예. 황녀님. 무슨 말씀인지 알겠습니다."

"차가 식었군. 다시 주겠나?"

"예. 곧 올리겠습니다."

엠마가 작은 간이 화로에 불을 붙여 포트를 올렸다.

시에나는 엠마가 차를 준비하는 과정을 보는 게 좋았다. 소심한 엠마가 진지한 표정으로 자기 일에 집중하는 모습은 마치 다른 사람 같았다.

'잠시만 자네를 이용하지. 자네에게 해롭지는 않을 거야.'

엠마는 순진했다. 그래서 눈치가 빠른 적왕을 상대할 임무를 맡기기에는 오히려 적역이었다. 엠마는 자신이 그런 임무를 맡았는지도 모르겠지만. 그리고 모른다는 사실이야말로 그녀가 맡은 임무의 핵심이다.

시에나는 당분간 눈에 띄는 어떤 행동도 할 생각이 없었다. 성년이 될 때까지는.

계승 서열이 가장 높은 황녀라는 자리는 파고들면 아무것도 아니었다. 그녀가 누리는 것들은 독립적인 권력이 아니라 황족으로 태어났기에 주어진 특권이었다.

하지만 왕이 되면 모든 게 달라진다. 그녀의 처소는 황녀의 궁이 아니라 왕의 궁이 되고 그녀에게 소속된 자들은 왕의 신하로서 따로 직책을 받는다.

적왕이 시에나의 밑에 있는 사람을 임의로 불러내면 지금은 기껏해야 비난의 대상이 될 뿐이지만, 시에나가 왕이 된 후에는 월권으로 처벌의 대상이 된다.

무엇보다도 가장 큰 변화는 출궁의 자유였다. 지금은 출궁하려면 황제에게 보고하고 허락을 받아야 했다.

'이제 곧.'

성년 생일까지 멀지 않았다. 충분히 기다릴 수 있었다.

"황녀님. 차가 준비되었습니다."

"자네 것도 한 잔 준비해서 내 앞에 앉게."

엠마의 눈이 휘둥그레졌다.

"이야기는 앉아서 들어야지."

"저…… 저는 괜찮습니다."

"이리 오라니까."

엠마는 황녀의 손짓에 홀린 것처럼 다가갔다.

시에나가 재차 권유하자 사양하지 못하고 엉거주춤하게 황녀의 맞은편 소파에 앉았다.

"마침 할 만한 이야기가 있군. 공작가의 무도회를 다녀온 이야기는 어떨까?"

* * *

미소 짓고 있는 패트리샤의 입술 끝이 가늘게 떨렸다. 아주 미세한 경련이라 눈을 내리뜬 엠마는 전혀 알아차리지 못했다.

"황녀께서 그런 말씀을 하셨다고."

"예. 적왕."

엠마는 잔뜩 긴장했다. 황녀의 허락을 받았지만, 왠지 적왕에게 말을 전하는 게 마음이 편하지 않았다. 첩자가 된 것 같아 심장이 두근두근했다.

"자네. 이름이 뭐라고 했지?"

오늘 불려 오자마자 받은 질문이었다. 엠마는 다시 대답했다.

"엠마 달튼입니다."

"부친이 남작이었다고 했던가?"

"증조부께서……."

"아, 그랬지. 황녀께서……."

패트리샤는 말끝을 길게 늘이다가 피식 웃었다.

"자네가 몹시 마음에 드신 모양이야."

대체 너 같은 걸 어딜 봐서?

생략된 질문은 둔한 엠마도 짐작할 수 있었다.

무안해진 엠마의 귀 끝이 붉어졌다.

"혼인은 했나?"

"아직입니다."

"자네도 자식을 낳아 키워 보면 알겠지만. 자식이 부모에게 속을 다 터놓지는 않아. 부모는 자식이 뭘 좋아하는지, 무슨 생각을 하는지 소소한 것을 알고 싶을 뿐인데 아무래도 나이와 세대의 차이가 있다 보니 비슷한 또래를 더 편하게 생각하더군. 황녀께서도 역시 그러하시지."

"예."

"자식은 부모의 관심을 성가셔해. 참 슬픈 일 아닌가."

"예."

패트리샤는 내가 너를 불러다 이런저런 것을 물었다고 황녀에게 말하지 말라, 돌려 말하고 있었다.

황궁의 화법에 익숙하지 않은 엠마는 머리를 굴리지 않고 넙죽넙죽 대답했다. 그러나 엠마의 머릿속에는 패트리샤가 짐작할 수 없는 생각이 맴돌았다.

'적왕을 뵈었다고 황녀님께 말씀드려야겠어. 황녀님께서 따로 당부는 없으셨지만 그게 옳은 것 같아.'

적왕이 뒤에 서 있는 시녀에게 손짓했다.

시녀가 작은 주머니를 엠마의 앞에 놓았다.

엠마가 곱게 수를 놓은 주머니를 보다가 고개를 들었다. 눈이 마주친 패트리샤가 고개만 끄덕였다.

'아. 황녀님께 전해 드리라는 것인가 보다.'

엠마는 자신에게 주는 입막음 조의 뒷돈이라는 것은 짐작도 못 하고 주머니를 조심스럽게 두 손으로 쥐었다.

"가 보게."

엠마가 물러간 후 패트리샤는 한 손으로 관자놀이를 꾹 누른 채 눈을 감았다.

시녀가 조심스럽게 다가와 고했다.

"적왕. 리먼 백작님이 오셨습니다."

"모셔라."

패트리샤는 여전히 심각한 표정으로 소파에 앉아 있었다. 리먼 공작의 아들이자 패트리샤의 오라버니인 더그 리먼 백작이 들어오자 따로 지시를 내리지 않아도 시녀들이 모두 나갔다.

"오셨어요."

"안색이 안 좋구나."

"아버지는 좀 어떠세요?"

리먼 공작의 기력이 쇠해 요즘 거동이 불편해졌다. 노화는 최고의 명의들이 밤낮으로 붙어 있어도 방법이 없었다.

"오늘은 기분이 좋아 보이시더구나."

"황녀의 성년식 파티에는 참석하실 수 있는 거죠?"

"가급적이면."

"가급적으로는 안 돼요. 아버지께서 정정하신 모습을 보여 주셔야 한다고요. 아버지가 갖고 계신 상징적 의미를 아직 잃을 수는 없어요."

"아버지도 잘 알고 계신다."

여섯 공작 가문은 아득히 먼 위로 거슬러 올라가면 뿌리가 같았다. 큰 범위 안에서 계보상의 종적인 세대 관계가 존재하는 동족이었다. 그래서 공작 가문 사이에 권력의 우열은 없는 대신 항렬이 존재했다.

리먼 공작 가문의 1대손은 루크 공작 가문의 2대손보다 항렬이 높다. 그리고 현 리먼 공작은 유일한 33대손이었다.

항렬은 공작 가문들끼리 약속한 자신들만의 서열이었다. 큰 권력을 가진 제후 가문이 한둘이 아닌 다수 존재하다 보니 질서를 잡는 기준이 필요했다.

리먼 공작은 일종의 큰 어른 격으로 존중받았다. 만약 공작 가문끼리 이권 문제로 충돌할 경우 두 가문 공작의 항렬이 다르면 낮은 쪽이 양보하는 게 미덕이었다.

리먼 공작의 항렬과 적왕을 배출한 가문이라는 이유로 리먼 공작가는 지금껏 많은 혜택을 누렸다. 리먼 공작이 세상을 뜨면 다른 공작가들이 크게 목소리를 내기 시작할 것이다.

"그로시 공이……."

"황녀가……."

두 사람은 동시에 말을 꺼냈다가 입을 다물었다.

"황녀가 왜?"

더그가 패트리샤에게 먼저 말을 꺼내도록 질문을 던졌다.

"요즘 안 하던 행동을 하세요."

"그러실 나이지."

"황녀가 얼마 전에 출궁했던 것은 아세요?"

"들었다. 조세프라고 했던가? 루크 공의 손자가 가면무도회에 초대했다지. 네가 사윗감으로 눈여겨보는 자가 아니냐."

"황녀는 다른 자가 마음에 든 모양이에요."

"누구?"

"그건 몰라요. 무도회에서 만났는데 공작가 출신이라는 정보만 얻었어요. 황녀가 그자와 발코니로 들어갔어요. 둘이서만."

"뭐?"

더그가 경악하며 벌떡 일어났다.

"너무 놀라실 건 없어요. 무도회에서 무슨 일이 있었는지 따로 알아봤는데 둘만 들어간 시간은 길지 않았다고 하니까요. 황녀가 그자와 애먼 짓은 하지 않았을 거예요. 황녀가 그렇게 분별없는 성품도 아니고."

더그가 한숨을 쉬며 다시 털썩 앉았다.

패트리샤가 붉은 입술을 질겅질겅 물었다.

"누군지 짐작이 안 가요."

"공작가 출신이라고는 누가 그러더냐?"

"황녀가 직접 말했어요."

정확히는 엠마로부터 들었다. 그리고 엠마는 시에나로부터 들었다. 물론 시에나는 약간의 진실이 섞인 거짓 정보를 흘렸다.

"오라버니가 하시려다 만 이야기는 뭐였어요?"

"아……. 그로시 공 말이다. 최근에 디안 황자와 접촉했다는 말을 들었다. 그래서 사람 몇을 심어 뒀지."

패트리샤가 미간을 찡그렸다.

아마 다른 때였다면 어떤 상황인지 철저하게 파고들었겠지만, 지금 패트리샤의 관심은 딴 데 있었다.

"그 음흉한 노인이 괜히 우릴 흔들어 보려는 거겠죠. 그게 문제가 아니에요. 오라버니. 누가 황녀에게 접근한 것인지 좀 알아봐 주세요."

"알았다."

* * *

쿤이 봉투를 테이블에 얹었다. 디안이 반색하며 물었다.

"돈?"

쿤이 디안을 물끄러미 보다가 품에서 다른 봉투를 꺼내 흔들었다.

"돈은 이거."

디안의 뻔뻔함이 어떤 의미에서는 존경스러웠다.

금전적 지원을 받는 내내 조금도 꺼리는 기색을 보지 못했다. 마치 자신의 적금을 타 먹는 것처럼 당당했다.

재정을 관리하는 스테판이 디안에 대해 '그분은 황족이 아니었으면 엄청난 사기꾼이 되었을 것.'이라고 말한 적이 있었다. 그때는 웃어넘겼는데 생각할수록 맞는 말이었다.

'지금도 사기꾼인 건 맞지 않나? 남의 돈으로 사업을 벌이고 있으니까.'

제국의 황권이라는 거대한 판을 대상으로.

"돈보다 먼저 주는 봉투라. 기대되네. 근데 꽤 오래 수도를 떠나 있을 것처럼 말하더니 금방 돌아왔다?"

"그렇게 됐다."

"너 무슨 일 있지?"

"없어."

"대답이 너무 빨라. 느낌이 오는데……."

"그런 식으로 사람 속 떠보는 수작 모를 줄 알아? 닥치고 그거나 봐."

"닥치라니. 너 말이야. 최소한 황궁 안에서는 황자 대접을……."

투덜거리며 봉투를 열어 안에 든 문서를 꺼내 읽는 디안의 표정이 점점 굳었다. 문서를 쥔 디안의 두 손이 떨렸다. 도저히 믿기지 않는다는 표정으로 쿤을 보며 확인을 구했다. 쿤이 말없이 고개를 끄덕였다.

"정말…… 살아 계신단 말이야?"

"그래."

"정말 그분이야?"

"틀림없다."

"믿을…… 믿을 수 없어. 뵈어야겠어. 지금 어디 계시지?"

"디안."

디안이 벌떡 일어나 쿤의 팔을 붙들었다.

항상 여유롭게 능글거리던 디안이 낭떠러지로 내몰린 자처럼 공황 상태에 빠졌다.

“내 눈으로 봐야 돼. 봐야 한다고!”

“진정해!”

쿤이 버럭 소리쳤다.

“지금은 때가 아니야. 내가 안전한 곳에 모시고 있을게. 살아 있으니 언제든 볼 수 있어.”

격하게 흔들리던 디안의 눈동자가 차분해졌다. 쿤이 안도한 것도 잠시, 디안이 두 손으로 쿤의 팔을 움켜잡았다.

“살아 있으면 언제든 볼 수 있다고? 나도 한때는 그렇게 생각했지. 어머니와 헤어질 때도, 몇 시간 후에 보자고 손을 흔들 때는 그게 마지막 작별 인사일 거라고는 생각도 하지 않았단 말이다. 내일이면 뵙겠지. 내일이 되면, 그다음 날이면 만날 거야. 그렇게 희망고문으로 미쳐가는 기분을 알아? 당장 내일 어떻게 될지 모르는 게 사람 일이야. 제발, 쿤. 날 그분께 데려다줘.”

쿤은 디안을 한참 보다가 한숨을 쉬었다. 도무지 설득이 먹히지 않겠다.

디안이 이렇게 간절하게 매달리는 모습을 처음 보았다.

“시기가 좋지 않아.”

“알아.”

“황녀의 성년식이 며칠 남지 않았어.”

“그러니 오히려 그쪽에 눈이 쏠려 내가 뭘 하든 관심을 두지 않을 거다.”

쿤은 두 손을 허리에 얹고 하늘을 쳐다봤다가 땅을 내려다봤다가를 반복하며 고민했다.

'나중에 말할걸.'

후회는 이미 늦었다. 디안이 이런 과격한 반응을 보일 줄은 몰랐다.

그분을 찾고 있다는 말을 했을 때 디안은 관심이 없어 보였다. 어릴 때 헤어진 사람이라 정이 없어 그런 줄 알았더니 실망하면 절망할까 봐 아예 기대치를 내려놓았던 것 같다.

"이따가 해 지면."

평소에 두 사람의 의견 차이가 발생하면 거의 디안이 양보했다. 이번에는 쿤이 물러섰다.

디안이 강하게 고개를 끄덕거렸다.

"사람 보낼게. 어떻게 해야 하는지 알지?"

"알지. 처음도 아닌데."

가끔 몰래 궁을 나가야 할 일이 생기면 쿤이 심부름꾼을 가장한 대역을 보냈다. 그러면 디안은 대역을 자신인 척 세워 두고 심부름꾼으로 위장해 궁을 나왔다.

위험해서 자주 쓰는 방식은 아니었다. 적왕이 디안의 꼬투리를 잡으려고 혈안이 되어 있었다. 황제의 허락을 받지 않은 무단 출궁 사실을 알게 되면 틀림없이 공론화하여 터무니없는 죄를 뒤집어씌울 것이다.

그동안 디안이 차근차근 쌓아온 것들은 작은 공격에도 순식간에 무너질 돌탑이었다. 돌과 돌 사이를 단단히 이어 줄 결정적인 기반이 아직 부족했다.

내부적으로는 황제와의 거래, 그로시 공작과의 혼인 동맹, 디안이 포섭한 귀족들의 정계 진출 준비. 외부적으로는 리먼 공작의 타계, 공작 가문들 간의 본격적인 충돌.

모든 게 완성을 향해 나아가고 있었다. 하나씩 목적지에 다다를 때마다 디안을 에워싸는 단단한 성벽이 될 테지만, 그전까지는 작은 바람에도 흩날릴 모래였다.

“그분을 뵈었어? 건강은 어떠셔? 거동에 불편은 없으시고? 아니야, 대답 안 해도 돼. 조금만 기다리면 내가 직접 뵐 거니까.”

디안이 서성거리다가 두 손으로 얼굴을 감쌌다.

“꿈을 꾸는 것 같아.”

황제의 관을 쓰는 날에도 이보다 기뻐할 것 같지는 않다고, 쿤은 생각했다.

“황족은 감정이 결여되었다는 풍문이 다 헛소리인가.”

신의 피를 이어받은 황족은 인간적인 따뜻함이 부족하다. 하지만 그래서 지배자로서 더 적격이다. 제국이 오랫동안 천하를 지배할 수 있었던 이유는 황제의 냉정한 판단력 덕분이다.

누가 시작했는지는 모르지만, 어느새 기정사실이 되어 퍼진 말이었다. 황족이 인간과 근본적으로 다르다는 사실을 부각하며 은근히 제국의 지배를 당연시했다.

디안이 어깨를 으쓱이며 대답했다.

“내가 워낙 별종이잖아.”

‘나도 전에는 그렇게 생각했는데 꼭 그렇지만은 않은 것 같다.’

쿤은 시에나 황녀를 떠올리며 생각했다. 그녀가 냉혈한이라는 인상은 받지 못했다. 자신감이 충만해 당당할 뿐, 황제의 자리가 예약된 황족의 오만함을 이해 못 할 바는 아니었다.

가면무도회의 그 날 황녀는 아주 뜨거웠다. 그리고 쿤은 그녀의 뜨거움에 속절없이 빠져 버리고 말았다.

시간이 지나면 나아질 줄 알았는데 전혀 아니었다. 오히려 황녀와 나눈 키스의 잔상이 점점 더 환상적인 경험으로 탈바꿈했다. 쿤은 자신의 상태가 갈증에 시달리던 자가 소금물을 마신 상태 같다는 생각이 들었다. 요새는 자꾸 잠도 설친다. 이 병이 언제 나을 수 있을지 모르겠다.

"간다."

"쿤. 고맙다."

"그래. 넌 고마워해야 돼."

쿤은 장난스레 응수했다. 디안은 웃지 않았다.

"정말 고마워. 지금까지 받은 네 도움이 고맙지 않았다는 말이 아니야. 이번 일로 네게 마음의 빚을 졌다. 절대 잊지 않을게. 두고두고 갚을게."

쿤과 디안. 두 사람 관계의 근간은 계약에 기반을 둔 거래였다. 쿤은 디안이 황제가 될 수 있도록 물심양면으로 돕고 디안은 황제가 되었을 때 라드 일족의 염원을 이루어 주기로 했다.

서로에게 인간적인 매력을 느껴 어느새 허물없는 친구처럼 지내고 있으나 둘 다 모두 알고 있었다. 각자 책임져야 하는 사람들이 있고 그들을 위해서라면 언제든 등 돌릴 수 있는 관계라는 것을.

디안이 언급한 '마음의 빚'은 둘이 맺은 거래 이상으로 보답하겠다는 뜻이었다.

쿤은 말없이 디안의 어깨를 두드렸다. 돌아서서 궁을 빠져나가는 그의 발걸음이 가벼웠다.

'남는 장사를 했군.'

노림수가 아예 없었다고 하면 거짓말이다. 하지만 이익만 생각했다면 그 많은 시간과 인력을 사람을 찾는 일에 소모하지는 않았을 것이다.

디안은 혼자였다. 생물학적 아버지가 생존해 있고 이복형제가 있다고 해도 마음을 줄 수 없는 가족은 가족이 아니었다. 가끔 디안은 외로워 보였다. 의지할 피붙이가 한 명이라도 있으면 낫지 않을까. 그런 마음으로 사람 찾기를 시작했다.

사람 장사야말로 남는 장사이니 마음을 얻으려면 진심으로 다가서야 한다고, 돌아가신 부친으로부터 배웠다. 투자한 이상의 수익이 났다. 디안이 황제가 되면 라드 일족의 가장 든든한 우군이 되어줄 것이다.

쿤은 오랜만에 돌아가신 아버지의 얼굴을 떠올렸다. 그는 흐릿하게 웃으며 중얼거렸다.

"어딘가에 아버지가 살아 계시다는 말을 들으면 저는 디안보다 더했겠지요."

그립다. 아들에게 무거운 짐을 잔뜩 떠넘기고 가 버린 아버지가 밉다가도 항상 보고 싶었다.

* * *

그날 밤. 방문객이 디안 황자의 궁에 찾아왔다.

디안의 주변에는 항상 지켜보는 눈이 있었다. 디안이 황궁에 들어온 이후 그 눈은 떨어진 적이 없었다.

디안도 그 사실을 알면서 모르는 척했다. 가끔은 적이 지켜보고 있다는 전제 아래 눈속임을 위한 거짓 행동으로 그들을 역이용하기도 했다.

그런데 가끔 기본 감시자들도 모르는 또 다른 이중 감시자가 디안의 주변을 살폈다. 디안과 쿤 둘 다 미처 알지 못한 사실이었다. 훨씬 더 예민하고 전문적인 능력을 갖춘 자들이 작은 부스러기라도 건지고자 눈을 부릅떴다.

어제까지만 해도 그런 자들이 디안의 궁 근처에서 디안을 지켜보았지만, 오늘 새벽에 철수했다.

위에서 다른 지시를 받았기 때문이다.

평소처럼 디안 황자의 행적을 감시하는 자는 낯선 방문자를 대수롭지 않게 생각했다. 아무리 힘이 없어도 어쨌든 디안은 황자였다. 작은 콩고물이라도 얻을 수 있을까 싶어서 접촉하는 자들은 종종 있었다.

감시자는 방문객이 디안의 궁 안으로 들어가는 것과 거의 동시에 황궁의 출입자 명부에 기록된 신원 정보를 건네받았다.

'오로라 상회? 웬 구멍가게야.'

듣도 보도 못한 이름이었다.

요즘은 개나 소나 가게 하나 차려놓고 상회라는 호칭을 붙이는 게 문제라고 감시자는 구시렁거렸다.

'황자에게 용돈 좀 쥐여 주고 뭐 하나 얻을 게 있을까 싶어 기웃거리나 본데. 헛돈을 쓰고 있구먼.'

들어갔던 방문자는 오래 머물지 않고 금방 나왔다. 감시자는 들어간 자와 나온 자가 동일인이 아니라는 사실을 전혀 알아차리지 못했다.

5장

성년

오늘은 정신없이 바쁜 날이 될 것이다.

시에나의 생일이자 성년식이 바로 오늘이었다.

거대한 전신 거울 앞에 서 있는 시에나의 주변으로 시녀들이 바쁘게 움직이며 시중을 들었다.

은발을 틀어 올려 길고 우아한 목선을 드러냈다. 다이아몬드를 촘촘히 박은 티아라가 그녀의 머리를 장식했다. 은색의 광택이 흐르는 원단에 금사로 화려하게 수를 놓은 드레스는 화려한 위엄이 돋보였다.

포프 백작부인이 홀딱 빠진 표정으로 감탄했다.

"정말 아름다우십니다. 황녀님. 하지만 평소에 뵙던 모습과 크게 다르지는 않군요."

장신구와 의상의 도움을 받지 않아도 당신의 미모는 그 자체로 빛난다는 아부성 짙은 발언이 전혀 낯간지럽게 들리지 않았다.

부족한 점을 덮으며 과장해야 아부가 되는 것이다. 시에나의 입장에서는 당연한 사실을 있는 그대로 말하는 것에 불과했다. 시에나는 자신의 아름다움을 겸손하게 낮추지 않았다. 우월한 미모는 신족으로서 당연했다.

거울 속의 여인은 흠잡을 곳이 없었다. 화장하지 않아도 상아색의 피부는 작은 점 하나 없이 매끄러웠다. 마치 그녀에게만 빛이 내리쬐는 것처럼 광채가 났다.

"준비된 다른 드레스는 없느냐."

치맛자락에 금사로 수놓은 문양이 빼곡했다. 은색의 원단이 거의 보이지 않을 정도였다. 마치 금을 제련해 만든 것 같은 이 드레스가 시에나는 마음에 들지 않았다. 꿈에서 봤던 황제의 예복을 연상하게 했다.

시녀들이 우물쭈물하자 시에나는 백작부인에게 물었다.

"백작부인. 드레스는 여러 벌 준비해 두지 않소?"

"예. 다른 디자인으로 총 세 벌을 제작했다고 들었습니다."

"왜 내게 다른 두 벌은 보여 주지 않은 거요?"

"황녀님께 가장 어울리는 것으로 적왕께서 고르셨습니다."

시에나는 입혀 주는 대로 입었고 불만을 표시한 적이 없었다. 그래서 황녀를 위한 연회복은 적왕의 궁으로 먼저 들어가는 게 관행이 되었다.

시에나가 순종적이거나 자기 의견이 없어서가 아니라 그냥 그게 편했기 때문이다.

어차피 황녀를 위해 준비된 옷은 최고급이었다. 그리고 무엇을 입든 맞춤처럼 어울렸다. 그녀의 미모가 오히려 옷의 장점을 극대화했다.

실제로 시에나가 연회에 참석한 다음 날부터 수도의 의상실에는 황녀가 입은 드레스와 비슷한 디자인을 요구하는 주문이 쇄도했다.

시에나는 그동안 깊이 생각해 본 적 없는 일이 오늘따라 거슬렸다.

사소한 것 하나하나 적왕이 깊이 개입해 있음을 느꼈다.

어머니를 생각하자 가슴 안쪽이 싸하게 식었다.

“다른 것을 가져오시오. 내가 고르겠소.”

“예. 황녀님.”

시녀가 새로 가져온 드레스 중에서 시에나는 푸른색 원단에 은색 레이스를 덧댄 드레스를 골랐다.

드레스에 맞추어 티아라도 바꾸었다. 사파이어로 장식한 작은 티아라는 다이아몬드보다 거창한 느낌이 덜했다.

그녀는 거울 속의 자신을 보며 만족했다.

‘이것도 바뀐 미래일까?’

아마 꿈을 꾸지 않았다면 금색 드레스를 입었을 것이다.

사소한 것이라도 미래를 바꾼다고 생각하니 묘한 희열을 느꼈다.

*　　*　　*

오후부터 몰려든 사람들이 광활하도록 넓은 황궁의 연회장을 채웠다.

“오늘도 적왕의 안목이 돋보이는 파티로군요.”

“화려하면서도 기품이 있죠. 그분의 감각은 누구도 흉내 내지 못할 거예요.”

적왕이 호스트가 되어 주재하는 황실 파티는 늘 호평을 받았다. 패트리샤는 혼인 전에도 남다른 센스로 사교계의 유행을 이끌었다. 적왕이 된 후 그녀는 자신의 재능을 마음껏 발휘했다. 막대한 물량 공세를 펼쳐 사치스러움의 극치를 보여 주는 황궁의 파티는 언제나 귀족들의 허영심을 채워 주었다.

오늘은 황녀가 성년이 되는 생일을 기념하는 특별한 날이다. 참석자의 면면이 화려했다. 평소 사교 파티에 잘 모습을 드러내지 않는 자들도 거의 참석했다. 귀족들은 여기저기에서 소개하고 소개받으며 인맥을 쌓느라 바빴다.

푸짐한 체구의 중년인 주변으로 사람들이 빙 둘러 에워쌌다. 사람들은 중년인의 한마디에 감탄사를 흘렸다가 웃음을 터뜨리며 적극적으로 반응했다.

멀찍이 있던 자들도 무슨 재미있는 이야기를 나누나 싶어 슬금슬금 접근했다.

“대체 저분은 누구기에 다들 모여드는 겁니까?”

“버록 남작일세.”

"아, 저분이."

인기를 한 몸에 받고 있는 중년인을 처음 보는 사람들도 이름을 들으면 모두 고개를 끄덕이며 납득했다.

대개 사교계의 유명 인사들은 신분이 높지만, 버록 남작은 예외였다. 그는 신분이 높지도 부유하지도 외모가 매력적이지 않은데도 불구하고 제국의 사교계에 미치는 영향력이 상당했다.

그를 칭하는 별명은 방랑객.

붙은 별명만큼 대륙 구석구석을 가 보지 않은 곳이 없었다. 그리고 자신이 보고 들은 것들을 듣는 사람이 푹 빠져 버리도록 이야깃거리로 만드는 재주가 탁월했다.

좁은 곳에서 복작복작 살아가는 귀족들에게 그의 여행담은 최고의 진미였다. 그가 약 일 년에 한두 번씩 귀국할 때마다 그가 참석하는 자리에는 그의 이야기를 들으려는 사람들이 몰렸다.

"입이 마르는군. 잠시 쉽시다. 목 좀 축일 시간을 주시오."

"여기 시원한 물 대령입니다."

재빠르게 누군가 얼음을 가득 채운 물 잔을 버록 남작에게 내밀었다.

"허 참. 내일은 목이 잠겨 말 한 마디도 못 하게 생겼소."

버록 남작은 무리 틈에서 빠져나갔다. 사람들은 '버록 경이 도망가는군!', '어서 잡아.' 하고 웃으며 말하면서도 정작 달아나는 남작을 쫓지 않았다.

휴식 시간을 얻은 남작이 물을 마시면서 연회장 내부를 두리번거렸다.

'음? 저 노인네가 아직 살아 있었군. 저 젊은이는 왠지 낯이 익어. 부친이 내가 아는 사람 같은데.'

사람 구경을 하던 남작의 눈이 동그랗게 커졌다. 그는 잰 발걸음으로 목표를 향해 다가갔다.

대화를 나누는 미청년 둘이 사람들의 시선을 끌었다. 붉은색이 섞인 잿빛 금발 청년의 정체는 그의 특이한 머리카락 색만 봐도 알 수 있었다.

"디안 황자가 어쩐 일로."

"그러게요. 황궁 파티에서는 처음 보는 것 같네요."

디안은 대외적으로 한량 행세를 했다. 자신의 처소에 틀어박혀 하릴없이 빈둥대다가 초대장이 들어오면 모임의 규모와 수준을 따지지 않고 참석했다.

리먼 공작가의 눈치를 살피는 귀족들은 디안 황자와의 친분을 꺼렸다. 디안에게 초대장을 보내는 자들은 그런 눈치조차 볼 필요가 없는 쭉정이들이었다. 초대하는 모임의 수준 역시 낮을 수밖에 없었다.

명색이 황족인데 체면을 모른다고 디안을 비난하는 뒷말이 돌았다. 사교 활동을 잘 모르는 초심자는 디안 황자가 참석하는 사교 모임만 피하면 된다며 조롱하는 자도 있었다. 그런데 평소 낮잡아 보던 사람들이 오늘은 비웃지 못했다.

황자는 어딘가 달랐다.

히죽히죽 웃으며 실없는 농담 따먹기를 하거나 연회가 시작되자마자 잔뜩 술을 들이붓고 노래를 부른다거나……. 아무튼, 전에 사람들의 혀를 차게 했던 기행을 하지 않았다.

"오늘은 점잖군요."

"저러다 무슨 괴짜 짓을 할지 알 수 없죠."

정상적인 모습의 황자가 오히려 낯설었다.

수군거리던 자들이 점점 입을 다물었다. 새삼 그가 황족이라는 사실을 깨달았다. 완벽함에 가까운 황족의 수려한 외모는 디안도 예외가 아니었다.

대화에 집중하는 진지한 모습이 귀부인들의 마음을 뒤흔들었다. 디안이 씨익 웃자 부채를 흔들며 흘끔거리던 여인들이 일제히 한숨을 내쉬었다.

디안의 말 상대를 하는 청년이 누구인지 알고 싶어 하는 사람도 많았다. 황자의 곁에 나란히 서 있는데 키도 외모도 전혀 밀리지 않았다. 황자와 비슷한 키에 체격은 더 컸다.

요즘 몸에 밀착하는 연미복이 유행 중이었다. 연미복을 입혀 놔도 적나라하게 드러나는 단단한 남자의 몸을 보며 귀부인들이 군침을 삼켰다.

흐린 색의 머리카락이 대부분인 제국인들 사이에서 사내의 짙은 흑발이 두드러졌다. 높은 콧대는 그의 눈을 더 깊어 보이게 했다. 그의 턱선은 부드러움과 강인함의 경계에서 기가 막힌 균형점을 찾았다.

두 미청년의 매력은 극과 극이었다. 황자가 기품을 갖춘 사자라면 흑발의 청년은 매혹적인 흑표범이었다.

"슬슬 그로시 공이 등장할 때가 되었나?"

"아직 일러. 공작이 손수 손녀를 네게 넘겨주는 연출은 보는 사람이 많을수록 좋지."

"하긴. 연회는 이제 시작했지."

"곧 결혼할 여자를 처음 만나게 될 텐데 기분이 어때?"

"전혀 아무것도 느낄 수 없다…… 고 말하지는 못하겠다. 기왕이면 잘 지내고 싶어. 내 아이를 낳을 여자니까."

"네가 잘하면 돼."

디안이 헛웃음을 쳤다.

"너. 보기와 딴판인 거 알아? 난 사실 네가 대륙 곳곳에 현지 애인을 만들어 뒀을 거라고 생각했거든."

"뭐?"

"내게 누이동생이 있었으면 좋았을걸. 그럼 널 반드시 내 매제로 삼을 텐데."

쿤은 '됐다.'라고 받아치지 못했다. 디안의 이복 누이 시에나 황녀가 떠올랐기 때문이다.

'황녀는 네 누이가 아닌가?'

그는 속 보이는 질문을 입안으로 삼켰다.

"네가 참석한다고 해서 놀랐다. 무슨 변덕이야?"

"오늘은 역사적인 날이 될 테니까. 직접 보는 것도 나쁘지 않겠다 싶어서."

"그런 것치고는……."

디안이 쿤을 아래에서 위로 쭉 보더니 말했다.

"여자 꾀려고 작정하고 나온 차림인데. 지골로 한 마리가 여기 있네."

쿤이 쯧, 낮게 혀를 찼다.

"넌 그 경박한 말투나 좀 어떻게 해 봐."

"네 막말이 점점 경계를 넘는다는 건 아냐?"

누군가 들었다면 어이가 없을 유치한 대화를 나누는 두 사람이었다.

"록산 경."

버록 남작이 다가오는 것을 알고 있었으면서 쿤은 짐짓 놀란 것처럼 반가워하는 표정을 지었다.

"남작님. 분명 어딘가에 계실 텐데 연회장이 너무 넓어 찾을 엄두를 내지 못하고 있었습니다."

"자네가 오늘 참석했을 줄은 몰랐지. 며칠 전에 봤을 때는 왜 말 안 했나?"

"그때는 계획에 없었습니다. 제가 오고 싶다고 올 수 있는 자리도 아니고 말입니다."

"내게 말했으면 초대장을 구해 줄 수 있었는데."

"남작님의 호의에는 언제나 감사드립니다."

"며칠 전에 자네에게 거하게 얻어먹은 값으로는 부족하지."

"부족한 대접에 과분한 말씀입니다."

쿤은 서글서글하게 웃으며 싹싹하고 예의 바른 젊은이로 뒤바뀌었다. 위화감을 전혀 느낄 수 없는 신묘한 변신술이었다. 디안은 쿤을 가증스러운 생물체를 보듯 곁눈질했다.

한참 쿤과 나누는 대화에 빠져 있던 남작은 뒤늦게 디안의 존재를 알아차렸다.

“이런. 황자님. 무례를 저질렀습니다. 반가운 사람을 만나는 바람에 그만.”

“괜찮소. 사교계의 유명 인사인 버록 경에게 날 소개할 수 있어 영광이오.”

“과찬이십니다. 말하기 좋아하는 늙은이일 뿐입니다. 황자님께 정식으로 인사드립니다.”

디안이 쿤과 남작을 번갈아 보며 말했다.

“두 사람의 인연이 특별한 모양이오.”

“제가 참 마음에 들어 하는 젊은이입니다. 예의를 알고 능력도 있지요. 한데 저는 록산 경과 황자님의 인연이 더 궁금합니다.”

“어디였더라. 기억은 잘 나지 않는군. 아무튼, 무슨 모임에서 우연히 인사하고 어울려 술을 한잔했는데 말이 잘 통해서 말이오. 경이 말한 대로…….”

디안이 쿤을 보며 비죽 웃었다.

“예의를 알고 능력도 있더군.”

“……영광입니다. 황자님.”

뻣뻣한 녀석의 입에서 기어이 ‘영광’이라는 한마디를 들은 디안이 만족스럽게 웃었다.

쿤만 느낄 수 있는 깐족거림이었다.

세 사람의 대화가 계속되자 근처에서 지켜보던 자들이 하나둘씩 다가왔다.

매력적인 두 청년과 인사를 트고 싶어도 한 명은 황자, 한 명은 모르는 자. 선뜻 다가가 말을 걸기는 부담스러웠다.

그런데 버록 남작이 틈 사이를 이어주는 매개 역할을 했다. 남작은 정치색이 전혀 없는 인물로 두루두루 호감도가 높았다.

어느새 세 사람을 중심으로 사람들이 모인 상태가 되었다. 다만, 여전히 말하는 사람은 셋뿐이었고 다른 이들은 말없이 듣기만 하면서 언제든 흩어질 것처럼 소극적인 태도를 보였다.

"황자님께서 사막귀와 마주쳤다는 말씀입니까?"

"그렇소. 내가 사막 근처의 몇 개국에 특사 임무를 받아 다녀온 적이 있었소."

주변에 모인 사람들 중 그때 일을 기억하는 몇 명이 묘한 표정을 지었다.

외교 사절의 임무에도 급이 있었다. 누군가 사막으로 가는 파견 임무를 받으면 그자의 출세는 글렀다고 보면 된다. 윗사람에게 몹시 밉보였다는 뜻이기 때문이다.

디안은 사막을 다녀온 최초의 황족이었다.

거창하게 특사라는 이름을 붙였으나 그건 절대 명예로운 임무가 아니었다. 죽으라고 등 떠민 것이다.

"그게 오 년 전이었던가……."

"육 년 전입니다."

누군가 불쑥 대답했다. 자신에게 시선이 모이자 남자가 멋쩍어 했다. 디안이 청년을 보며 미소 지었다.

"그대는?"

“메르제 백작의 아들 테일 메르제입니다. 말씀 중에 끼어들어 송구합니다.”

“기억에 도움을 주어 고맙소. 테일 군. 벌써 그게 육 년 전의 일이라니. 참 시간이 빠르오. 그런데 여전히 그날의 기억은 생생하군. 사막을 깊이 들어간 게 아니라 설마 사막귀가 나타날 줄은 생각도 못 했소. 사막귀는 상상 이상의 괴물이었소. 인간은 사냥감에 불과하더군. 그 참상은 차마 눈을 뜨고 볼 수가 없을 정도였소.”

황자가 눈을 감았다. 당시의 괴로운 기억을 떠올리는지 살짝 미간을 찡그렸다. 사람들이 모두 숨을 죽였다.

“어떻게 그 괴물을 물리치셨습니까?”

“죽지 않고 왜 살았느냐고 묻는 거요?”

“황자님. 그런 의미가…….”

디안은 당황하는 버록 남작을 보며 익살스럽게 웃었다.

“농이요, 농. 내가 무슨 재주로 사막귀를 물리쳤겠소. 다만, 사막귀보다 더 무시무시한 괴물을 만난 덕분이지.”

주거니 받거니 하는 버록 남작과 디안 황자의 대화에 사람들은 빠져들었다.

“사막귀보다 더 무시무시한 괴물이 무엇입니까?”

호기심을 참지 못해 누군가 질문했다. 디안이 좌중을 쭉 둘러본 후 대답했다.

“칼리고.”

디안의 시선이 찰나에 쿤의 얼굴을 스쳤지만, 알아차리는 사람은 없었다.

"칼리고?"

"아……."

고개를 갸웃하는 자도 있고 알아듣는 자도 있었다.

"용병 칼리고 말씀이시군요. 저도 익히 그들의 이름을 들어보았습니다. 제국 사람들에게는 생소하지만, 제국을 벗어나면 그들을 모르는 자가 없지요."

버록 남작이 설명을 덧붙였다.

"맞소. 그들이 마침 근처를 지나고 있었던 것은 기가 막힌 우연이었소. 덕분에 난 목숨을 건졌지. 나는 사막귀를 사냥하는 인간들의 생생한 전투를 목격할 수 있었소."

이야기하던 디안의 시선이 먼 쪽을 향했다.

"시시한 이야기는 여기까지 합시다. 오늘의 주인공이 등장하신 듯하니."

디안을 바라보던 사람들이 일제히 고개를 뒤로 돌렸다. 연회장의 입구 방향으로 사람들이 우르르 모여들고 있었다.

일부는 황녀를 보러 무리에서 이탈했고 일부는 여전히 디안의 곁에 남았다.

남은 일부 중에 버록 남작도 있었다.

"저쪽에 가 보지 않을 거요?"

"왠지 오늘은 황자님 곁에 있으면 파티가 지루하지 않을 것 같아서 말입니다."

남작이 허허 웃으며 답했다.

그의 대답은 남아 있는 자들의 심정을 대변했다.

"사막귀 사냥이라니. 돈 주고도 못 볼 구경을 하셨습니다."

디안이 고개를 설레설레 내저었다.

"내게 만금을 쥐여 줘도 사양이오. 미치광이가 아니고서야 그걸 왜 돈 주고 본단 말이오?"

"그럼 전 미치광이인가 봅니다. 자세히 얘기 좀 해 주십시오. 사막귀는 말라비틀어진 사체만 구경해 봤습니다."

"지금 나보고 죽을 뻔한 경험을 되새겨 보라는 거요?"

"어쨌든 살아 계시지 않습니까."

"거 참. 내가 한동안 얼마나 힘들었는지 아시오? 내 인생관이 바뀌는 사건이었소."

황자와 남작의 유쾌한 대화는 듣는 사람들의 기분을 편하게 했다. 청중의 머릿속에 어느새 디안 황자의 기행 따위는 사라져 버렸다.

죽다 살아나는 경험을 했으니 충분히 그럴 만하지. 미치지 않은 게 대단해.

다들 비슷한 생각을 하며 고개를 끄덕였다.

오직 한 사람만 집중하지 못했다. 쿤의 시선은 사람들이 몰려드는 먼 곳을 향했다.

* * *

시에나가 연회장에 입장할 즈음에 적왕 패트리샤가 거의 동시에 도착했다. 패트리샤는 황녀의 차림새를 보고 미간을 찡그렸다가 화사하게 웃으며 시에나에게 다가갔다.

시에나의 주변을 에워싼 사람들이 패트리샤에게 길을 열어 주었다. 사람들이 북적이는 연회장에 시에나와 패트리샤 사이를 잇는 일직선의 공간이 생겼다.

모녀는 각각 다른 매력을 지녔다. 시에나를 보면 완벽함에 감탄하고 패트리샤를 보면 그녀의 고혹적인 미모에 빠져들었다.

"생일 축하합니다. 황녀."

"감사합니다. 어머니."

"오늘 내내 아무것도 들지 못했겠군요. 이쪽으로 오세요. 빈속은 힘들 겁니다."

시에나는 패트리샤가 이끄는 대로 연회장 한쪽에 마련된 요리 테이블로 향했다. 테이블에는 간단히 들고 먹을 수 있도록 작은 접시에 다양한 요리가 올려져 있었다.

모녀가 움직이는 대로 우르르 따라 움직이는 사람들의 모습이 멀찍이서 보면 우스꽝스러웠다. 감히 접근할 수 없는 성역처럼 누구도 보이지 않는 선을 넘어 모녀에게 가까이 가지 못했다.

"중간 전달 내용이 어긋났나 봅니다. 드레스가 바뀌었군요."

패트리샤가 건네주는 접시를 받으며 시에나가 대답했다.

"드레스는 제가 골랐습니다."

"……황녀가요?"

"예. 지나치게 화려해서요."

"오늘 주인공은 황녀입니다. 주인공이 돋보이는 건 당연해요."

"오늘 이 자리에 참석한 사람 중 제가 주인공이라는 사실을 모르는 자는 없을 겁니다. 굳이 과시할 필요는 없지 않을까요?"

패트리샤의 붉은 입술이 굳게 다물어졌다가 부드럽게 휘었다.

"황녀의 뜻이 그렇다면요."

"생신을 축하드립니다. 황녀님."

리먼 백작이 다가와 인사했다. 시에나가 더그를 물끄러미 쳐다보았다. 꿈에 등장한 공작이 된 외숙의 노회한 얼굴이 위로 겹쳐 보였다.

"황녀님. 하실 말씀이라도?"

"오랜만에 뵌 것 같아 말이오."

"예. 오랜만에 뵙습니다. 공작 각하께서 거동이 불편하시니 저도 외부 활동을 삼가는 중입니다."

"들었소. 조부님께서 많이 편찮으시오?"

"연세가 있으셔서 그런지 쉽게 떨치고 일어나지 못하시는군요."

슬쩍 패트리샤와 눈을 마주친 더그가 짧게 고개를 흔들었다. 패트리샤의 표정에 실망한 기색이 떠올랐다가 금방 사라졌다.

"황녀님. 공작 각하께서 황녀님께 축하 말씀을 대신 전해 드리라고 하셨습니다."

"건강이 좋지 않으신데 내 생일을 챙기는 게 뭐가 중요하겠소. 조만간 시간을 내어 뵈러 가겠소."

"각하께서 기뻐하실 겁니다."

"황녀."

패트리샤의 부름에 시에나가 고개를 돌렸다.

시에나가 리먼 백작과 대화하는 동안 어느새 낯선 청년이 패트리샤의 곁에 서 있었다.

"인사 나누세요."

청년이 시에나를 보며 빙긋 웃고는 정중히 허리를 숙였다.

"고귀하신 분께 인사 올립니다. 모튼 공작의 아들 리바이 모튼입니다."

"그는 모튼 공의 차남이에요. 얼마 전에는 작위를 받아 백작이 되었답니다. 중앙의회에 의석도 가지고 있는 인재입니다."

두 번째 청왕 후보였다.

"황녀님. 제가 황녀님을 에스코트하도록 허락해 주시겠습니까."

조마조마한 심정으로 시에나의 표정을 살피던 패트리샤는 시에나가 순순히 리바이가 내민 팔에 손을 얹자 안도의 숨을 내쉬었다.

'도대체 누구였을까.'

며칠 동안 샅샅이 뒤졌는데도 황녀가 관심을 보였다는 청년의 정체를 알아내지 못했다. 하필 가면무도회라서 정보 수집에 한계가 있었다.

남자가 귀족이 아닌 것 같았다는 제보가 있었지만, 그런 뜬소문은 고려할 가치조차 없었다. 황녀가 그런 자를 상대할 리가 없으니까.

공작 가문들의 방계까지 조사했으나 의심할 만한 자를 찾을 수 없었다. 그나마 다행스럽게도 무도회 이후 황녀가 누군가와 연락을 주고받는 정황이 없었다.

패트리샤는 황녀가 조세프를 마땅치 않아 한다는 속내를 간접적으로 표현한 거라고 결론을 내렸다.

아쉽기는 했다. 공작 가문의 출신일 것, 직계일 것, 공작의 뒤를 이를 후계가 아닐 것, 융통성이 있을 것. 이러한 조건들을 모두 갖춘 후보는 몇 안 되었다.

조세프는 패트리샤가 바라는 조건에 가장 부합했다. 루크 공작의 삼남의 차남으로 권력 구도에서 멀리 떨어져 있고 적당히 구워삶기 좋게 성품이 단순했으며 껍데기가 훌륭했다.

하지만 패트리샤는 미련을 버렸다.

황녀의 성격상 이미 마음이 떠났는데 억지로 밀어붙여 봤자 역효과였다. 두 번째 후보 리바이는 제법 머리를 굴릴 줄 알았다. 그게 장점이자 단점이었다.

'지금은 내 앞에서 기는 시늉이라도 하겠지만, 황녀와 결혼한 후에는 나와 대등한 위치에서 협상하려 하겠지.'

나중 일은 나중에 고민하면 될 터.

예측하지 못한 인물이 청왕이 되는 것보다는 낫다.

"보기 좋군요."

나란히 선 시에나와 리바이를 보며 패트리샤가 웃었다. 장성한 딸이 대견하면서 아쉬운, 모정이 듬뿍 담긴 자애로운 미소였다.

"잘 어울립니다."

리먼 백작이 말을 보탰다.

"황녀. 오늘은 황녀를 위한 날이니 파티를 마음껏 즐기세요. 황녀의 옥음 한마디를 듣고 싶어 애타는 사람이 많을 거예요."

"어머니께서는……."

"오늘 나는 어디 있는지도 모르게 조용한 관람자가 되려 해요."

시에나가 살짝 고개를 숙인 후 리바이와 돌아섰다. 패트리샤는 멀어지는 딸의 뒷모습을 바라보며 입술을 깨물었다.

'뭔가 개운하지가 않아. 두통인가?'

막연히 드는 좋지 않은 예감을 두통 탓으로 미뤘다. 기분 탓인지 정말 머리가 지끈지끈했다.

"긴히 할 말이 있다."

더그가 입 모양이 보이지 않게 칵테일 잔으로 가리며 속삭였다.

패트리샤는 표정의 변화 없이 시녀를 불렀다.

"잠시 쉬어야겠다. 조용한 곳이 좋겠구나."

"예. 적왕."

그녀는 시녀와 함께 어디론가 갔다. 잠시 후 더그 역시 연회장을 빠져나갔다.

남매는 귀부인들을 위한 휴게실 중 한 곳에서 다시 만났다. 외진 곳이라 이제 막 본격적인 파티가 시작된 지금은 누구도 오지 않을 것이다.

"무슨 일이에요?"

"아버지가 돌아가실 것 같다."

"네?!"

패트리샤가 비명을 질렀다.

"새벽부터 의식이 전혀 없으시고 어떤 자극에도 반응하지 않으신다. 의사가 말하기를 길어 봤자 반나절 버티신다는구나."

"안 돼요!"

패트리샤의 눈에 짜증과 분노가 가득했다.

곧 세상을 떠날 아버지에 대한 연민과 슬픔은 전혀 보이지 않았다.

"최소한 지금은 안 된다고요."

"어쩌란 말이냐. 인력으로 되는 일이 아닌 것을."

초조하게 서성거리던 패트리샤가 멈추어 섰다. 더그를 바라보는 그녀의 눈동자가 이글거렸다.

"인력으로 되게 만들어야지요."

"어떻게?"

"숨기세요. 가능한 한 오래."

"아버지가 돌아가셔도 주변에 알리지 말라고?"

"아버지의 병환이 위중하다는 이유로 방문객은 거절하면 돼요. 입이 무거운 자 한두 명만 침실을 지키게 하고 오라버니만 아침저녁으로 드나들면 누구도 의심하지 않을 거예요."

"말은 쉽다만. 아버지의 시신은 어쩌고. 시신을 빼돌리다가 일이 잘못되면 망신 정도로 끝날 일이 아니야."

"빼돌릴 필요가 뭐가 있어요?"

이해 못 한 더그가 인상을 썼다.

"방부 처리를 하세요."

"바…… 방부?"

누이의 담대하고 잔인한 제안에 더그는 말을 더듬었다.

제국의 장례 풍습은 매장이었다. 땅에 묻어 육신이 흙으로 돌아가야 영면할 수 있다고 믿는다. 썩지 못하게 시체를 방부 처리한다는 것은 고인에 대한 모욕이자 형벌이었다.

“패트리샤. 그래도 그건…….”

“오라버니. 황녀의 혼인까지만, 적어도 약혼할 때까지면 돼요. 아무리 길어도 반년이에요. 저 혼자 잘되자는 게 아니잖아요. 그 후 정성을 다해 장례를 치르면 리먼 가문의 영달을 위해서 어쩔 수 없었다고 아버지도 이해하실 거예요.”

리먼 공작은 지인에게 패트리샤가 딸로 태어난 것은 리먼 가문의 불행이자 행운이라고 말한 적이 있었다. 목적을 위해서라면 수단 방법을 가리지 않는 집요함은 종종 공작을 섬뜩하게 했다.

딸이 공작이 되면 가문은 최고의 전성기에 이르겠지만, 거기까지 오르기 위해 저지른 일의 반작용으로 하루아침에 무너질 수도 있겠다고 생각했다.

그리고 자신의 사후, 더그가 제 누이에게 휘둘릴까 봐 걱정했다. 이건 반은 맞고 반은 틀렸다.

“알겠다. 내가 방법을 찾아보마.”

패트리샤만 한 독심은 부족할지 몰라도 더그의 야망과 욕심은 누이 못지않았다. 그는 패트리샤에게 휘둘리는 게 아니라 기꺼이 적극적인 공범이 되었다.

* * *

리바이는 전리품을 획득한 개선장군처럼 한껏 고무되었다. 팔에 느껴지는 무게감이 믿기지 않아 슬그머니 눈동자만 굴려 옆자리에 있는 사람이 황녀인지 몇 번이나 확인했다.

스쳐 지나가는 사람들의 표정에 부러움과 질투가 가득한 것을 느낄 수 있었다.

'어딘가에서 날 보며 약이 잔뜩 올라 있겠군.'

부들부들 떨고 있을 조세프를 상상하자 유쾌했다.

조세프 루크가 황녀의 남편감으로 거의 낙점되었다기에 얼마나 낙담했는지 모른다. 그리고 자신에게 기회가 왔다는 말을 듣고 얼마나 짜릿하던지!

'이건 내 인생을 바꿀 기회야.'

그에겐 야망도 능력도 있었지만, 불행히도 그의 형이 일찌감치 아버지의 후계자로 굳건히 자리 잡고 있었다. 그는 기껏해야 작은 땅덩이를 소유한 백작으로서 일생을 마감해야 하는 처지였다.

황녀와 결혼하면 황녀가 제위에 오른 후 청왕이 되고 자신의 피를 물려받은 자식이 훗날 제국의 주인이 될 것이다.

이만한 명예가 어디 있을까.

'어떻게 해야 황녀님의 마음을 잡을 수 있을까.'

"디안 황자가 오늘 참석했소?"

갑자기 질문을 받은 리바이가 놀라 대답했다.

"예? 예. 그렇다고 들었습니다."

시에나가 말없이 연회장을 둘러보았다. 황녀의 눈치를 살피던 리바이가 조심스럽게 물었다.

"디안 황자님을 만나 보려 하십니까? 어디 계신지 알아 올까요?"

"고맙소."

리바이는 충실한 시종을 자처하며 즉시 디안의 행방을 찾아 나섰다. 황녀가 평소 황자와 교류가 있었던가? 잠깐 의문이 들었지만, 그는 주어진 임무를 완료하는 일에 몰두했다.

잠시 시에나의 곁을 떠났던 리바이가 돌아왔다. 다급하게 빠른 걸음으로 돌아다니느라 숨을 헐떡였다.

"모시겠습니다. 황녀님."

시에나는 리바이가 안내하는 방향으로 걸었다. 그녀가 지나갈 때마다 두셋씩 짝지어 수다를 떨던 귀족들이 자세를 고쳐 고개를 숙였다.

유난히 사람들이 모인 곳이 있었다. 시에나가 다가가자 가장자리에 있던 자들이 놀라 비켜섰다.

"헛."

"황녀님."

빠르게 길이 열렸다.

군중이 에워싸고 있던 인물들이 드러났다. 그들의 얼굴을 확인한 시에나의 눈이 가늘어졌다.

"시에나 황녀?"

디안이 얼빠진 표정을 지었다. 연기가 아니라 진짜 놀랐다. 두어 걸음 정도의 거리를 둔 채 시에나가 멈추어 섰다.

두 사람이 마주 보았다. 어느새 주변이 조용해졌다. 사람들이 기대 반 우려 반으로 이복 남매를 번갈아 보았다.

두 사람의 활동 범위는 철저히 분리되어 있었다. 디안은 황궁 파티에 참석하지 않았고 시에나는 황궁 밖을 나가지 않았다. 공개된 장소에서 시에나 황녀와 디안 황자는 처음 마주쳤다.

"성년 생일을 축하합니다. 황녀."

싱긋 웃으며 인사를 건네는 디안의 머릿속은 맹렬하게 회전했다. 황녀가 무엇을 탐색하려고 접근했을까. 꼬투리가 잡힐 흔적이라도 남겼나.

"축하 감사합니다."

"예의를 모르는 자가 되어 버렸군요. 주인이 객을 찾아오게 하다니요."

"예의를 모르면 배우면 됩니다. 그리고 누가 주인이고 누가 객이라는 건지 알 수 없군요. 오직 황제 폐하께서만 지고한 자리에 계신 것을요."

"내가 말실수를 했습니다. 황녀를 곤란하게 하려던 의도는 아니었어요."

"실수를 빠르게 바로잡는 태도는 바람직합니다."

두 사람의 대화를 듣는 주변 사람들의 등에서는 식은땀이 났다. 일상적인 대화를 나누는 것처럼 무던한 말투와 표정 속에 날을 감추고 있었다.

디안은 겉으로는 웃으나 속으로는 어리둥절했다. 갑자기 왜 황녀가 다가와 시비를 거는지 모르겠다. 아니, 시비라고 하기엔 약했다. 이 정도의 빈정거림은 웃어넘기면 그만이었다.

시에나는 먼저 건드려 놓고 유심히 디안의 반응을 살폈다. 꿈에서 말한 것처럼 분노로 착각할 정도의 큰 고통이라면 어떤 식으로든 드러날 것이다.

하지만 그의 표정 어디에도 불편한 감정의 흔적은 보이지 않았다. 아닌 척 감춘 거라면 그는 대단한 연기자임이 틀림없다. 뜬금없이 '내 어머니가 당신에게 무슨 짓을 한 건가.'라고 물었다가는 이상한 오해만 쌓일 것 같다.

시에나는 엉거주춤하게 서 있는 노인에게 시선을 돌렸다.

"그로시 공. 황제 폐하의 탄생연 이후 처음 보는 것 아닙니까? 사교 파티는 잘 참석하지 않는다고 들었습니다만."

그로시 공작은 조금 전 손녀를 디안 황자에게 소개하고 득실을 계산 중이었다. 황녀의 등장은 전혀 예상하지 못한 일이라 적잖이 당황했다.

"예. 황녀님. 격조하였습니다. 황녀님께서 성년이 되시는 특별한 날이 아닙니까. 당연히 참석하여 축하 인사를 드려야지요."

"오늘이 무슨 날인지 알고는 계셨습니다."

시에나는 오늘 파티의 주인공인 자신이 아니라 디안의 곁에 붙어 있는 공작의 처신을 지적했다.

"시에나 황녀. 내 처조부가 될 분을 너무 괴롭히지 마세요."

디안이 곤란해하는 그로시 공작의 역성을 들었다.

내 사람을 챙기겠다는 의리 때문만은 아니었다. 돌발 상황을 자신에게 이로운 방향으로 이용했다. '당신은 이제 발을 빼지 못해.'라고 그로시 공작에게 경고하는 속뜻이 담겼다.

"처조부?"

시에나는 디안의 곁에 다소곳이 서 있는 귀부인을 발견했다. 자그마한 체구에 순한 표정의 여자는 시에나가 쳐다보자 고개를 숙이며 어깨를 움츠렸다. 여자와 그로시 공작을 번갈아 보다가 알 만하다는 듯 고개를 끄덕였다.

"혼인했는지 몰랐습니다."

디안의 눈이 커졌다가 웃음처럼 크흠, 헛기침했다.

"아직 안 했습니다. 할 예정입니다."

"언제입니까?"

"구체적인 일정은 미정입니다만, 초대하면 참석하시려고요?"

"기꺼이요. 축하합니다."

황녀가 적당히 말을 돌릴 줄 알았다가 뜻밖의 답을 들은 디안은 말문이 막혔다.

뭔가 이상하다. 그런데 딱 꼬집어 뭐가 이상한지도 모르겠다. 황녀의 표정과 말투는 그다지 호의적이지 않은데 그렇다고 반감을 드러내지도 않았다.

무시와 경멸.

황녀가 '황자 디안'에게 품은 감정은 그런 것들이라고 생각했다. 먼저 와서 말을 걸고 결혼식에도 오겠다니.

'뭘 노리는 거지?'

디안은 바짝 긴장했다.

"그대는?"

멍하게 황녀를 보고 있던 버록 남작이 움찔했다. 남작이 사교계에서 누리는 인기는 배우와 비슷했다. 권력자들과 접점이 없어 전에는 황녀를 가까이에서 본 적도 없었다.

"저는 버…… 버록입니다. 그러니까 제임스 버록. 제임스 버록 남작입니다."

평소의 달변가가 갑자기 말더듬이가 되었다. 하지만 그를 비웃는 사람은 없었다.

시에나는 시선을 돌려 디안 황자와 버록 남작 사이에 서 있는 흑발의 남자를 응시했다. 배불뚝이 중년 남자가 누군지는 궁금하지 않았다. 어색하지 않은 흐름을 만들고자 했을 뿐, 그녀의 목적은 처음부터 하나였다.

황자와 함께 있는 쿤을 발견했을 때 반갑기도 하고 화도 났다. 그녀 스스로 자신의 기분이 무엇인지 정의할 수 없었다.

시에나가 말없이 그를 계속 쳐다보며 압박했다. 마땅히 남자는 자신이 누군지 밝히고 예의를 갖추어 인사해야 했다.

쿤의 침묵이 길어지자 점점 시선이 그에게 모였다.

디안마저 '뭐 해?'라는 눈짓을 보내니 더 버틸 수 없었다.

"에드워드 록산입니다. 황녀님께 인사 올립니다."

"……에드워드 록산?"

나직이 되묻는 목소리는 가라앉아 있었다. 마주친 금색 눈동자가 흔들렸다가 잠잠해졌다.

어떤 변명도 할 수 없는 쿤은 속이 쓰렸다.

"그는 상인입니다. 내 말벗이 되어 주고 있지요."

쿤이 한숨을 삼켰다.

설명을 덧붙이는 디안의 입을 막고 싶었다.

"상인이라……."

"내 곁에 누가 있는지 확인하러 온 겁니까? 황녀. 탐색이 끝났으면 이제 황녀를 에스코트하는 신사가 누군지도 소개해 주시지요."

"리바이 모튼입니다."

디안의 말이 끝나자마자 리바이는 기뻐하며 자신을 소개했다.

"모튼? 모튼 공의……?"

"제가 각하의 아들입니다."

"오늘 같은 날, 황녀의 에스코트를 하다니. 특별한 의미가 있다고 넘겨짚어도 되겠소?"

"제게는 과분한 역할입니다."

리바이는 히죽히죽 웃으며 넙죽 대답했다. 황녀가 아무 말도 하지 않자 사람들이 수군거렸다.

'모튼 백작이 황녀의 약혼자가 되는 건가?'

'루크 공작의 손자는?'

'밀려났나?'

쿵. 쿵. 쿵. 북소리가 울렸다.

일제히 사람들의 고개가 돌아갔다.

처음에는 작고 가벼운 북소리가 점점 크고 묵직하게 바뀌었다. 북소리가 커질수록 연회장의 소음은 가라앉았고 정확히 서른세 번의 북소리 후 시종이 우렁찬 목소리로 외쳤다.

"황제 폐하 입장하십니다!"

황제는 예순 살의 실제 나이보다 훨씬 젊어 보였다. 건장한 체격과 당당한 걸음걸이에서 위엄이 흘렀다.

"일찍 납시었군요."

"그러게 말입니다. 이제 막 파티가 시작했는데요."

황제는 백성들과 거리를 유지해야 지배자의 위엄이 흔들리지 않는다고 생각했다.

그래서 평소 사교 파티에 거의 참석하지 않았다. 중요한 자리에만 느지막이 잠시 들러 오연하게 둘러본 후 퇴장했다.

쉽게 모습을 보이지 않는 황제의 행보에 귀족들은 익숙했다. 시에나가 사교 활동을 거의 하지 않아도 별다른 뒷말이 나오지 않는 것은 그래서였다.

"오늘 작위 수여식이 있었던가요?"

"들은 바가 없습니다만."

공식 행사에서나 볼 만한 엄숙한 예복을 차려입은 황제를 보며 다들 의아해했다.

황제의 뒤로 국가 의식을 진행하는 관리들이 관복을 입고 줄줄이 따라 들어왔다. 일행의 가장 끄트머리에 긴 직사각 형태의 황금 상자를 어깨에 인 시종 넷이 있었다.

"저건……."

"설마 책봉식인가?"

책봉식은 황제가 주관하는 왕의 즉위식이다. 평생에 한 번 볼까 말까 하는 의식이었다. 귀족들의 표정이 상기되었다.

황제의 배우자인 적왕과 청왕은 따로 책봉식을 치르지 않고 왕으로 봉하는 칙명만 받았다.

제후국의 국왕들은 형식적으로는 제국의 신하를 자처하지만, 실질적으로는 자치권을 가진 독립국이었다. 제후국의 국왕이 누가 되든 제국을 적대하지 않으면 간섭하지 않았다.

책봉식으로 왕이 되는 경우는 한 가지뿐이었다.

자격을 갖춘 황족, 즉, 차기 황제였다.

제국에는 '태자'라는 지위가 없었다.

왕의 인장을 내리는 책봉식을 통해 장차 제국의 주인이 될 자격을 갖추었음을 공표했다.

"황녀 시에나 아르젠트."

황제가 호명했다. 시에나가 천천히 황제 앞으로 걸어갔다. 그녀는 황제의 앞에 무릎을 꿇었다.

"그대는 아르의 뜻을 받들겠다고 맹세하는가."

"맹세합니다."

"그대는 제국법을 준수하겠다고 맹세하는가."

"맹세합니다."

"그대는 제국을 보위하고 영토를 수호하며 제국의 백성이 이치에 어긋남이 없도록 이끌겠다고 맹세하는가."

"맹세합니다."

황제가 바깥쪽으로 손을 뻗었다. 관리가 황금 상자를 열어 색색의 보석이 빼곡히 박힌 검을 꺼냈다. 검은 보통 사람의 키와 비슷한 정도로 길었다. 황제의 손끝이 시에나를 가리키자 시종 둘이 검을 황녀의 앞으로 옮겨 내려놓았다.

"맹세의 검을 내리노라. 그 검이 그대의 맹세를 기억할 것이다."

"맹세의 검 앞에 부끄럽지 않도록 스스로 경계함을 게을리하지 않겠습니다."

황제가 품에서 주머니를 꺼냈다. 시종이 받아 시에나에게 건넸다. 시에나가 두 손으로 받으며 고개를 숙였다. 고작 한 손에 들어오는 작은 인장이 무척 무겁다고 생각했다. 그건 앞으로 짊어져야 하는 마음의 무게였다.

"그대에게 은왕의 칭호를 내린다. 은이 독을 만나면 검게 변색되듯 그대는 삿된 것에 흔들리지 말고 고결함을 지키라."

"황은이 망극하옵니다."

왕이 탄생했다. 황제의 다음 서열인 권력자가 등장한 것이다. 예상했던 일이라고는 해도 막연한 예측과 구체화된 현실은 와 닿는 느낌이 달랐다. 감성적인 일부 귀부인들은 두 손을 맞잡고 눈물을 글썽였다. 진지하게 생각에 잠긴 자도 있고 적왕의 표정을 살피는 자도 있었다.

패트리샤는 마치 세상을 모두 가진 것처럼 뿌듯하게 벅차오르는 감정을 숨기지 않았다.

'황녀. 아니, 이제 왕이군요. 은왕. 머지않았어요. 이제 곧 그대의 세상이 올 겁니다. 제국이 그대의 것이 될 거예요.'

딸이 자신이 품은 욕망을 실현해 주기를 바라는 건 사실이지만, 자식이 최고가 되기를 바라는 어머니로서의 욕심도 진실이었다. 비뚤어진 애정도 애정이었다.

시에나가 두 손에 인장을 든 채 일어나 뒤로 걸어 물러났다.

책봉식이 끝났다. 다들 그렇게 생각했다.

"황자 디안 아르젠트."

디안이 관중 속에서 나와 시에나가 있었던 위치에 무릎을 꿇었다. 사람들은 크게 부릅뜬 눈을 껌뻑거렸다.

"그대는 아르의 뜻을 받들겠다고 맹세하는가."

"맹세합니다."

뒤늦게 지금 무슨 일이 벌어지고 있는지 알아차리는 사람들이 경악했다. 여기저기서 헛숨을 들이켜는 소리가 들렸다.

시에나는 담담한 표정으로 디안이 책봉식을 치르는 모습을 바라보았다.

'그로시 공작. 그리고 책봉.'

그래도 여전히 모르겠다. 공작 가문 하나를 포섭했다고 달라질 건 없다.

심지어 여섯 공작 가문 전부가 디안 황자의 편을 든다고 해서 황자가 제위에 오를 수 있는 건 아니다. 제위는 아래의 지지를 받아 오르는 자리가 아니었다. 오직 제국법에 규정된 서열에 따랐다. 황제의 자식은 나머지 반쪽 핏줄의 신분에 따라 서열이 정해졌다.

지금 상황에서 디안이 시에나를 제치고 황제가 될 방법은 오직 하나.

시에나의 죽음.

황자는 시에나의 암살을 계획해야 한다.

'그런데 미래에 난 살아 있었지. 그리고 황자가 날 해치려고 시도한 것 같지도 않아.'

꿈속의 자신은 매우 미안해했다. 오히려 잘못을 저지른 쪽은 자신 같았다.

책봉식이 거의 막바지에 이르렀다.

"그대에게 철왕의 칭호를 내린다. 철은 부지런히 갈고 닦지 않으면 녹이 슬어 고철로 전락하지. 그대는 끊임없이 자성하여 발전하라."

"황은이 망극하옵니다."

두 번째 책봉식이 끝났다.

디안이 뒤로 걸어 황제의 앞에서 물러났다. 그리고 고개를 돌리다가 시에나와 눈이 마주쳤다.

두 사람 사이의 거리는 고작 몇 걸음 정도. 오늘 왕이 된 두 사람은 어떤 말도 표정도 없이 서로를 쳐다보기만 했다.

살얼음이 낀 빙판 위에 선 것처럼 사람들은 아무도 움직이지 못했다. 작은 숨소리조차 들리지 않았다.

"앗!"

"적왕!"

소란이 일어났다. 황망함을 이기지 못해 패트리샤가 혼절한 것이다. 시녀가 적왕을 둘러업었다. 시녀들의 무리가 다급히 달려 연회장을 빠져나갔다. 덕분에 숨 막힐 듯한 침묵이 깨졌다.

아내가 기절해 실려 나갔는데도 황제는 관심을 보이지 않았다. 등장할 때처럼 엄숙한 태도로 연회장을 퇴장했다.

연회장의 분위기는 책봉식 전으로 돌아갈 수 없었다. 시에나만 왕의 인장을 받았다면 오늘 파티의 분위기는 최고조에 다다랐을 것이다. 디안 황자의 책봉식이 굳이 오늘일 필요는 없었다. 다른 날도 아닌 황녀의 생일에 황제께서 너무 잔인하다고 사람들이 수군거렸다.

시에나가 몸을 돌렸다. 손짓으로 시녀를 불렀다.

"적왕께 가자."

"예. 황녀ㄴ…… 전하."

디안은 멀어지는 황녀의 뒷모습을 바라보다가 돌아섰다.

'왜 이렇게 찜찜하지.'

차라리 황녀가 자신을 원망하는 눈으로 봤다면 이런 기분이 들지는 않았을 것이다.

*　　*　　*

적왕의 상태를 살피러 갔던 시에나는 패트리샤의 성화에 다시 돌아왔다.

「연회장으로 가서 자리를 지키세요. 난 괜찮으니 여기 계실 필요 없어요. 그자가 주인 노릇을 하지 못하도록 누가 진정한 왕인지 똑똑히 보여 주세요.」

시에나는 어머니의 과도한 흥분을 이해할 수 없었다. 자신은 꿈으로 미래를 봤으니 디안이 황제가 된다는 걸 알지만, 지금 상황에서 시에나의 위치는 여전히 견고했다. 패트리샤가 안달복달할 이유가 없었다.

'뭔가 있겠지. 하나씩 알아보면 돼.'

그녀는 왕이 되었다. 훨씬 많은 권한이 생겼다. 자신에게만 충성하는 인재를 골라 비밀스러운 임무를 맡길 수 있다.

제국법에 규정한 기간은 100일. 왕은 인장을 받은 후 100일 안으로 모든 인사를 결정해야 한다.

'백 일은 길어.'

전에는 짧다고 생각했다. 철저한 검증을 통해 인재를 골라내는 작업이다. 조금의 빈틈도 있어서는 안 되었다. 그런데 바꿔 생각하면 100일 동안 사람을 고르는 일만 꼼짝없이 붙들어야 한다.

골똘히 생각에 잠긴 시에나의 주변으로 쉽사리 접근하는 자가 없었다. 흥겨워야 하는 연회장의 분위기는 불안하게 술렁거렸다.

다들 황녀가 치미는 분노를 눌러 참고 있다고 생각했다. 괜히 잘못 말을 걸어 곤욕을 치를까 봐 몸을 사렸다. 그 와중에 용감하게 나서는 자가 있었다. 모두 황녀에게 다가가는 리바이 모튼을 주시했다.

"전하. 적왕께서는 무탈하십니까?"

"무탈하시오. 금방 깨어나셨으니 염려할 일은 아니오. 시간이 나면 뵈러 가시오. 병문안을 거절하지는 않으실 거요."

"꼭 뵈러 가겠습니다."

리바이의 안색이 환하게 밝아졌다. 적왕을 만나 '황녀님께서 가보라고 하셨다.'라는 말을 덧붙이면 그의 존재감은 훨씬 뚜렷해질 것이다.

시에나는 자신의 한마디를 리바이가 거창하게 해석하는 것을 알면서 모른 척했다. 의도한 부분도 있었다.

'당분간 방패막이가 되겠지.'

시에나가 리바이에게 호감을 보이면 패트리샤는 다른 청왕 후보를 갖다 붙이지 않을 테니까.

'이런 식은 곤란하지요. 어머니.'

오늘 조세프가 전혀 보이지 않았다. 엠마에게 말을 흘린 후 패트리샤는 조세프를 후보에서 배제했다.

적왕은 배우자의 선택이 오직 시에나의 선택에 달린 것처럼 말했다. 그런데 사실은 패트리샤가 원하는 후보를 밀어붙이고 있었다.

'인사를 결정할 때까지 다른 일에 신경 쓰고 싶지 않으니까.'

적당한 간격이 중요했다. 특별한 호감 표현이라기에는 약하고 무관심이라고 보기엔 모호한, 놓치기 아까운 미끼를 던져 줘야 한다. 그렇다고 리바이가 정말 착각해서는 곤란했다.

시에나는 그를 전혀 남편감으로 생각하지 않았다.

'생긴 게 마음에 안 들어.'

이런저런 부차적인 이유를 다 빼고 그게 가장 주된 이유였다.

사람들은 리바이 모튼을 호남이라고 말했다. 남자답게 잘생겼다고 말하는 사람도 있었다. 하지만 시에나의 기준에는 턱없이 부족했다. 그녀의 심미안은 높았다. 리바이와 조세프 둘 중 하나를 택하라면 조세프다. 얼굴이라도 반지르르하지 않으면 뭐에 써먹는단 말인가.

"전하. 오늘은 전하를 위한 자리가 아닙니까. 모든 걱정은 다 미루고 연회를 즐기시지요."

리바이가 시에나에게 손을 내밀었다.

"내가 빠져야 분위기가 살아날 것 같소만."

"당치 않으십니다."

"머릿속이 복잡하여 바람을 쐬어야겠소."

"제가 모시겠습니다."

"아니, 혼자 있고 싶소."

리바이가 아쉬워하며 내민 손을 거두었다. 지레짐작으로 황녀의 불편한 심기를 이해하여 두 번 권하지 않았다.

"나는 개의치 말고 파티를 즐기라고 전해 주시오. 지금으로써는 대변인의 역할을 맡을 적임자가 그대 외에는 없는 듯하군."

"황공하옵니다. 전하."

임무를 받은 리바이는 들뜬 표정으로 고개를 숙였다.

시에나는 연회장과 연결된 중정으로 나갔다. 구조적으로 주변을 에워싼 건물 내부를 거치지 않으면 바깥으로 나갈 수 없는 정원이었다. 그러나 막상 들어가면 중정이라는 사실을 잊을 정도로 넓었다. 가로지르려면 한참 걸어야 했다.

이미 날이 어두웠다. 일정 간격으로 서 있는 등이 은은한 불빛으로 주변을 밝혔다.

"가 보게. 혼자 있겠다."

계속 뒤를 따르는 호위에게 말했다.

"하오나……."

"잠시간에 무슨 일이 있겠나. 오늘은 특히 경비가 삼엄할 터인데."

기사는 주저했다. 오늘은 연회 때문에 워낙 많은 사람이 입궁했다. 출입자 관리에 철저하고 황궁 내부의 경비는 다소 느슨했던 평소와 달랐다.

"정 염려되면 그대 검을 내게 빌려다오. 생각할 일이 있어 방해받고 싶지 않구나."

"예. 전하. 연회장 입구 근처에서 대기하고 있겠습니다. 너무 깊이 들어가지는 마시옵소서."

기사가 허리에 차고 있던 검을 풀어 두 손으로 공손히 바쳤다. 시에나는 검을 쥐고 돌아섰다. 안으로 들어가는 동안 따라오는 기척은 없었다.

'디안 황자가 황제가 되면 난 어떻게 되지?'

황자는 시에나의 존재가 무척 부담스러울 것이다. 그녀는 차기 황제로 거론되던 적통이니까.

계승권을 가진 신족으로 인정받기 위해서는 조건이 필요했다.

신족의 특성—두 가지 색의 머리카락—을 지닐 것.

신족이 여럿이라면 우선순위 계승권자가 되기 위해 한 가지 조건을 더 충족해야 한다.

핏줄의 나머지 반이 제후 가문—제국의 공작 가문—의 혈통일 것.

여섯 공작 가문은 아득히 오래전 한 사람에서 분파되었다. 제국 최초의 제후였던 그 사람은 신의 세례를 받았다고 한다. 그래서 황족과 제후가 결합했을 때 온전히 신의 능력을 이어받을 수 있었다.

지금껏 신족의 특성이 나타나면서 제후 가문의 혈통이 아닌 적은 없었다.

다만, 반대의 상황은 가끔 발생했다.

엄연히 황제의 자식으로 태어났으나 신족으로 인정받지 못한 황족은 비극적인 이야기의 주인공으로 사람들의 입에서 입으로 회자하였다.

그래서 디안 황자가 나타났을 때 한바탕 황궁이 뒤집혔다. 제후 가문의 혈통이 아닌데도 신족의 특성이 나타난 최초의 사례였기 때문이다.

'따지고 들면 황자가 황제가 되는 데 법적인 문제는 없지.'

제국법에는 신목의 관을 쓸 수 있는 자만 황제가 될 수 있다고 쓰여 있다. 신족은 모두 자격이 있었다. 서열 차이만 있을 뿐이다.

'내가 나중에 황제가 된다는 건 내 신변에 문제는 없었다는 건데…….'

천천히 걷던 시에나가 우뚝 멈추었다.

'내가 황제가 되려면 디안 황자가 후계 없이 죽어야 가능한 일.'

그녀의 눈동자가 흔들렸다. 꿈에서 봤던 초상화 속 디안의 모습은 젊었다. 지금 모습과 크게 다르지 않아 보였다.

'꿈에서 내가 몇 살 정도였지? 삼십 대는 아니야. 그보다는 많아 보였어. 사십 대? 오십 대? 오십 대도 아닐 거야.'

대충 꿈속 자신의 나이를 삼십 대 중반에서 사십 대 중반으로 잡으면 디안은 마흔 살이 되기 전에 죽었다는 말이 된다.

'그보다 더 빨리 죽어서 후계를 남기지 못했을 수도 있어.'

왜 죽었을까.

'설마…… 어머니가 관여했을까?'

그럴 리가 없다고 확신하지 못하는 그녀의 심정이 참담했다.

꿈을 꾸기 시작한 지 고작 두 달. 길지 않은 시간인데 패트리샤에 대한 신뢰가 바닥까지 무너졌다. 하지만 정말 믿었던 사람이라면 두 달 만에 마음이 돌아설 리가 없었다.

시에나는 무의식중에 패트리샤에게 미심쩍은 마음을 품고 있었다. 그런데 그걸 외면해 왔다. 귀찮아서든 어머니라 믿고 싶은 마음이었든. 이제 비로소 들여다본 것이다.

'나는 오직 나를 갈고 닦는 일에만 몰두했어. 그게 옳다고 생각했는데.'

정원 안쪽을 바라보며 서 있던 시에나는 움직이는 그림자를 발견했다.

"거기 누구냐."

그녀는 검을 쥔 손에 힘을 주었다. 천천히 다가오는 사람의 형태를 노려보았다. 등의 불빛에 드러나는 모습을 보고 그녀의 눈빛은 더 차가워졌다. 지금껏 고민하던 모든 생각이 일순간에 날아갔다.

속이 비틀렸다. 눈앞의 남자가 너무 미웠다.

"에드워드 록산."

시에나가 냉소를 지었다.

"상인이라지?"

남자는 대답 없이 시에나를 바라보았다.

"쿤은 또 누군가?"

"……."

"입만 열면 거짓말이구나."

"황녀님."

"닥쳐."

시에나가 들고 있던 검의 검집을 벗겨 내던지고 쿤을 향해 겨누었다.

"너는!"

시에나는 버럭 질렀다가 입술을 꾹 깨물었다.

무슨 말을 해야 할지 모르겠다. 왜 이렇게 화가 나는지 설명도 못 하겠다. 그녀는 배신감에 노여워하면서도 왜 배신감을 느끼는지 이유를 찾을 수 없었다.

쿤이 한 걸음 내디뎠다. 거리가 좁혀지자 검을 들고 있는 시에나의 손이 움찔 떨렸다.

"오지 마."

쿤이 한 걸음 더 다가왔다. 검 끝이 거의 그의 가슴에 닿기 직전이었다.

"찌르겠다. 내가 못할 줄 아느냐?"

"찌르십시오."

시에나의 눈이 동그랗게 커졌다. 쿤이 성큼 더 다가오는 바람에 검 끝이 닿았고 시에나는 놀라 뒷걸음쳤다.

"무슨 수작이냐. 널 상하게 하면 그걸 빌미로 삼을 함정이라도 파 두었나?"

말하면서 그녀는 부아가 났다. 그래. 그럴지도 모른다. 디안 황자와 무슨 관계인지는 몰라도 그는 황자의 사람이 틀림없었다.

"아니면 날 해치려고? 내가 없으면 네 주인은 황제가 되겠지. 참으로 간단하구나."

시에나는 신랄하게 비꼬았다. 그리고 쿤의 눈동자가 가라앉아 흔들리는 것을 보았다.

억울해하는 것 같기도 하고 절망에 빠진 것처럼 보이기도 했다.

"그런 생각은 한 적 없습니다."

디안을 황제로 만들기 위해 노력한 것은 사실이다. 하지만 처절한 골육상잔을 벌이는 전쟁이었다면 발을 들이지 않았다. 디안은 누구도 해치지 않고 황제가 될 것이다. 거의 현실적으로 가능한 단계까지 왔다.

쿤은 일족의 안전을 가장 우위에 두어야 했다. 제국의 황실에 피의 원한이 생기면 위험 부담이 컸다.

그런데 요즘 쿤은 그녀를 해칠 필요가 없어서 다행이라고 생각했다. 일족의 안위 때문만은 아니었다.

그는 어제 거의 뜬눈으로 밤을 지새우고 새벽에 결심했다.

한 번만.

한 번만 더 보자.

도박꾼이 '이번이 마지막'이라고 부질없이 되뇌는 것과 같았다. 틀림없이 자신이 이 결정을 후회할 거라고 생각했다. 그런데도 이 자리에 참석했다.

그는 황녀를 먼발치에서 한 번만 더 보면 어떻게 해서든 들썩이는 마음을 정리할 수 있으리라고 헛된 만용을 부렸다. 하지만 황녀를 보자마자 자신의 의지가 얼마나 형편없는지 깨달았다.

디안의 책봉식에도 전혀 흔들림 없이 서 있는 그녀의 단단한 마음이 근사해서 눈이 부셨다. 그녀는 고결하고 아름답고 강했다. 그녀와 같은 여자는 본 적이 없었다. 아마 이 세상에 오직 그녀뿐일 것이다.

쿤이 더 바싹 다가오자 시에나가 다시 뒷걸음질 쳤다.

"왜 이러는 거냐! 죽고 싶은가?"

"사람은 그렇게 쉽게 죽지 않습니다."

"네 눈에는 우스워 보이겠지만, 검술을 익혔다. 팔 하나 정도 못 자를 것 같아?"

"예. 얼마든지요. 베고 욕을 하셔도 좋습니다. 혐오하고 경멸한다고 해 주십시오."

시에나가 눈살을 찌푸렸다. 이자가 사실은 이상한 변태였던 건가?

"내가 왜?"

"그래야 당신을 포기할 수 있을 것 같으니까."

시에나가 겨누었던 검을 천천히 내렸다. 그를 물끄러미 쳐다보았다.

"비겁하다."

"예. 압니다."

"자신의 마음을 다스리지 못해 내게 잘라 달라고 하는구나."

쿤이 쓴웃음을 지었다.

"황녀님은 둔한 것 같으면서도 허를 찌르시는군요."

"호칭을 바로 해라."

쿤은 쿡, 웃었다가 시에나가 노려보자 얼른 대답했다.

"예. 전하."

시에나는 멀리 날아간 검집을 주워 검을 넣었다. 그리고 검을 바닥에 내려놓았다.

그녀가 하는 행동을 유심히 바라보던 쿤이 비소를 머금었다. 뭐든 의미를 부여하고 싶은 자신에 대한 비웃음이었다.

"에드워드? 쿤? 아니면 진짜 이름이 따로 있나?"

"……쿤. 진짜 이름입니다."

"정말?"

"예. 이게 거짓이면 무슨 벌을 내리셔도 받겠습니다."

"너는 이미 벌을 받을 죄를 충분히 지었다."

시에나가 다가오자 이번에는 쿤이 물러났다. 좀 전에 한 걸음씩 다가간 쿤과 다르게 시에나는 거침없었다. 그는 계속 뒤로 밀리고 밀려 어느새 등이 나무에 닿았다. 도망칠 길이 막혔다.

시에나가 두 손으로 그의 연미복의 옷깃을 쥐고 끌어당겼다. 무기력하게 끌려간 쿤의 얼굴이 시에나와 가까워졌다.

"옷은 단정히 입고 다녀라."

"예?"

"바람둥이 같아."

쿤이 눈을 껌뻑이다가 웃음을 터뜨렸다. 그의 두 팔이 시에나의 허리를 끌어안았다. 그는 힘주어 꽉 안고 그녀의 입술을 삼키고 싶은 욕망을 간신히 눌렀다.

"전하. 간곡히 부탁드리는 겁니다. 도망치십시오."

"무엇으로부터?"

"당신을 얻으려고 무슨 미친 짓을 할지 모르는 저로부터."

그는 자신의 미래를 예언할 수 있었다. 앞으로 더욱더 눈앞의 여자에게 빠져들어 정신을 차리지 못할 것이다.

지금껏 크게 무언가를 욕심내 본 적이 없었다. 원한다고 생각하면 모두 그의 것이 되었기에 간절히 바랄 필요가 없었다. 일족의 천형 때문에 비록 떠돌아다녀도 일족이 지닌 부와 영향력은 대륙의 왕국 몇 개는 찜 쪄 먹을 정도였다.

그는 일족의 장이었다. 부족함 없이 떠받혀 자랐다. 그래서 그는 갈망하는 대상이 생겼을 때, 그러나 지금까지와는 다르게 절대 가질 수 없는 것을 바라게 되었을 때 자신이 무슨 행동을 할지 도저히 예측할 수가 없었다.

시에나가 코웃음을 치며 두 손으로 그의 가슴을 밀어냈다. 쿤은 순순히 팔을 풀었다.

"난 누구의 것도 될 수 없다."

그녀는 몸을 돌려 정원의 안쪽으로 걸어 들어갔다. 쿤은 그녀의 매몰찬 뒷모습을 바라보다가 한숨을 내쉬었다.

한 손으로 명치 부근을 문질렀다. 그는 위가 약했다. 어릴 때 부모님의 죽음으로 마음고생 하면서 위병을 오래 앓아 후유증이 남았다. 그 후 몹시 신경 쓰이는 일이 생기면 위가 아팠다.

'아무래도 위통으로 고생하겠네.'

그는 시에나의 뒤를 따라갔다. 위의 건강을 위해서는 정반대의 방향으로 돌아서야 했다. 하지만 꽃향기에 홀린 벌처럼 그의 발은 저절로 움직였다.

"귀족은 아니겠군."

쿤이 시에나를 따라잡아 옆에 섰을 때 시에나가 불쑥 말했다.

"어떤 왕이나 귀족도 네게 명령권이 없고 터 잡아 사는 곳도 없다고 했었지. 그것도 거짓이었나?"

"사실입니다."

"네 주인에게 자리를 달라고 해라. 왕으로서 단승 작위는 수여할 수 있고 정 안 되면 기사 임명이라도 하면 되니까."

쿤은 시에나의 말뜻을 해석해 보았다. 귀족이나 기사 정도도 되지 못한 천한 신분으로는 감히 얼씬도 하지 말라는 소린가.

"그럼 경이라고 호칭해 주지."

"……예?"

"넌 신족을 기만했다. 중한 죄를 저지른 데다가 신분마저 낮으니 너는 내게 존중받을 자격이 없다."

"그 말씀은 그럴듯한 껍데기 하나 쓰고 오면 걸맞은 대우를 해 주시겠다는 겁니까?"

"표현 방식이 저속하구나."

"이해가 가지 않아서 그럽니다. 제가 귀족이 되든 기사가 되든 그게 전하께 지은 죄와 무슨 관계가 있습니까?"

쿤은 그녀의 얼굴을 슬쩍 살폈다. 정면을 바라보는 그녀의 옆얼굴에 붉은 입술이 꾹 다물리는 것을 보았다. 전에 몇 번 비슷한 표정을 보았다. 말문이 막힐 때 나오는 습관 같았다.

그는 자꾸 올라가는 입꼬리를 억지로 끌어내렸다. 빈틈없고 차가운 황녀님의 이런 모습을 아는 사람은 누가 또 있을까? 나 혼자만 알고 싶다는 욕심이 생겼다.

"그러니까 전하께서는 이미 절 용서하셨는데 아직 화는 풀리지 않았다는 말씀이군요."

시에나가 그를 노려보았다.

"무례하다. 어딜 감히 내 속내를 멋대로 가늠하려 하느냐."

어조는 서릿발처럼 차가웠지만, 쿤은 미세하게 감추어진 그녀의 무안함을 읽었다. 신기하게도 그게 보였다. 더 말꼬리를 잡으면 황녀는 정말 화를 낼 것이다. 미움받고 싶지 않았다.

황녀가 자신에게 무관심하면 미움이라는 감정도 관심의 일부라 생각해 도발하겠지만, 지금은 아니었다. 황녀의 감정이 정확히 어떤지는 몰라도 그녀는 최소한 자신에게 흥미 정도는 갖고 있었다.

"주인 곁으로 돌아가 봐야 하는 것 아니냐?"

"아까부터 계속 주인, 주인 하시는데 철왕께서는 제 주인이 아닙니다."

"주인이 아니면? 말벗일 뿐이라고?"

"그건……."

"됐다. 또 거짓도 사실도 아닌 교묘한 말로 날 혼란스럽게 하겠지."

변명해 봤자 득이 될 것이 없어서 쿤은 입을 다물었다.

'뭔가 이상해.'

시에나는 앞뒤가 맞지 않는 점을 발견했다. 그녀의 주변 사람들은 높은 신분을 지녔고 적절한 교육을 받았다. 몸에 밴 기품과 예절이 자연스러웠다.

쿤을 그들과 비교하면 두드러진 차이점이 없었다. 태도가 무례하긴 한데 그건 건방진 쪽이지 천박한 느낌은 아니었다.

가면무도회에서도 의아하게 생각했던 점이었다. 그의 춤 실력은 정석으로 깔끔했다.

용병인지, 상인인지 정확한 신분은 모르겠으나 어쨌든 평민이다. 평민이 귀족의 교양과 예절을 습득한다고?

집 한 칸 없이 떠돌아다니는 무국적자 신세라 명령권을 가진 자가 없다는 말을 비틀면 내 위에는 아무도 없다는 오만한 표현이었다. 그런 조건을 충족하는 존재가 있기는 했다.

왕.

제국의 신하를 자처하지 않은 독립국의 왕이라면.

시에나는 순간 떠오른 생각이 어이가 없어 피식 웃었다.

'영토가 없는 왕이라니. 말이 되는가.'

느닷없이 그가 시에나의 손을 잡았다. 한쪽 팔은 그녀의 어깨를 감싸며 걷는 방향을 바꾸었다.

"무슨……."

그는 말할 틈도 주지 않고 잽싸게 움직였다. 시에나는 어어 하는 사이에 잎이 풍성한 나무 아래에 쪼그려 앉았다.

"도대체!"

"쉿."

버럭 화내려던 시에나가 인상을 찡그렸다. 잠시 후 바스락바스락 이파리와 잔가지를 밟는 소리가 들렸다. 귀를 기울여야 들리는 아주 작은 소리였다.

'이걸 어떻게 들었지?'

시에나는 새삼스럽게 그를 보았다.

점점 다가오는지 바스락거리는 소리는 조금씩 커졌다.

'혹시 날 찾는 기사인가?'

그런 것치고는 굉장히 조심스럽게 움직였다. 잠시 조용했다가 속삭이는 목소리가 들렸다.

"이쯤이면 될 것 같소. 아무도 우리를 못 볼 거요."

"아아. 마일로."

"헤젤. 당신이 정말 그리웠소."

"저도요. 야속한 분. 제가 얼마나 당신의 연락을 기다렸는지 아세요?"

비밀스러운 장소를 찾아 나선 연인의 밀회였다.

"미안하오. 요즘 날 보는 눈초리가 심상치 않아 말이오."

"제게 마음이 떠나신 줄 알고 얼마나 마음을 졸였는데요."

"절대 아니오. 집안의 빚만 아니었어도 절대 그런 결혼은 하지 않았을 거요. 집에서는 그 여자와 거의 남남처럼 산다오. 난 당신뿐이오."

듣다 보니 한심스러웠다. 불륜 주제에 세기의 애절한 사랑이라도 되는 것처럼 포장하는 꼴이라니. 구차하고 추했다. 쾌락만 즐기는 정부를 두는 게 차라리 낫겠다.

'내가 왜 숨어서 듣고 있어야 하지?'

떳떳하지 못한 짓을 하는 쪽은 저들이었다. 누가 있다는 기척만 내도 제 발이 저려 도망갈 것이다. 그런데 시에나는 상황을 바꿀 타이밍을 놓쳤다. 닭살 돋는 애정 표현을 주고받던 연인이 쪽쪽 소리가 나도록 격한 키스를 나누기 시작했다.

"아, 마일로."

"헤젤. 헤젤."

그들의 숨소리는 점점 가빠졌다. 헉헉대는 호흡이 신음으로 바뀌고 비음이 섞인 교성으로 바뀌었다. 오직 그 목적을 위해 기회만 노리던 자들 같았다. 살이 맞부딪쳐 치덕대는 소리와 여자의 헐떡이는 교성이 울렸다.

지금 나서면 모양새가 이상하겠다. 남의 애정 행각을 관음한 것 같지 않은가. 막 짜증이 나려던 찰나에 갑자기 조용해졌다.

"어, 음. 미안하오. 내가 성급했소. 요즘 일이 많아서."

기가 죽은 남자의 목소리와…….

"많이 피곤하셨나 봐요."

쌀쌀맞은 여자의 목소리.

시에나는 풋, 웃음을 터뜨렸다. 소리가 새어 나가지 않게 손으로 입을 막았다가 역시 웃고 있는 쿤과 눈이 마주쳤다.

"헤젤!"

"어멋!"

"만회할 기회를 주시오."

"아잉. 마일로."

연인은 다시 불타올랐다. 야릇한 소리를 배경으로 쿤과 시에나는 눈을 마주친 채 서로를 바라보았다. 이미 두 사람의 얼굴에서 웃음기는 사라졌다.

어둠을 밝히는 등은 역할을 다하지 못했다.

나무의 그림자에 몸을 숨겨 앉아 있느라 어두운 방처럼 서로의 모습이 잘 보이지 않았다.

그런데도 시에나는 선명하게 그의 얼굴을 눈으로 그릴 수 있었다. 검은 눈동자를 담은 긴 눈매와 곧은 콧대, 턱의 윤곽선이 너무 잘 보였다.

그녀는 손을 뻗었다. 손가락 끝으로 그의 눈가를 만졌다가 조금씩 더듬어 내려왔다. 그가 마음껏 만지라는 듯 꼼짝하지 않으니 조금 더 과감해졌다. 손바닥의 더 넓은 면적으로 그의 볼을 쓸었다. 지금 자신이 느끼는 감정을 표현할 적당한 말이 떠오르지 않았다.

다른 사람의 얼굴을 만져 보는 게 처음이다. 타인과의 신체적 접촉 자체가 낯설었다. 사랑한다는 말을 자주 하는 패트리샤도 시에나를 안아 준 적은 없었다. 시중을 드는 시녀들은 가능한 한 닿지 않도록 항상 조심했다.

사람의 체온은 생각보다 뜨거웠고 사내의 살결은 단단하면서도 부드러웠다.

쿤은 입안을 꽉 물었다. 그녀의 손길에 야릇한 느낌이 전혀 없다는 것을 알면서도 하복부에 피가 몰리기 시작했다. 도저히 참을 수 없어서 그녀의 손을 붙잡았다.

시에나는 반사적으로 손을 빼려 했으나 더 꽉 잡혔다. 손등에 그의 입술이 닿았다. 그는 그녀의 손가락마다 키스했다. 눈을 마주친 채 천천히 하나씩 하나씩.

시에나는 홀린 듯이 그가 하는 행위를 보기만 했다. 손등과 손가락에 닿는 입술의 촉감이 생생했다. 불쾌하기는커녕 뿌리칠 생각도 들지 않았다.

쿤이 시에나의 손을 쥔 채 힘을 주어 잡아당겼다. 훽 끌려간 시에나는 그의 품에 반쯤 안긴 자세가 되었다. 당장 밀어낼 것처럼 그의 가슴에 손을 얹었으나 시에나는 힘을 주지 않고 망설였다. 그녀는 그를 밀어낼 이유를 찾지 못해 어쩔 줄을 몰랐다. 그녀의 망설임이 그를 더 부추겼다.

그의 팔이 시에나의 허리를 꽉 안으며 고개를 돌려 입술을 포갰다. 조심스럽게 접근했던 지난번과 달랐다. 그는 단번에 그녀의 입술을 삼켰다. 살짝 벌어진 그녀의 입술 안으로 혀를 밀어 넣었다. 두 사람 입술이 완전히 맞물렸다.

"아아! 마일로! 아흑."

"헉, 헉. 헤젤."

남녀의 정사가 절정으로 치달았다. 그들의 요란한 교성이 시에나의 귀에 파고들었다. 저들의 천박한 신음이 아까처럼 짜증스럽지 않았다. 여자의 숨넘어가는 헐떡임을 들으니 여자가 느끼는 쾌감에 동조하는 것처럼 오싹했다.

혀뿌리가 당기도록 강하게 빨리는 순간 그녀의 꼭 감은 눈썹이 파르르 떨렸다. 그의 어깨에 얹은 손끝이 움찔했다. 몸이 후끈거리는 것 같기도 하고 간지러운 것 같기도 했다.

그의 키스는 집요하고 탐욕스러웠다. 살짝 입술을 떼었다가 다시 키스를 이어 갔다. 그녀의 입안에서 단물이라도 나오는 것처럼 핥고 빨아들였다.

더는 숨이 차서 힘들었다. 시에나가 주먹을 쥐어 그의 가슴을 두드렸다. 그의 입술이 떨어졌을 때 시에나는 다급히 말했다.

"그만."

쿤의 입술이 다시 다가오자 시에나는 인상을 썼다. 그는 가볍게 입술만 부딪쳤다가 떨어졌다.

쿤은 가쁘게 숨을 쉬는 시에나를 보며 키득거렸다.

"코를 막은 것도 아닌데 왜 숨이 차십니까?"

"익숙지 않아 그런다."

"아하. 경험 부족이라는 겁니까?"

"아무리 내가 배움이 빨라도 처음부터 만능은 아니야."

당당하게 항변하는 그녀가 귀여웠다. 하긴, 무슨 모습인들 사랑스럽지 않을까. 살 것 같다. 부족하나마 조금은 해갈이 되었다.

그는 느긋하게 웃었다.

"그럼 제가 다 가르쳐 드릴 테니까."

쿤은 쪽, 소리가 나도록 그녀의 입술에 키스했다.

"딴 놈에게 배우시면 안 됩니다."

시에나는 코웃음 쳤다.

"더 나은 스승을 찾을 수도 있지."

"더 나은 놈은 없습니다."

유들유들하게 굴던 그가 정색하자 시에나는 왠지 재미있었다.

"자신만만하군. 경험이 풍부한가 봐?"

"아니, 그건……."

쿤이 어물어물하다가 한숨을 푹 쉬었다.

"보고 들은 게 많아 그럽니다. 간접 경험도 경험이니까요."

"간접 경험은 뭐지?"

"조금 전에 간접 경험을 하셨잖습니까."

쿤이 살짝 턱짓으로 뒤를 가리켰다. 시에나는 눈을 깜빡이다가

'아…….' 하고 탄식했다. 주변이 조용했다. 앵앵거리는 여자 목소리는 전혀 들리지 않았다.

"갔나?"

"예."

"언제?"

대답 대신 쿤이 씨익 웃었다.

시에나는 얼굴이 확 뜨거워졌다. 키스에 무아지경으로 빠져 그들이 가는 줄도 몰랐다고 고백한 셈이었다.

"자…… 자만하지 마라! 나는!"

"예. 익숙지 않으실 뿐이죠."

시에나는 미간을 찌푸렸다. 이 남자와 함께 있으면 자꾸 휘말렸다. 싫기도 하고 좋기도 한 알쏭달쏭한 자신의 마음이 더 못마땅했다. 항상 모든 것이 명료했던 그녀가 처음 느끼는 감정적인 혼란이었다.

"누가 옵니다."

"누가?"

묻는 것과 동시에 멀리서 소리가 들렸다.

"전하! 어디 계십니까!"

시에나는 동그랗게 커진 눈으로 그를 보았다. 대체 어떻게 알았냐고 묻고 싶었다.

그가 손을 잡아 일으켜 주는 대로 시에나는 일어났다. 그가 치맛자락에 붙은 이파리를 털어 주는 동안 가만히 서 있었다.

"전하! 은왕 전하!"

다른 방향으로 가는지 목소리는 조금 멀어졌다.

"가 봐야겠다."

"예."

그는 짧은 대답 후 아무 말도 하지 않았다. 지난번처럼 또 비겁하게 거리를 재는 건가, 순간 울컥했다가 그의 눈을 마주 보며 천천히 속이 가라앉았다.

검은 눈동자는 색소가 옅은 눈보다 감정의 변화를 알아차리기 힘들다고 생각했다. 그런데 시에나는 왠지 보였다. 짙은 눈동자 속에 무언가가 넘실거렸다. 그녀가 손만 내밀면 흘러넘쳐 당장 달려들 것처럼 위험해 보였다.

시에나는 그를 빤히 보다가 휙 돌아섰다. 두어 걸음 걷다가 다시 그를 향해 몸을 돌렸다.

놀란 표정의 그에게 성큼성큼 다가갔다. 코앞까지 바짝 가까이 가서 두 손을 뻗으니 그가 움찔했다. 그녀는 그의 옷깃을 두 손으로 꽉 움켜쥐고 확 당겼다. 그의 얼굴이 아래로 내려왔다. 그래도 좀 높았다.

시에나는 살짝 발끝을 올려 그의 입술에 키스했다. 한 대 얻어맞은 표정의 남자를 보니 왠지 유쾌했다.

"말했지만, 나는 배움이 빠르다."

시에나는 다시 돌아섰다.

이번에는 뒤돌아보지 않았다. 자신을 찾는 목소리가 들려 온 방향으로 걸었다.

약 백 보가량 걸었을까. 다시 부르는 소리가 들렸다.

"전하!"

시에나는 대답했다.

"무슨 일이냐."

그녀는 서서 기다렸다. 잠시 후 기사가 나타나 시에나를 보자마자 안도의 표정으로 고개를 숙였다.

"산책이 길어지시는데 정원에서 나오는 자들이 있었습니다. 전하의 안위가 염려되어 멋대로 움직였습니다. 용서하시옵소서."

시에나는 기사가 말하는 자가 아까 본 불륜 남녀임을 눈치챘다.

"그대의 직분에 충실하였으니 나무랄 일은 아니지. 그대에게 빌린 검은 무거워서 정원 어딘가에 내려놓았다. 잘 쓰고 주인에게 돌려주어야 하는데 미안하군."

"아닙니다. 전하께서 요긴하게 쓰셨다면 그것으로 족합니다. 바로 연회장에 재입장 하십니까?"

"아니. 궁으로 돌아가겠다. 마차를 준비해 주게."

"예. 전하."

정원에 혼자 남은 쿤은 한참 서 있다가 잔뜩 부풀어 오른 하체의 흥분이 겨우 가라앉은 후 천천히 걸었다. 그녀는 남녀 관계에 관해서는 꽤 둔한 듯했다. 그의 신체적인 변화를 전혀 눈치챈 기색이 없었다.

"큰일이다."

그는 한숨을 푹푹 쉬었다.

포기 못 하겠다. 도무지 못 하겠다.

그는 한 손을 제 왼쪽 가슴에 얹었다. 몇 시간 산을 타도 멀쩡한 심장이 아직도 요란하게 뛰었다.

앞날은 그렇다 치고 당장 오늘 밤 잠은 다 잤다.

다시 하복부로 피가 몰리는 기분이 들자 그는 얼른 고개를 흔들었다. 머릿속에 꽉 찬 그녀 생각을 조금이라도 털어 내려는 헛된 몸부림이었다.

6장

탐색

테이블 위에 서류가 높이 쌓였다. 시에나는 한 손으로 관자놀이를 누르며 생각에 잠겼다.

지난 며칠, 시에나는 엄청난 분량의 인사 자료를 수집해 읽었다. 은왕에게 충성하여 일할 사람을 고르기 위해서였다.

자료는 완벽했다. 신상, 업무 능력, 참고할 만한 사생활 에피소드까지 그 사람을 판단하기에 충분한 정보가 있었다. 객관적인 지표에 따라 가장 우수한 인재를 골라내는 것. 가장 합리적이며 시행착오가 적은 방식이었다.

그런데 머리는 납득하지만 가슴이 거부했다.

'내키지 않아.'

뚜렷한 이유도 없다. 얼마나 비합리적인가.

그녀는 지금껏 항상 객관적 기준을 근거로 이성에 따라 판단했고 실패한 적이 없었다. 바른길을 앞에 두고 망설이는 자신을 이해할 수 없었다.

끙끙대는 시에나 곁으로 시녀가 다가와 조심스레 고했다.

"전하. 철왕궁의 시종이 뵙기를 청합니다."

"철왕궁?"

시에나는 잠시 고민했다가 '들여라.'라고 지시했다.

시종이 들어와 깊이 고개 숙여 인사했다. 그가 두 손으로 공손히 바치는 서신을 시녀가 전달했다. 서신의 내용은 간단했다. 오후의 휴식 시간에 같이 차를 마시며 담소를 나누자는, 흔한 초대장이었다.

물론 디안과 시에나는 그런 초대장을 나눌 사이가 아니었다.

'날 탐색해 보겠다는 건가.'

마침 잘 되었다. 생각해 보면 디안 황자와 제대로 이야기를 나눠 본 적이 없었다. 그가 먼저 적대하지 않는다면 굳이 척을 질 필요는 없을 것이다.

"돌아가 철왕께 말씀드려라. 이따 뵈러 가겠다고."

시에나의 대답이 의외였는지 시종의 표정이 흔들렸다. 시종이 돌아간 후, 시에나는 당황하던 시종의 반응을 떠올렸다. 철저한 훈련을 받는 시종이 동요할 정도로 의외인 것이다. 은왕과 철왕의 만남은 사교계의 이야깃거리가 될 것이다.

만약 꿈을 꾸지 않았다면. 미래를 미리 알지 못했다면 책봉식 날 과연 자신은 어떤 반응을 보였을까.

'불쾌했겠지.'

하필이면 자신의 생일, 가장 영광스럽게 기억되어야 할 날을 엉망진창으로 만들었다고 디안을 원망했을 것이다.

더러운 반쪽이 자신에게 치욕을 안기고 황궁의 체면을 먹칠한다고 생각했을 것이다. 모멸감에 치를 떨었을 것이다. 그리고 적왕이 늘어놓는 디안 황자에 대한 악담을 묵묵히 들으며 심적으로 동조했을 것이다.

'어머니는 뜻밖에도 조용하군.'

정말 몸져눕기라도 한 것인가. 패트리샤는 계속 바깥출입을 하지 않았다. 외숙도 부친의 병간호를 이유로 공작가에 틀어박혀 있다.

바깥에서는 사람들이 온갖 억측으로 입방아를 찧겠지만, 직접 시에나의 신경을 건드리는 일은 없었다.

'왜 나는 화가 나지 않을까. 미래를 아는 여유일까?'

그녀의 마음은 평온했다.

조금 길을 돌아가기는 해도 어쨌든 그녀는 황제가 된다.

시에나는 어릴 때부터 제위에 오르지 않는 자신의 미래는 상상도 해 보지 않았다. 당연한 미래가 언제고 올 테니까 그녀는 조급하지 않았다.

시녀가 고했다.

"전하. 적왕께서 전언을 보내셨습니다."

연회 다음 날, 적왕이 시녀를 보내 궁에 들러 달라고 했다. 시에나는 인선하느라 바빠 여유가 없다고 거절했다.

시에나는 연회장에서 자리를 지키라는 적왕의 당부에 따르지 않았다. 분명 그 문제에 대해 좋지 않은 말을 할 텐데 잔소리는 피곤했다.

'오늘은 뵈러 가야겠군.'

며칠이 지났으니 적왕의 독 오른 기세가 한풀 꺾였을 것이다.

"들어오라고 해라."

"심부름꾼은 돌아갔습니다. 전하께 이것만 전해 드리면 된다고 하였습니다."

시녀가 봉투를 내밀었다. 시에나가 안에 든 문서를 꺼내 보며 피식 웃었다.

'철두철미하시군.'

인사 서류였다.

"오후에 뵈러 가겠다고 적왕께 말씀 전해라."

"예. 전하."

시에나는 패트리샤가 보낸 서류를 살피며 묘하게 웃었다.

'날 정말 잘 아시는군.'

시에나의 입맛에 딱 맞는 인물만 골라 보냈다. 신분과 능력 모두 완벽했다. 따로 추천장을 첨부하지도 않았다. 순수하게 인재를 천거하는 것처럼.

아마 미래를 알기 전이였다면 이 중에서 보좌관과 호위대장을 골랐을 것이다. 그 둘은 가장 고심해야 하는 최측근이었다.

'문제는 이들이 정말 내게 충성할지 양쪽에 발을 걸칠지 알 수 없다는 거지.'

패트리샤가 이들을 추천한 이유가 있을 것이다.

한 장씩 넘기던 시에나는 서류의 상단에 붙은 초상화를 보고 멈칫했다.

'이자는…….'

꿈에서 봤다. 알현실 앞에서 기절한 페로 왕국의 사신을 끌고 나가던 기사. 그자가 틀림없었다.

톡, 톡, 톡. 그녀의 손끝이 테이블을 두드렸다. 그녀의 생각이 결론에 도달했을 때 손가락도 멈추었다.

'제외하자.'

패트리샤가 보낸 서류 속 인물들은 무조건 제외하고 사람을 골라야겠다.

* * *

제국의 황궁은 엄청난 규모로 유명했다. 정원까지 포함한 황궁의 넓이는 소도시의 면적에 버금갔다.

정중앙에 황제의 태양궁이 있고 배우자인 적왕 혹은 청왕의 침궁은 태양궁에 부속해 있다. 엄밀히 따지면 적왕의 처소는 태양궁이지만, 관습적으로 적왕궁으로 칭했다.

그 밖에 황족이 머무는 크고 작은 규모의 궁과 행정 목적을 위한 건물들이 태양궁의 주변을 빙 둘러 에워싼 구조였다.

행정 목적의 건물들은 황궁을 창건할 때 설계했다. 그래서 태양궁의 남쪽에 대부분 몰려 있었다.

황족의 궁은 태양궁 가까이 있는 세 채를 제외하면 필요에 따라 하나씩 증건했다. 그래서 크기와 위치가 제각각이었다.

클수록, 태양궁에서 가까울수록 거주하는 주인의 서열이 높았다. 당연하지만 가장 크고 가장 가까운 궁은 시에나 황녀의 것이었다.

시에나는 왕이 된 후에도 굳이 거처를 옮기지 않았다.

비교해서 디안의 궁은 태양궁에서 멀리 떨어진 북쪽에 있고 규모도 작았다. 왕이 된 후 그는 새 궁을 받아 이사했다. 이사하자마자 디안은 쿤을 불렀다. 널찍한 응접실은 아직 가구를 갖추지 않아 썰렁했다.

소파에 마주 앉은 두 사람을 제외하고 아무도 없었다.

이제 디안은 몸을 사리지 않아도 되었다. 몰래 쿤을 만나지 않고 당당하게 자신의 궁에 들였다.

쿤은 안을 둘러보며 감상을 말했다.

"넓긴 하다만 들어오다 보니 궁이 낡았던데. 안은 괜찮군."

"낡아서 특별한 거다. 여긴 창건궁 중 한 곳이거든."

제국의 태조에게는 자식이 셋이 있었다. 그들을 위해 황궁 창건 당시 세 채의 궁을 지었다. 그 후 제위를 받을 후계는 창건궁에서 머무는 전통이 있었다.

"하나는 은왕의 궁일 테고 나머지 하나는 비어 있나?"

"폐하께서 별궁으로 사용 중이시지."

"여길 달라고 네가 요청한 거야?"

"아니. 요청하려고 했는데 그전에 먼저 교지가 내려왔어. 적왕이

딴지를 걸기 전에 난 재빠르게 이사한 거지."

디안은 차를 마시다가 키득키득 웃었다.

"적왕은 그날 연회 이후 침실 바깥으로 나오지 않는다더라. 내가 여기로 이사했다는 말을 듣고 더 약이 올랐겠지. 배가 아파 끙끙대고 있을까, 무슨 음모를 꾸미고 있을까."

쿤은 리먼 공작가 근처에 심어 둔 수하로부터 보고받은 일이 떠올랐다. 아직 공작가 안까지 사람을 심지는 못했다. 드나드는 사람이 누구인지 철저히 파악하는 정도로 만족하고 있다.

연회가 있었던 다음 날, 공작가에 묘한 이력을 가진 자가 들어갔다. 의사인데 의사로서의 명성보다는 박제 전문가로 유명했다. 짐승을 박제해서 장식하는 취미는 귀족의 흔한 유흥이었다. 그런데 지금은 사냥철도 아니고 리먼 공작은 박제에 취미도 없었다.

별것 아닐 수도 있다. 리먼 공작이 와병 중이니 의사가 드나드는 게 이상한 일도 아니다. 그런데 뭔가가 신경에 거슬렸다. 그는 자신의 직관력을 믿는 편이었다.

'아직 말할 단계는 아니야. 좀 확실하게 알아본 후에…….'

"책봉식 이후 폐하를 뵌 적은?"

"없어. 폐하의 의중은 모르겠다. 따로 말씀도 없으셨고. 그런데 그분 속내는 원래 아무도 몰라. 난 내게 유리한 것을 잘 이용하면 될 뿐이지."

생각에 잠기는 디안의 표정이 가라앉았다.

"난 다른 것보다 시에나 황녀, 이젠 은왕이지. 은왕이 무슨 생각을 하는지 궁금해."

디안은 책봉식 날 황녀의 평온한 반응을 이해할 수 없었다.

황녀는 전혀 동요하지 않았다. 마치 그럴 줄 알았다는 것처럼. 그리고 그날, 연회장에 잠깐 들렀다가 궁으로 돌아가 다시 돌아오지 않았다. 그녀가 주도해야 하는 연회는 디안이 활약하는 무대가 되었다.

그날처럼 제국의 내로라하는 귀족들이 모두 참석하는 사교 파티는 드물었다. 덕분에 디안은 매우 많은 사람을 만나 인사하는 기회로 삼을 수 있었다.

"내가 은왕에 대해 잘못 생각하고 있었던 걸까?"

그는 황궁에 들어와 황자로 인정받은 후 겉보기에만 화려할 뿐 실상은 고단하게 살았다. 진짜 자신을 감춘 채 경계할 가치가 없는 놈이 되려고 한심하게 처신했다.

부단한 노력에도 그를 노리는 검은 손은 사라지지 않았다. 여러 번 죽을 고비를 넘겼다. 암살자가 자신의 목을 베는 악몽에 시달려 근 한 달 가까이 잠을 제대로 못 잔 적도 있었다.

어찌나 괴롭던지 차라리 죽을까, 생각했었다. 그런데 시간이 지날수록 오기가 생겼다. 살고 싶어졌다. 살기 위해서는 황제가 되어야겠다고 생각했다.

그가 겪었던 모든 고통의 배후에는 적왕과 리먼 공작 가문이 있었다. 시에나 황녀는 주변 사람이 어떤 모략으로 자신을 지키는지 전혀 모른 채 제왕학에만 온 힘을 쏟고 있었다.

그래서 디안은 시에나를 연꽃 같다고 생각했다.

진흙탕에 뿌리를 박고 있으나 근원적인 더러움은 알지 못하고 화려하게 피어나는 연꽃.

무지도 죄라면 죄겠지만, 황녀에게 유감은 없었다.

그가 뛰어넘어야 하는 장애물은 적왕과 리먼 가문이지 시에나 황녀가 아니었다.

"네 생각은 어때?"

"글쎄……."

황녀가 겉보기와는 다른 사람이라는 건 맞다. 그런데 쿤이 느끼는 차이점은 디안이 생각하는 부분과 달랐다.

그녀는 고압적이고 고지식하고 고집이 세지만, 그건 그녀가 가진 모습의 단면일 뿐이었다. 알고 보면 신분만으로 사람을 멸시하지 않고 꽉 막히지 않았으며 조언에 귀 기울일 줄 알았다.

그녀를 좋은 쪽으로 묘사하는 말이 머릿속에 계속 맴돌았다. 입 밖으로 말했다가는 미쳤냐 소리를 들을 거다.

생각하니까 보고 싶다. 다른 건 바라지 않았다. 그냥 보기만 해도 좋겠다. 하지만 막상 그녀를 보면 더 큰 욕심이 생길 것이다. 안고 싶고 만지고 싶겠지. 지난번에도 그랬던 것처럼.

"너무 심각해질 필요는 없어."

쿤이 찻잔을 한참 바라보다가 한숨을 내쉬자 디안이 말했다. 그는 일이 잘못 꼬일까 봐 쿤이 걱정한다고 생각했다.

"그래서 내가……."

말하는 중에 문을 두드리는 소리가 들렸다.

시종이 들어와 고했다.

"전하. 은왕께서 오셨습니다."

"안으로 모셔라."

시종이 대답한 후 나갔다.

"……은왕이라니?"

디안이 시종을 쳐다보며 말해서 다행이었다.

시종이 말을 꺼낸 순간에 쿤을 보고 있었다면 흔들리는 표정을 포착했을 테고 눈치가 빠른 디안은 위화감을 느꼈을 것이다.

"초대했어."

쿤이 벌떡 일어났다.

"난 간다."

"왜?"

"그럼 나도 있으라고?"

"있어야지. 그래서 은왕을 초대한 건데. 내가 은왕과 대화하는 동안 넌 잘 살펴봐. 태도가 어떤지 무슨 딴 속셈이 있는 건 아닌지."

쿤은 어이가 없어 헛웃음을 흘렸다.

"내가 독심술사냐?"

"아니었냐?"

쿤은 킬킬대는 디안을 보며 표정을 굳혔다.

"디안. 너와 내가 함께 있는 모습을 은왕에게 자꾸 보여서 좋을 게 없어."

"말벗인데 뭐 어때."

타는 쿤의 속도 모르고 디안은 태평하게 대꾸했다. 그리고 쿤은 도망칠 기회를 놓쳤다.

응접실 문이 열리며 시종과 들어오는 시에나와 엉거주춤하게 서 있던 쿤의 시선이 바로 마주쳤다.

그녀의 금색 눈동자가 가늘어졌다.

쿤은 슬그머니 시선을 피했다.

"어서 오세요. 은왕."

디안이 일어나 곧바로 시에나를 맞이하러 갔다.

"이렇게 들러 주어 고맙습니다."

"초대 감사합니다. 좋은 차가 있다고 하셨으니까요."

"그럼요. 최고의 차를 내어 드려야지요."

디안이 시에나를 소파로 안내했다. 소파 테이블을 중심으로 마주 보는 두 개의 긴 소파를 조금 전까지 쿤과 디안이 한 개씩 차지하고 있었다. 디안은 자신의 자리를 시에나에게 양보하고 쿤의 옆자리로 갔다.

"전하. 귀빈께서 방문하셨으니 저는 이만 물러가……."

"그럴 필요는 없소. 록산 경."

쿤의 말을 딱 자르고 끼어든 사람은 시에나였다. 뒤의 이름을 발음할 때 유난히 힘이 들어갔다.

"은왕께서 괜찮다고 하시지 않나. 초면도 아니고 부담 갖지 말고 앉게."

디안까지 옆에서 말을 보태니 쿤은 어쩔 수 없이 도로 앉았다.

시녀들이 차를 내올 때까지 세 사람은 말이 없었다. 넉살 좋은 디안도 선뜻 말을 꺼내지 못했다.

꼿꼿한 자세로 앉아 있는 고고한 미인은 범접할 수 없는 분위기가 있었다.

디안은 찻잔을 들며 묘한 감회에 젖어 중얼거렸다.

"은왕과 마주 앉아 차를 마시다니. 이런 날이 오긴 하는군요."

황녀의 속을 떠볼까 해서 부르긴 했는데 막상 가까이에서 보니까 신기했다.

처음에 황궁에 들어왔을 때 그는 순진했다. 비록 어머니는 달라도 누이동생이 있다기에 얼마나 설렜는지 모른다. 외로운 그는 다복한 형제 관계가 항상 부러웠다.

"은왕. 날 싫어했지요? 아니지. 지금도 싫겠지요?"

"애증은 동전의 앞뒷면입니다. 싫어할 이유가 없습니다. 관심이 없으니까요."

시에나는 감정이 실리지 않은 차분한 음성으로 말했다.

디안은 예상 못 한 공격에 얻어맞고 멍한 표정을 지었다가 폭소를 터뜨렸다.

"그렇군요. 미움도 감정이죠. 내 착각을 바로잡아 줘서 고맙습니다. 내가 참 자만심에 사로잡혀 있었네요."

시에나 황녀를 얼음 조각상 같다고 말하는 자들이 있었다. 차가운 황녀의 성품과 완벽한 미모를 빗댄 표현이었다.

'내가 편견을 가졌던 걸까.'

황녀의 차가움은 피도 눈물도 없는 잔인함과 달랐다.

디안은 왠지 위로받는 기분이 들었다. 황녀의 의도는 '관심 없다'는 쪽에 초점이 있겠지만, 그는 '싫지 않다'는 말이 더 가슴에 와 닿았다.

"그래서 앞으로도 계속 관심이 없을 예정입니까?"

디안이 싱글싱글 웃었다. 시에나는 잘 웃는 디안이 신기했다. 그녀는 황제가 웃는 모습을 본 적이 없었다. 그녀 자신도 감정 표현에 인색했다.

'황궁 밖에서 어린 시절을 보내서 다른 걸까?'

희로애락을 표현하는 건 추하다고 생각했다. 감정의 절제는 신족의 고유한 특성이었다. 신족은 당연히 범인과 달라야 했다.

그런데 디안은 시에나의 고정관념을 뿌리째 흔들었다. 어릴 때 교육받지 않은 디안은 신족이어도 보통 사람처럼 웃는다. 감정의 절제는 당연한 게 아니라 주입된 교육의 결과라는 증거였다. 그리고 디안의 웃는 모습은 추해 보이지 않았다.

"이제는 관심을 가져야겠지요. 우리는 신목의 관을 두고 경쟁하는 사이니까요. 그렇지 않습니까? 철왕."

디안은 말문이 막혀 넋을 놓았다. 표정 관리를 못 할 만큼 놀랐다.

경쟁하는 사이? 황녀의 입에서 나오리라고 절대 기대하지 않았던 말이었다. 면전에서 더러운 반쪽 핏줄 소리를 안 듣는 것만으로 다행이라고 생각했는데.

차를 마시는 내내 시에나는 담담한 표정으로 디안을 유심히 살폈다. 디안이 속셈이 있어 시에나를 초대한 것처럼 시에나도 목적이 있어서 초대에 응했다.

디안의 표정과 태도 어디에도 어두운 감정은 느껴지지 않았다.

억지로 참는다고 보기엔 매우 자연스러웠다. 연회장에서는 긴가민가했다가 이제는 확신했다.

'바뀌었어.'

미래가 바뀌었다.

디안이 원한에 사무칠 정도로 패트리샤에게 고약한 해코지를 당하는 미래는 이제 없었다.

아직 일어나지 않은 일일 수도, 시간의 축만 어긋난 것일 수도 있지만, 시에나의 생일 전후로 발생하는 미래는 사라졌다.

꿈속 미래에서 어머니가 무슨 짓을 했을지 짐작이 가지 않는다. 모르니 막을 수도 없다. 그런데 그게 무엇이든 이제 왕의 신분을 얻은 디안은 쉽게 당하지 않을 것이다. 그는 함부로 건드릴 수 없는 신분이 되었다.

'황자. 당신을 돕고 싶었던 건 아니야.'

저지르지 않은 일로 미래에 후회로 가슴을 치는 자신의 모습이 자존심 상했다.

그런 미래를 되풀이하고 싶지 않았다.

시에나는 찻잔을 내려놓고 일어났다.

"잘 마셨습니다."

"벌써 가려고요?"

"철왕께서는 한가하신 모양이나 나는 일이 많습니다."

디안은 기분 나빠하기는커녕 호탕하게 웃었다. 그는 왠지 이 까칠한 누이동생이 마음에 들었다.

"배웅하겠습니다."

"괜찮습니다."

"일부러 여기까지 와 주었는데 배웅은 해 드려야지요."

“나는 오늘 여기 온 것만으로 충분한 구실을 만들었습니다.”

“정 그러시다면…….”

디안은 미련이 묻어나는 목소리로 말을 끌다가 쿤에게 말했다.

“록산 경. 자네가 나 대신 배웅해 드리겠나?”

“예. 전하.”

쿤은 기다렸다는 듯이 대답하는 모양으로 비치지 않도록 속으로 숫자를 셋까지 센 후 대답했다.

시에나는 말없이 쿤을 보다가 돌아섰다. 쿤은 그녀의 뒤를 따라가며 시종들의 눈을 피해 디안의 어깨를 툭툭 두드렸다.

감사의 표현이었지만, 영문을 모르는 디안은 다르게 해석했다.

‘성가신 일을 시켰다고 기분 나쁜 건가?’

그는 고민에 빠졌다.

황녀와의 관계 개선을 시도하면 안 되겠냐고 말해 볼까. 적왕이 저지른 일을 황녀에게 전가할 생각은 없었다.

‘음…….’

디안은 팔짱을 끼고 무거운 한숨을 내쉬었다.

속없는 새끼. 쿤이 싸늘하게 뇌까릴 독설이 뻔했다.

‘나도 안다고. 내가 좀 물렁한 데가 있지.’

한때 진지하게 고민한 적도 있었다. 나는 왜 이 모양일까.

‘어쩔 수 없다.’라는 결론을 내렸다. 타고나기를 그렇게 생겨 먹었다.

정적은 분명히 존재했다. 적왕과 리먼 공작 가문은 그가 황제가 되는 데 가장 큰 방해물이고 황제가 된 후에도 사사건건 발부리에 차이는 돌이 될 것이다. 그들의 음모로 죽을 뻔한 적도 여러 번이었다.

하지만 '너희들과 같은 하늘 아래 살 수 없다!' 같은 원한에 찬 대사를 읊조리며 이를 북북 간 적은 없었다. 그의 솔직한 마음은 아무도 몰랐다. 쿤에게도 내보이지 않았다.

그 냉정하고 계산적인 놈은 '그런 유약한 마음가짐으로 황제? 너는 글렀어.' 하며 미련 없이 자신에 대한 투자에서 손을 뗄 테니까.

다들 디안이 겉으로는 웃으며 배 속에 칼을 품고 있다고 생각했다. 멋대로 오해하도록 내버려 두었다.

'내가 아직 바닥까지 내려가 본 적이 없어서 배부른 소리를 하는지도 모르지.'

죽을 뻔했어도 어쨌든 살았다. 진짜 이번엔 죽는구나, 했더니 쿤을 만났다. 단지 살기 위해 황제가 되어야겠다고 생각했다가 이제는 황제가 되어 제국을, 세상을 바꾸고 싶다는 원대한 꿈을 품게 되었다.

순탄하게 일은 착착 진행되어 고지가 눈앞에 있었다.

더구나 얼마 전. 이미 이 세상 사람이 아니라고 믿었던 외숙을 다시 만났다. 그 후 디안의 마음은 아주 평화로워졌다. 작은 부스러기 앙금마저 싹 사라졌다.

패자의 입장에서 보면 승자의 여유를 부리느냐고 비꼴 테고 그것도 어느 정도는 사실일 것이다.

'황녀에 관해서는……. 음. 역시 내가 먼저 말하지 말자.'

작정하고 독설하면 사람 속을 후벼 판다.

쿤 라드.

라드 일족의 장, 용병단 칼리고의 단장, 라드 상회의 회주, 록산 상회의 주인. 디안이 아는 신분만 넷이고 또 다른 가면이 몇 개가 더 있는지 알 수 없다.

어쩌다 보니 친구처럼 지내고 있지만, 디안은 쿤 라드가 무서운 놈이라는 사실을 항상 기억하고 있었다.

*　*　*

쿤은 은왕의 옆에서 반걸음 정도 뒤처져 걸었다. 그녀는 왕이고 에드워드 록산은 일개 상인이었다. 허락 없이 옆자리에서 걸을 자격이 못 되었다.

고작 반걸음. 그러나 보이지 않는 거리는 아득히 멀었다.

'내 머릿속 어딘가가 고장 난 걸까.'

이 와중에도 마음껏 뒤에서 훔쳐볼 수 있어서 좋다고 생각하다니. 반편이가 따로 없다.

푸른색이 섞인 풍성한 은발 사이로 동그란 귀가 살짝살짝 드러났다. 만지고 싶어 손끝이 움찔움찔했다. 그녀의 하얀 목에 입술을 묻고 자신의 흔적을 선명하게 남기고 싶은 열망이 넘실거렸다.

'이럴 줄 알았지.'

얼굴만 봤으면 좋겠다고 생각했으면서 막상 실현되니까 터무니없는 욕심만 더 생겼다. 복도의 끝이 보이자 쿤은 초조해졌다. 너무 짧았다.

마차 앞에서 대기하고 있던 시종이 시에나가 궁에서 나오자 마차의 밑바닥에 접어 올린 간이 계단을 내려 설치했다.

쿤이 걷는 속도를 높여 그녀보다 먼저 마차의 출입문 앞에 섰다. 마차에 오르는 그녀를 에스코트하기 위해 손을 내밀었다. 나긋하게 올라오는 가느다란 손을 힘주어 잡았다. 계단에 발을 디디던 그녀가 고개를 돌렸다.

쿤은 그녀의 금색 눈동자가 선명한 빛으로 자신을 똑바로 보는 순간이 정말 좋았다.

이대로 그녀가 마차에 타기를 바라는 마음이 반, 아니기를 바라는 마음이 반이었다.

그녀가 쌀쌀맞게 외면해서 속수무책으로 끌리는 마음에 좀 제동을 걸어 줬으면 싶다가도 날 더 봐 달라고 매달리고 싶었다.

시에나가 도로 계단 아래로 내려섰다. 그녀는 쿤에게 말했다.

"자네에게 물을 것이 있으니 따르게."

그리고 시녀들에게 말했다.

"궁까지 걷겠다. 스무 보 뒤에서 따라오너라."

"예. 전하."

대화 소리가 들리지 않도록 시녀들을 멀찍이 떨어뜨린 채 두 사람은 나란히 걸었다.

오후의 휴식 시간이라 한산했다. 지나가는 궁인들이 거의 없었다. 구름이 따가운 뙤약볕을 한차례 걸러 부드러운 햇살로 만들었다. 향긋한 풀냄새를 머금은 바람은 적당히 선선했다.

시에나는 말이 없는 그의 옆얼굴을 곁눈질했다.

무슨 생각을 하는지 그의 눈동자가 이쪽저쪽으로 움직였다.

"황궁의 내부 구조를 염탐 중인가?"

"예?"

당황하는 그가 수상했다.

"황궁은 넓다. 염탐 정도로 구조를 알아낼 수 없지."

"아닙니다. 제가 잠깐 엉뚱한 생각을……."

쿤이 미간을 찡그렸다가 쿡쿡 웃었다.

"들으시면 어이가 없으실 겁니다. 이대로 전하를 납치해 황궁을 빠져나가기 위한 도주로를 물색 중이었습니다."

"……그래. 어이가 없다."

"전하."

"……."

"전하."

"말하라."

"키스하면 화내실 겁니까?"

시에나는 순간 기겁했다.

이 남자라면 왠지 하고도 남을 짓이었다.

그녀는 자신도 모르게 고개를 뒤로 슬쩍 돌려 시녀들과의 거리를 확인했다.

"그랬다가는 기필코 널 죽여 버리겠다."

그녀는 이를 악물고 목소리를 낮추었다.

"예, 예. 은왕 전하의 평판을 떨어뜨리면 절 용서하지 않으시겠지요."

납치하겠다느니, 키스하겠다느니, 불경한 소리를 툭툭 내뱉은 장본인은 심드렁하게 어깨만 으쓱했다. 시에나가 사납게 쏘아보았지만, 그는 싱글싱글 웃기만 했다. 시에나도 피식 웃고 말았다. 왜 이 남자에게는 자꾸 관대해지는지 모르겠다.

"주변이 빛 한 점 없는 어둠이었다면 좋았을 텐데요."

그가 한숨을 쉬며 중얼거렸다.

어두우면 무슨 짓을 하려고? 시에나는 속셈이 빤히 보이는 말에 반응하지 않았다. 그런데 그녀의 마음 깊은 곳에서는 그가 느끼는 아쉬움에 얼마간 동조했다. 그와 함께 중정을 걸었던 책봉식의 그날 밤은 그녀에게 잊을 수 없는 기억으로 남아 있었다.

"언제 록산 경이 되지?"

"모르겠습니다."

"철왕께서 작위를 주지 않겠다고 하시던가?"

"아직 말씀드리지 않았습니다."

말할 생각 자체가 없었다. 단승 작위? 디안의 채무는 고작 그것으로 탕감하기엔 턱없이 부족했다.

"보잘것없는 상인의 신분이니 호칭은 신경 쓰지 마시고 편히 하십시오."

"……신경 쓰지 않는다."

시에나는 새침하게 대꾸했다.

"황궁의 인맥을 통하지 않는 새로운 경로로 내게 정보를 줄 사람을 소개해 줄 수 있나?"

"아……."

쿤이 푹 한숨을 쉬었다.

"무리한 부탁인가?"

"아닙니다. 그게 아니라. 정말 제게 용무가 있으셨군요."

쿤은 말뜻을 이해하지 못하는 시에나에게 설명했다.

"전하께서 저와 걷고 싶어서 마차를 타지 않으신 줄 알았습니다."

"착각이 지나치다."

그녀는 코웃음 치며 시선을 앞으로 돌렸다.

솔직히 뜨끔했다. 그와 말 한마디 나누지 않고 헤어지기 싫은 마음도 분명히 있었다.

"정보 제공자는 왜 필요하십니까? 전하께서 마음만 먹으면 어지간한 기밀까지 접근할 수 있습니다."

"내가 바라는 건 그런 정보가 아니다. 훨씬 사소하고 잡스러운 것들이다. 가령 나는 동전 하나로 살 수 있는 백성들의 필수품이 무엇인지 알고 싶다. 그런데 내가 누군가에게 그걸 물으면 다들 내 의도가 뭔지 생각하겠지. 동전의 가치를 과장해서 내게 고할지도 모른다. 나는 계산이 없는 날 것 같은 정보를 원하고 황궁 안에서는 내가 원하는 방식으로 구할 수 없다."

쿤은 그녀의 요구를 충족시킬 방법을 고민했다. 정보 상인을 소개하면 되겠지만, 그들은 절대 선량한 백성이 아니었다.

다리를 놔 주면 최소한 몇 번은 황녀를 만나러 황궁에 드나들 텐데 잡놈이 그녀 곁에서 얼쩡거리는 꼴은 절대 못 본다.

'남자는 안 돼. 여자, 여자……. 그 여자라면?'

올가의 수장 에비타.

여자로서 그만한 실력의 정보 상인은 없다. 그 여자로 낙점했다.

"정보를 사고파는 자들이 있습니다. 소개해 드리는 건 어렵지 않지만, 그들은 명령을 받아 일하지 않습니다. 정보를 얻으려면 대가를 지급해야 합니다."

"보상? 재물을 줘도 되나?"

"그들이 가장 좋아하는 보상이지요. 조만간 찾아뵙도록 조치하겠습니다."

"입궁 허가증을 만들어 주겠다."

"필요 없습니다. 그런 건 알아서……."

쿤은 시에나의 표정이 싸늘해지자 입을 다물었다. 하하, 작위적인 웃음소리를 내며 얼른 말했다.

"당연히 허가증을 내어 주셔야 입궁할 수 있겠지요."

시에나는 은근슬쩍 말을 돌리는 그가 괘씸했다. 지엄한 황궁의 법도를 농단하는 것들을 싹 잡아 엄하게 벌하리라. 강한 의지가 맹렬히 솟구쳤다.

'참자.'

그녀는 호흡을 가다듬었다. 지금껏 모르고 살아왔던 세상이 존재한다는 사실을 인정하자고 마음먹지 않았나.

"알아서 해라. 난 정보만 얻으면 된다."

"절 믿으십니까?"

시에나는 그를 물끄러미 보다가 냉정하게 잘라 말했다.

"믿지 않는다."

그가 흐릿하게 웃었다. 시에나는 왠지 가슴 안쪽이 따끔거렸다.

"그럼 제게 왜 이런 일을 맡기십니까?"

"너를 믿는 게 아니라 내 판단을 믿는다."

"저는 철왕 전하를 위해 일합니다."

"……안다."

"저는 전하께 소개한 정보 상인을 매수해 당신이 무슨 정보를 얻었는지 알아내려고 시도할 겁니다."

하, 시에나는 기가 막혀 웃었다.

믿지 않는다고 먼저 말한 건 자신이면서 남자의 말이 서운했다. 대놓고 네 뒤통수를 치겠다고 말하는데 괘씸하면서도 밉지는 않았다. 자신이 느끼는 상반된 감정이 더 기가 막혔다.

"사소하고 잡스러운 정보라고 하지 않았나. 내가 알고 싶은 건 누가 알아도 상관없다."

두 사람 다 말이 없어졌다. 진심은 꼭꼭 숨기고 상대를 탐색하는 겉핥기식 대화만 하고 있다. 그들은 서로를 가로막는 굳건한 벽을 느꼈다.

저만치 앞에 은왕의 궁이 모습을 드러냈다. 어느새 다 왔다. 이렇게 가까웠던가. 궁인들이 귀환하는 주인을 맞이하러 나왔다.

시에나는 그제야 멈추어 섰다.

"배웅은 여기까지면 되었다."

"예. 전하."

시에나는 걷다가 고개를 돌렸다. 그는 여전히 고개를 숙이고 있었다.

그녀가 다시 정면을 보며 걸었다. 잠시 후 쿤이 느릿하게 허리를 폈을 때 그녀는 멀어져 작아진 뒷모습만 보여 주었다.

고개를 숙인 사이 그녀가 혹시 돌아봐 주었을까.

'그럴 리 없지.'

그는 씁쓸하게 중얼거렸다. 시에나가 시녀들을 이끌고 완전히 궁 안으로 들어간 후에도 그는 질긴 미련을 버리지 못해 한참 동안 움직일 수 없었다.

* * *

시녀가 고했다.

"폐하. 공왕이 알현을 청하옵니다."

시에나는 또 꿈속에 들어왔다. 어느새 다섯 번째였다.

"불허."

시녀가 꾸벅 고개를 숙인 후 물러갔다.

같은 장면을 본 기억이 있었다. 아마 첫 꿈의 시작이 이러했다.

혹시 반복된 꿈을 꾸는가?

—아니야. 장소가 바뀌었어.

그때는 황제의 집무실이었다. 지금 황제의 눈을 통해 보는 내부는 응접실 분위기로 꾸며진 널찍한 방이었다. 황제는 소파에 앉아 있었다.

—공왕이라니. 누구지?

현재 제국에는 공왕으로 불릴 사람이 없었다. 제국은 온전한 하나이며 주인은 오직 황제뿐이었다.

각 지역의 영주들이 실질적으로 봉토를 지배하므로 왕이나 마찬가지이기는 하다.

그런데 공식적으로 왕의 호칭을 붙이는 것과 작위를 수여받아 황제에게 종속되었음을 선언하는 것과는 차원이 달랐다.

—미래에 나타날 새로운 인물이라는 건데…….

누굴까. 미래의 나는 왜 만나기를 거부하는 걸까.

"폐하. 백작부인 들었사옵니다."

"모셔라."

황제의 시선이 굳게 닫힌 문으로 향했다. 잠시 후, 문이 열리며 두 여자가 들어왔다.

모두 시에나가 아는 사람이었다. 나이가 지긋한 엠마가 노파가 된 포프 백작부인을 부축했다.

시에나는 주름이 자글자글한 백작부인을 보며 충격에 빠졌다. 활달하게 잘 웃고 바지런한 백작부인이 폭삭 늙어 혼자서는 제대로 걷지도 못했다.

황제가 벌떡 일어나 백작부인에게 다가갔다. 두 손으로 백작부인의 손을 잡았다.

"어서 오시게."

"황은이 망극하옵니다. 폐하. 어찌 폐하께서 이 늙은이를 친히 맞이하러 나오십니까."

"그대가 너무 느려 조급증이 나서 기다릴 수가 있어야지."

황제의 목소리에 들뜬 기쁨이 가득했다. 황제는 직접 백작부인의 팔을 잡아 부축했다.

"어이쿠. 폐하. 이런 망극한 일이."

백작부인이 이러지 마시라고 극구 사양하는데도 황제는 오히려 즐거워하며 엠마와 함께 백작부인을 소파까지 부축했다. 황제는 백작부인의 옆에 앉았다. 바로 눈앞에 흐뭇하게 웃는 노파의 얼굴이 있었다.

"폐하. 강녕하셨습니까. 늙은이가 말년에 복은 있나 봅니다. 죽기 전에 폐하를 한 번만 더 뵙고 싶다는 소원을 하늘이 들어주시다니요."

"그런 말 말게. 그대는 십 년은 더 정정할 테니."

시에나는 좀 당황했다. 포프 백작부인은 시에나의 측근이 분명했다. 하지만 다른 사람보다 호감이 더 있을 뿐이지 심적으로 의지하는 관계는 아니었다.

그런데 미래의 두 사람은 훨씬 더 친밀했다. 바짝 붙어 앉은 물리적 거리만큼 마음도 가까워 보였다.

"폐하. 근심이 많으신가 봅니다. 넓은 제국을 다스리는 일이 쉬울 리는 없겠습니다만. 꽃처럼 곱던 폐하께서 왜 이렇게 얼굴이 상하셨습니까."

"예끼, 이 사람. 오랜만에 보며 아픈 말을 하는군. 얼굴이 변한 게 당연하지 않나. 내가 진즉 마흔 살이 훌쩍 넘었네."

백작부인이 눈을 크게 떴다.

"벌써 그리되셨습니까? 나이가 드니 세월이 가는 것도 모릅니다. 요즘은 뒤돌아서면 잊어버리고 자꾸 깜빡깜빡하는군요."

다정한 대화를 나누던 황제가 고개를 돌려 문을 응시했다. 바깥에서 소음이 들렸다.

남자의 성난 음성과 높은 여자의 고성이 뒤섞였다.

"웬 소란인지 알아보라."

명을 받은 시종이 밖으로 나갔다. 잠시 후 쾅, 요란한 소리를 내며 문이 양쪽으로 활짝 열렸다.

"폐하!"

사내의 우렁찬 목소리가 쩌렁쩌렁하게 울렸다.

사내의 덩치는 곰처럼 거대했다. 덩치만큼 힘도 대단한 모양이었다.

사내를 말리려고 그의 양쪽 팔과 다리에 시종과 시녀들이 매달려 악을 썼다. 여럿이 하나를 당해내지 못해 몹시 버거워했다.

"이러시면 안 됩니다!"

"당장 물러나십시오!"

—……뭐지 저건.

시에나는 거대한 짐승에 작은 동물이 대롱대롱 매달린 것 같은 모양새가 웃기기도 하고 어이가 없기도 했다.

감히 황제가 계시는 곳을 허락 없이 난입해? 시에나는 씩

씩대는 사내를 황제의 눈을 통해 노려보았다.

"놔주어라."

황제는 화내지 않았다. 억지로 눌러 참는 목소리도 아니었다. 궁인들이 모두 손을 놓고 물러서자 사내는 콧방귀를 뀌더니 보란 듯이 제 몸 여기저기를 탁탁 치며 옷매무새를 다듬었다.

시에나는 적갈색 머리카락의 사내를 관찰했다. 곁의 시종이 난쟁이로 느껴질 정도로 키도 덩치도 컸다. 나이는 꽤 들어 보였다. 그런데 표정이나 눈빛에 어린 청년처럼 치기가 있었다.

—처음 보는 자인데.

사람을 무인과 문인 둘로 나누면 남자는 극단적인 무인 타입이었다. 셔츠 위로 불룩한 팔 근육은 격한 운동과 훈련으로 다져진 것이 분명했다.

"참으로 오랜만에 뵙습니다. 폐하."

"칼리 경. 이게 무슨 짓인가. 모든 일에는 엄연한 절차가 있거늘."

"예. 알고 말굽쇼. 폐하를 뵈려면 미리 요청해야 하고 순서를 기다려야 하고 허락을 받아야 하고. 그런데 어쩝니까? 이놈은 워낙 무식하고 성질이 급해서 그런저런 절차를 따지면 숨이 넘어가겠습디다."

"무례하오! 어느 안전이라고 말을 함부로 하는가!"

중년인—복장으로 미루어 짐작하건대 시종장—이 호통

을 쳤다.

“어차피 폐하가 절 죽이지 않아도 오늘 주군께 맞아 죽을 거요. 그러니 죽기 전에 할 말은 해야겠습니다.”

사내는 시종장을 거들떠보지도 않고 황제를 보며 버럭버럭 언성을 높였다.

—정말 무식한 자로다.

시에나는 막무가내인 사내의 무례함이 놀라워 화도 나지 않았다. 저런 망나니는 처음 보았다.

“시종장.”

“예. 폐하.”

황제가 고개를 저었다. 시종장이 입을 다물자 사내는 더 의기양양하게 소리쳤다.

“정말 너무하시오. 왜 그렇게 주군께 잔인하시오? 저러다 내 주인이 말라 죽겠소. 차라리 주군을 불러 뺨을 후려치든 독설을 날리든 그나마 있는 정이라도 싹 떨어지도록 까 주시오. 이것도 아니고 저것도 아니고. 아침부터 밤까지 저리 세워 두는 이유가 대체 뭐냔 말이오!”

—뭐 이런 막돼먹은 놈이…….

사내의 무례함은 갈수록 도를 넘었다.

“……그러라고 한 적 없다.”

“그러니까!”

사내는 주먹으로 제 가슴을 쾅쾅 치며 타는 속을 표현했다.

"아오, 정말. 고집이 쇠심줄보다 질기기는 둘이 똑같소, 똑같아. 오늘은 기필코 폐하의 답을 들어야겠소. 그러지 않고서는 한 발자국도 여기서 못 나가오."

"폐하!"

한 무리의 기사들이 우르르 안으로 달려 들어왔다. 기사들을 이끌고 들어온 리더가 황제에게 다가와 고개를 숙였다. 나머지 기사들은 일정한 간격으로 덩치 큰 사내를 에워쌌다. 당장 검을 뽑을 수 있도록 자세를 잡았다.

"폐하. 미리 방비하지 못한 소신을 엄히 꾸짖어 주시옵소서. 감히 무단 침입하여 폐하를 능멸한 죄인을 추포하겠사옵니다. 명을 내려 주시옵소서."

—그자다.

기사의 얼굴은 낯이 익었다. 외숙이 등장했던 꿈에 나왔었다. 며칠 전, 패트리샤가 보낸 인사 서류에서도 봤다.

"날 잡겠다고? 어디 해봐. 열이고 스물이고 덤벼 보라고. 한 대만 맞아도 픽픽 쓰러질 것들이 입만 살아서 원."

무례한 사내는 기사들에게 포위당한 상태에서도 여유가 넘쳤다.

"확, 그냥!"

사내가 달려들 것처럼 상체를 움직이자 에워싼 기사들이 일제히 흠칫 놀라 물러섰다. 그걸 보며 사내가 낄낄 비웃었다.

"이놈!"

기사가 버럭 소리쳤다. 그러자 사내가 '이놈?' 하고 말을 되받더니 고개를 삐딱하게 기울여 이죽거렸다.

"너 많이 컸다. 사막귀 토벌전에서 오줌만 지리는 널 살려 준 게 누구더라?"

"막말을 삼가시오!"

—완전 엉망이구나.

시에나는 혀를 찼다. 저 정신 나간 놈은 그렇다 쳐도 일이 터진 뒤에 달려온 기사는 황제 앞에서 이놈 저놈 소리를 지껄인다.

어디에도 황제의 위엄은 없었다. 이 상황을 말없이 지켜보고 서 있는 미래의 자신, 황제를 도무지 이해할 수 없었다.

—한심해.

미래의 자신은 왜 이 꼴로 변할 걸까. 그녀가 그려온 제국의 주인은 이게 아니었다.

"폐하."

또 새 인물이 등장했다.

시에나는 다리를 하나 뻗댄 건방진 자세로 서 있는 난동꾼 사내와 그 사내의 옆을 지나쳐 들어오는 사내를 번갈아 보았다. 둘은 생김새도 덩치도 찍어 낸 것처럼 똑 닮았다.

—쌍둥이?

머리카락 색은 달랐다. 방금 들어온 사내가 훨씬 짙은 밤색 머리카락이었다. 사내는 한쪽 다리를 무릎 꿇으며 한 손을 가슴에 얹고 정중히 상체를 숙였다.

"소란을 피워 송구합니다, 폐하. 허락하신다면 저놈은 제가 책임지고 끌어내 근신하며 처분을 기다리겠습니다. 어떤 처벌도 달게 받겠습니다."

"야! 누구 맘대로!"

생김새는 같은데 행동거지는 딴판이었다.

"데려가게."

"황은이 망극하옵니다."

"난 안 가. 못 가! 폐하! 답을 듣기 전까지 저는 꼼짝도 못 합니다!"

적갈색 머리의 사내는 떼쓰는 아이처럼 그 자리에 털썩 주저앉았다.

황제에게 절도 있는 예를 올린 밤색 머리의 사내가 돌아서서 제 형제에게 다가가 앞에 섰다.

"우스."

"……."

"일어나."

"……."

"우스!"

"죽어도 못 가."

"그럼 죽어."

"야!"

"네 목을 베어 주군께 죄를 청하고 그 자리에서 내 배에 칼을 꽂아야 만족하겠냐? 마지막 경고다. 셋, 둘……."

"우이씨!"

적갈색 머리의 사내가 벌떡 일어났다. 휙 돌아서서 성큼성큼 걸어 나가는 형제를 바라보던 밤색 머리의 사내가 다시 한 번 황제에게 고개를 숙였다.

"칼리 경."

"하문하시옵소서."

"그대의 주인께 그만 떠나시라 전하게."

"폐하. 그 말씀만은 제가 전할 수 없습니다."

황제는 돌아서서 나가는 밤색 머리의 사내의 뒷모습을 응시했다.

"폐하. 저들의 무도함을 벌하도록 허락해 주시옵소서."

기사의 목소리는 잔뜩 날이 섰다. 황제는 기사를 쳐다보지도 않고 말했다.

"물러가라. 오늘 일은 불문에 부치겠다."

"폐하. 저자는 폐하의 권위를 무너뜨리고 능멸하였습니다."

"불문에 부치겠다 하지 않느냐! 짐의 말이 말 같지 않으냐? 짐을 능멸하는 건 너다!"

황제가 기사에게 버럭 소리쳤다.

기사의 눈이 휘둥그레졌다가 얼른 고개를 숙였다.

"폐…… 폐하. 소신은……."

"가라."

"……예. 물러가옵니다."

"그대는 말조심하라. 칼리 경은 네 수하가 아니다."

"명심하겠습니다."

기사들이 모두 나가고 주변은 조용해졌다.

―도대체 뭐가 뭔지 모르겠다.

시에나는 답답한 마음에 중얼거렸다.

황제의 호흡이 점점 거칠어졌다. 시야가 흔들렸다. 양탄자가 깔린 바닥이 가깝게 보이는가 싶더니 그대로 눈앞이 새카맣게 어두워졌다.

"폐하!"

다급한 외침을 마지막으로 시에나는 꿈에서 깼다.

아침이었다.

* * *

다시는 볼 일이 없을 줄 알았던, 부디 그러기를 바랐던 칼리고의 단장이 불쑥 찾아왔다. 에비타는 속으로 진저리를 치면서도 가식적인 접대용 미소를 지었다.

"오늘은 혼자 오셨네요."

"혼자면. 만만해 보여?"

쿤을 일부러 위압적인 태도를 보였다.

이런 자들은 만만하면 기어오르는 경향이 있다.

'이런 싸가지.'

에비타는 튀어 나가려는 욕설을 삼켰다.

'아, 혈압 올라.'

더러운 세상. 고객이 왕이다. 올가가 군림하는 장사치였던 때가 있었다. 그러나 지나간 영광이었다. 뒷목을 잡는 대신 귀빈께 생글생글 웃었다.

"말씀 참 살벌하시긴. 칼리고를 건드렸다가는 뒷감당을 못 하죠. 그렇게 무모하지는 않답니다."

장미에는 가시가 있다더니. 생긴 건 참 취향인데 여간 까칠한 놈이 아니었다.

"혹시 지난번 판매한 물건에 문제가 있었나요?"

"문제는 없었다."

"그런데 왜 화가 나셨죠?"

"화? 내가 화난 걸 본 사람은 없어."

"아……. 감정 조절에 능숙하신가 봐요."

"내가 화난 걸 보고 살아 있는 사람이 없다는 소리야."

"……."

에비타는 칼리고 단장의 비공개 정보에 한 줄 추가했다.

역대급 미친놈.

"왜 왔어요?"

상대가 말을 툭툭 내뱉으니 에비타의 말투도 곱게 안 나갔다.

"황궁 좀 들어가야겠다."

"출입증이 필요하다는 건가요?"

"내가 아니라 그쪽."

이게 무슨 개소리인가.

"황궁에 왜요?"

"황녀님이 얼마 전에 은왕으로 책봉되신 건 알지? 그분께서 정보를 사고 싶으시단다. 그쪽을 추천했으니까 가서 잘해 봐."

누구 맘대로. 올가는 음지의 정보 조직이었다. 가장 멀리해야 하는 대상이 귀족이다.

그런데 황족을, 더구나 입궁까지 하라고?

"이봐. 뭘 단단히 착각하는 모양인데 올가는 당신의 수하가 아니거든. 황궁? 그 이름에 겁먹을 줄 알았다면 헛짚었어."

"일거리를 찾는다며. 찬밥 더운밥 가릴 처지가 아닐 텐데."

"일도 일 나름이지. 이 바닥에서 역사와 전통을 자랑하는 올가가 왕이 부른다고 영광입니다, 하면서 어용 기관 노릇을……."

에비타는 점점 언성을 높이며 삿대질까지 하다가 눈앞에 던져지는 큼직한 다이아몬드를 보고 눈이 휘둥그레졌다.

"도…… 돈이면 다 되는!"

또 하나의 다이아몬드가 날아왔다.

에비타는 납작 엎드렸다.

"되지요. 되고 말고요. 뭘 어떻게 하면 될까요?"

조직은 아직 자금난에 허덕였고 돈은 써도 써도 부족했다. 한때 이 바닥을 휩쓸었던 올가의 신세가 어쩌다 이렇게 되었는지. 다리를 꼬고 앉아 피식 웃는 흑발 사내의 잘생긴 면상에 손톱을 세워 열 개의 붉은 줄을 좍좍 그어 주고 싶었다.

그러나 딸린 식구가 많은 가장의 삶은 고달프다. 에비타는 속으로 피눈물을 흘리며 비굴하게 웃었다.

"가서 은왕께서 물으시는 말에 대답만 잘하면 돼. 입궁해서 괜히 수상한 짓을 하다가 잡혀 들어가지 말고."

"들여보낼 자는 신경 써서 고를게요."

"안 돼. 직접 가."

"뭐요? 이봐욧! 난 올가의 수장이에요. 나보고 황궁에 들어가라고요?"

"그래서. 못 하겠다고?"

남자가 무표정하게 되묻는데 그건 어떤 협박보다도 무서웠다.

"못 하겠다는 게 아니라……. 이건 위험 수당이……."

보석 한 개가 더 또르르 굴러오는 걸 재빠르게 낚아챘다. 에비타는 독사가 득실득실한 뱀 굴이라도 들어가야 한다는 걸 깨달았다.

"할 일이 뭡니까? 은왕께서 무슨 정보를 원하셨는지 알려 드리면 되나요?"

"간자 노릇을 하라는 게 아니야. 올가의 이름을 드러낼 필요도 없다. 적당한 신분은 알아서 만들어. 그냥 가서 궁금해하시는 걸 알려 드려."

"은왕께서 도저히 답변할 수 없는 걸 물으시면요?"

"그런 것까지 하나하나 알려 줘야 하나? 장사 한두 번 해?"

으득.

에비타는 분노를 터뜨리는 대신 입안을 꽉 물었다.

그녀는 미녀였다. 남자들은 미녀에게 친절하다. 지금까지 이렇게 속을 뒤집는 놈은 없었다.

"특별히 주의할 점은요?"

"내 얘기는 하지 마. 은왕께서 따로 수고비를 더 챙겨 주실 텐데 그건 받아도 된다."

추가 소득이 더 있다니. 부글대던 에비타의 속이 조금 가라앉았다.

"혹시 입궁했다가 잘못되면 손써 줄 거죠?"

"내가 왜?"

애써 웃는 에비타의 입술이 파르르 떨렸다.

개XX.

* * *

엠마가 심각한 표정으로 말했다.

"전하. 드릴 말씀이 있습니다."

시에나는 엠마가 테이블 위에 놓은 비단 주머니를 흘끔 보기만 하고 손대지 않았다.

"적왕을 뵈었나?"

"예. 오전에 뵈었습니다."

"또 주시던가?"

"예."

"그때 자네에게 가지라고 한 말은 앞으로도 내 허락을 받을 필요 없이 자네 것으로 하라는 뜻이었어."

엠마는 패트리샤로부터 처음 주머니를 받았을 때 황녀께 전하라는 심부름인 줄 알고 시에나에게 주었다. '그건 네 것.'이라는 설명을 해 주며 시에나는 웃었다. 그때를 생각하며 더 죄책감이 드는 엠마는 울상을 지었다.

"용서하시옵소서. 제가 분수에 넘치는 물건을 제대로 관리하지 못해 일을 저질렀습니다. 이것마저도 같은 실수를 저지르기 전에 전하께 드리는 게 옳다고 생각합니다."

"분실하였나?"

"……."

"어디서? 황궁에서? 당장 감찰관을 불러……."

"아닙니다! 전하. 잃어버린 게 아니라……."

엠마의 얼굴이 새빨갛게 물들어 더듬더듬 대답했다.

"제가 파…… 팔았습니다. 송구합니다. 전하."

"왜 사죄를 하나?"

"하지만 전하께서 하사하신 귀물을 전당포에……."

"정확히는 내가 아니라 적왕께서 주신 거고. 자네 것이니 그걸 팔든지 누구에게 주든지 상관없어. 근데 전당포가 뭐지?"

"전당포는 사용하던 물건을 맡겨 급전을 마련하는 곳입니다."

"쓰던 물건을 받고 돈을 준다면 돈을 주는 사람으로서는 손해나는 짓이 아닌가?"

"전당포의 주인은 물건의 가치를 측정해 그중 일부만 돈으로 줍니다. 돈을 빌린 자가 갚지 않으면 물건은 전당포 업주의 것이 되고 물건의 원주인이 되찾기 위해서는 돈을 갚아야 합니다."

전당포에 관해 설명하면서 엠마의 얼굴색이 점차 평소대로 돌아왔다.

"백성들은 전당포를 자주 이용하나?"

"아마 살면서 누구나 한 번쯤은 이용할 겁니다."

"자네도?"

"예. 고향에서 지낼 적에 자주 갔습니다. 살림이 어렵다 보니……."

"상회에서 돈을 빌려주는 사업을 한다고 들었네. 나라에서도 비슷한 일을 하는 관청이 있지. 왜 그런 건 이용하지 않나?"

"그런 곳은 아무나 이용할 수 없습니다. 자격이 몹시 까다롭다고 들었습니다."

시에나는 전당포의 개념이 생소했다. 엠마의 말을 들으니 백성 대부분이 이용한다는데 시에나는 처음 들었다.

"이건 도로 가져가게. 자네 것이야. 팔고 싶으면 팔게. 아, 그럼 자네는 전당포에 맡기고 돈을 빌렸나?"

"전당포에서는 물건을 사기도 합니다."

"이것도 팔 생각인가?"

"……예."

엠마가 기어들어 가는 목소리로 대답했다.

왜 파는 것이냐, 돈이 왜 필요하냐, 물으시면 어쩌나 고민했다. 고향의 본가에 계신 아버지가 돈 사고를 쳤다. 그런 사정을 구구절절 설명하자니 너무 구질구질하고 창피했다.

"이 물건의 가치만큼 내가 돈으로 주지."

"아닙니다, 전하! 주지 않으셔도 됩니다."

"자네 것을 내가 왜 빼앗나? 이건 내가 당분간 갖고 있겠네. 돈으로 바꾸어서 주지. 혹시 당장 필요한가?"

"급하지 않습니다."

엠마를 내보낸 후 시에나는 주머니 안에 든 반지를 꺼냈다. 큼직한 보석이 박힌 금반지는 시에나가 사용하는 장신구와 비교할 수준은 아니었다.

세공의 질이 떨어지고 보석의 등급도 낮아 보였다. 시에나는 반지를 보자마자 특등품에는 한참 못 미치는 물건임을 알았다. 그런데 '이것을 돈으로 바꾸면 얼마일까?' 묻는다면 시에나는 대답할 수 없었다. 전혀 감조차 오지 않았다.

제국에서 주조하는 화폐는 4종이다. 전부 은색으로 문양과 크기만 다르므로 보통 은화라고 불렀다. 재료는 은이 아니다. 제국만이 가진 특수한 기술을 적용해 제조했다.

위조 문제가 일어난 적은 없었다. 소액권이므로 위조한답시고 은으로 만들면 오히려 손해이기 때문이다.

은화는 신뢰도가 높았다.

쇠처럼 단단해 오래 쓸 수 있어 실용성도 좋았다. 대륙 어디를 가도 사용 가능했고 금보다 더 선호하는 곳도 있었다.

시에나는 은화의 종류를 모두 외우고 있다. 역사, 변천, 모양, 매년 발행액까지 관련된 지식은 그녀의 머릿속에 있었다.

은화는 주로 백성들이 사용했다. 4종 중 최고액 은화 한 개로 밀가루 한 포대를 산다고 한다.

그런데 시에나가 아는 은화의 가치는 거기까지였다.

밀가루 한 포대의 양이 얼마큼인지, 한 포대로 한 사람이 먹을 몇 끼의 식량을 만들 수 있는지. 세부적인 내용으로 들어가면 막막했다.

"음……."

시에나는 팔짱을 끼고 반지를 노려보았다. 왜 지금껏 이런 문제는 고민해 보지 않았을까.

은화는 가치가 낮다. 그래서 귀족들은 거의 사용하지 않았다. 귀족이 쓰는 어지간한 사치품 하나를 은화로 지급하려면 수레에 가득히 담아야 할 것이다. 그래서 귀족은 주로 보석이나 상회의 어음을 선호했다.

공식적인 제국의 문서 어디에도 은화는 등장하지 않았다. 국가 예산도 금의 무게를 기준으로 기록했다.

시에나는 은화의 실물은 딱 한 번 봤다. 교수가 수업 중에 은화를 종류별로 보여 주었다. 십 년도 더 되었다.

'내가 모르는 걸 알려 줄 사람이 필요해.'

그녀는 엊그제 꿈을 꾼 이후 며칠 내내 끙끙대던 인선 문제를 단번에 처리했다.

호위대 대장은 길버트를 임명했다.

길버트는 시에나의 첫 검술 스승이었다. 약 1년 정도 기초를 잡는 데 도움을 주었고 그 후 더 실력이 뛰어나다는 다른 기사를 추천받아 바뀌었다.

그때의 인연으로 시에나는 가끔 기사단에 용무가 있으면 길버트를 불렀다. 하지만 기껏해야 일 년에 한두 번이었다. 중요한 일을 맡긴 적도 없었다.

길버트를 불러 호위대 대장 자리를 맡기겠다고 하자 몹시 당황해하는 눈치였다. 호위대를 구성할 기사들 추천도 길버트에게 전부 일임했다.

그런 식으로 시에나는 깊이 생각하지 않고 사람을 골랐다. 한 가지 원칙만 지켰다. 패트리샤가 추천한 인물들은 단 한 명도 포함하지 않았다.

아직 한 명만 결정하지 못했다. 보좌관 자리는 아직 비었다.

보좌관은 가장 자주 보고 가장 많은 일을 맡길 사람이었다. 신중하게 고르고 싶었다. 그리고 지금. 시에나는 보좌관을 고를 기준을 결정했다.

똑똑, 노크 소리가 들리고 잠시 후 포프 백작부인이 들어왔다. 백작부인은 여전히 황녀의 수석 시녀 자격으로 시에나의 곁에 있었다.

시에나가 은왕이 되면서 황녀의 신분이 사라지는 건 아니었다. 그녀는 변함없이 신족이며 황녀였다.

"전하. 전하를 뵙기를 청하는 자가 기다리고 있습니다. 따로 전하께서 당부한 말씀이 없으시어 여쭙습니다."

"전에 내가 만난 적이 있소?"

"없습니다. 상인이라고 합니다. 사소한 물건을 팔지만, 전하께서 흡족하실 거라고 확신한답니다."

"상인?"

'사소한 물건'이라는 표현에서 시에나는 누군지 알 것 같았다.

"들여보내시오."

"예. 전하."

"백작부인."

시에나는 나가려는 베스를 불러 세웠다.

"부탁 하나 해도 되겠소?"

베스의 눈이 살짝 커졌다가 부드럽게 웃었다.

"되고 말고요. 제가 할 수 있는 무엇이든 하겠습니다."

시에나가 말없이 바라보자 베스가 겸연쩍어하며 손으로 제 얼굴을 만졌다.

"제 얼굴에 무엇이 묻었습니까?"

그대의 20년 후의 모습을 보았다오. 속으로만 생각하며 시에나는 미소 지었다.

미래의 자신, 외로워 보이던 황제에게 백작부인은 소중한 사람이었다. 그때도 변함없이 곁에 있어 주어 고마웠다.

"생각해 보니 말이오. 백작부인이 수석 시녀로 내 곁에 참 오래 있었소."

"예. 십 년이 넘었습니다. 벌써 이렇게 되었군요."

"어려서 날 거쳐 간 유모의 수가 열이 넘소. 그들보다는 오히려 백작부인이 유모나 다름없소."

"전하의 성장 과정을 지켜볼 수 있어서 제게는 기쁨이자 영광이었습니다."

"오래전의 기억이 났는데 말이오. 백작부인이 잠시 보이지 않던 때가 있었지. 수석 시녀가 바뀔 거라고 했소. 나는 백작부인을 도로 데려오라고 했소. 기억하시오?"

"예. 전하."

시에나가 여덟 살이었을 때의 일이다. 적왕이 베스를 떼어 내려다 실패했다.

"백작부인 외에는 다들 오래 있지 못하는군. 혹시 도망가는 거요? 내가 그렇게 까다로운 윗전인가?"

"당치 않은 말씀이십니다."

"아니면 쫓겨나는 것이거나."

베스의 표정이 경직되었다.

"전하."

"알고 있소."

"……예?"

"누구의 탓인지 안다는 말이오."

적왕은 참 꼼꼼한 사람이다. 시에나는 시간이 지나면 지날수록 어머니가 생각지도 못한 곳에도 손을 뻗은 정황을 하나씩 발견하고 있었다.

꿈을 꾼 후 시에나는 주변 모두를 불신했다. 백작부인에게도 마음의 거리를 두었다. 하지만 과거 십 년, 그리고 앞으로 이십 년. 삼십 년 동안 한결같은 사람이라면 믿어도 될 것이다.

"사람을 한 명 추천해 주시오. 신분은 공직 진출에 제한만 없으면 되고 능력이 아주 뛰어날 필요도 없소. 성실하고 입이 무겁고 이왕이면 실무 행정을 해 본 사람이면 좋겠소."

화제를 돌리자 베스의 안색이 밝아졌다. 시에나가 보좌관 추천을 부탁하는 줄은 짐작하지 못하고 흔쾌히 대답했다.

"예. 전하. 그 정도 조건이면 어렵지 않습니다."

잡일을 맡길 심부름꾼이 필요하신가 보다. 베스는 대충 떠오르는 인물 몇을 재빠르게 머릿속으로 추렸다.

"사람됨을 좀 알아본 후 말씀 올리겠습니다. 이틀 정도면 될 겁니다."

"고맙소."

"별말씀을요. 언제든 제가 도와드릴 일이 있으면 말씀하셔요."

* * *

제국의 황궁에 처음 방문하는 자는 누구나 그 화려함과 규모에 압도당했다. 에비타도 예외는 아니었다.

다만, 에비타는 그저 '우와' 하는 감탄의 단계를 넘어 보이는 모든 것들을 머릿속에 구겨 넣었다. 도주로를 파악하는 것도 기본이었다. 일종의 직업병이었다.

은왕의 부름을 기다리는 동안 쉴 새 없이 눈동자를 굴렸다. 궁의 내부 구조, 가구의 디자인, 시녀들의 차림새까지 봐둘 만한 것은 모두 눈여겨봤다. 아는 것은 정보가 되고 정보는 돈이었다.

얼추 다 본 후 심심해지자 자신을 여기까지 오게 한 흑발의 사내를 떠올리며 쌍욕을 퍼부었다.

안에 들어갔던 귀부인이 나오더니 말했다.

"들어가 보게. 전하께서 기다리시네."

"예."

누구든 동행할 줄 알았다. 그런데 에비타를 혼자 들여보내고 뒤에서 문을 닫아 버렸다.

당황한 그녀는 문가에 서서 들어가지도 나가지도 못했다.

“가까이 오라.”

상상했던 것처럼 가늘고 고운 목소리가 아니었다. 선명하고 강한 울림이 있는 음색은 서늘한 느낌이 났다.

에비타는 힘이 들어가는 두 손을 꽉 쥐었다. 찬바람을 맞은 것처럼 한기가 들었다. 고개를 숙인 채 목소리가 들려온 방향으로 걸었다.

흔히 ‘감이 잘 맞는다.’라는 식상한 표현이 에비타의 경우에는 독특한 능력으로 발현했다. 특히 첫인상이 틀린 적이 없었다. 그녀가 몸담아 사는 세상에서 사람 보는 눈은 중요했다. 그녀의 ‘감’은 몇 번이나 그녀를 위기에서 구해 주었다.

첫인상을 결정하는 요소는 생김새이지만, 목소리일 때도 있었다. 대개는 상대방의 기질을 파악하는 정도에 그쳤다. 다만, 아주 드물게 압도되는 느낌을 받을 때가 있었다.

바로 지금처럼.

얼마 전에도 비슷한 경험을 했다. 칼리고의 단장을 처음 만났을 때도 그랬다.

‘푸닥거리를 해야 하나.’

평생에 한 번 마주칠까 말까 하는 극강으로 드센 인간을 올해 둘이나 만났다. 이게 운이 좋은 건지 나쁜 건지 모르겠다.

“상인이라고 들었다.”

"예. 전하."

"무엇을 파는가?"

"보이지 않는 것을 팔고 있습니다."

"이리 와 앉으라."

사양의 미덕 같은 예의는 알지 못했다. 에비타는 바로 대답한 후 소파에 앉아 슬그머니 고개를 들었다.

'와아…….'

신의 핏줄이니 어쩌니 말을 들었을 때 속으로는 코웃음 쳤다. 에비타 스스로 자신의 미모에 워낙 자신이 있었다. 미인으로 소문이 자자한 귀부인들을 꽤 보았는데 '저만큼 꾸며 못생긴 여자가 어딨어. 차라리 내가 낫지.'라고 생각했었다.

그런데 황녀는 그들과 비교 대상이 아니었다. 말과 개처럼 아예 종이 다른 느낌이다. '예쁘다'라는 말로는 부족한, 성스러운 분위기가 있었다.

'신이 빚은 인형이 존재한다면 이렇게 생겼을 거야.'

에비타가 시에나를 보며 감탄하는 동안 시에나도 에비타를 관찰했다.

'어리군.'

쿤이 보낸 정보 상인은 시에나가 기대한 모습과 완전히 동떨어졌다. 늙수그레하고 음침한 남자가 아니라 어리고 예쁘고 매력적인 여자였다.

여자는 패트리샤와 약간 유사한 분위기를 풍겼다. 패트리샤가 우아한 품종의 고양이라면 여자는 앙칼진 야생 고양이 같았다.

패트리샤는 딸인 시에나와 정반대의 매력을 가진 미인이었다. 사내의 품에 쏙 들어가는 적당히 가냘픈 체구에 눈웃음과 달콤한 미소를 가진, 그런 미녀를 사람들은 요염하다고 묘사한다.

사람은 누구나 자신이 갖지 못한 것에 아쉬움을 느끼기 마련이다. 그렇다고 시에나가 자격지심이 있었다는 건 아니었다.

시에나는 자신의 모든 것에 자부심이 넘치므로 타인의 장점에 관용적이었다. 그런 미녀들을 개인적으로 '매력적이다.'라고 생각했다. 호불호를 따지면 호감 쪽이었다.

그런데 시에나는 에비타의 매력이 눈에 거슬렸다. 이 여자가 왠지 싫다.

"언제까지 구경할 셈인가?"

시에나는 자신의 불쾌함이 여자의 무례함 때문이라고 생각했다. 에비타가 화들짝 놀라 고개를 숙였다.

"죄송합니다. 은왕 전하. 제가 배움이 얕아 예의를 잘 모릅니다. 너그러이 용서해 주시옵소서."

무지한 백성이 예의를 모를 수 있다.

머리로는 이해하는데 괜히 짜증이 가라앉지 않았다.

"이름이……. 아니, 이름은 됐다. 그게 중요하지는 않으니까. 거래는 어떤 방식인가?"

"일반적인 거래와 비슷합니다. 당장 제가 가진 것은 즉시 드릴 수 있고 지금 갖고 있지 않은 물건을 주문하시면 나중에 가져다드립니다."

"가격은?"

"마찬가지로 필요한 물건을 말씀하시면 지급하실 대금을 저희가 제시합니다. 상호 동의하면 거래 성립이지요."

"주문하면 뭐든 가져다주나?"

"최선을 다해 노력합니다만, 일개 상인일 뿐입니다. 세상의 모든 물건을 구할 수는 없습니다."

시에나는 여자를 시험해 보고 싶었다. 제국의 기밀에 해당하는 정보를 요구해도 구해 올 수 있을까. 하지만 잠시 혹했던 마음을 금방 떨쳐냈다.

'함정을 파려고 부른 건 아니니까.'

쿤에게 사소한 정보가 필요하다고 말했다. 그러니 쿤이 이 여자를 골라 보냈을 것이다. 여자를 곤란하게 하면 그도 곤란해지겠지.

'소개를 받았나? 아니면 원래 아는 사이였을까?'

쿤과 여자의 연결 관계를 생각하며 시에나는 다시 기분이 가라앉았다.

'올바른 일을 하는 여자는 아닐 것이다.'

그래서 이렇게 본능적인 거부감이 드는 거다. 애써 이유를 찾아내 자신을 설득했다.

시에나는 엠마가 두고 간 반지를 꺼내 보였다.

"이 물건의 가치를 알고 싶다."

"전하. 감정인을 부르심이……."

"정확한 가격을 부르라는 게 아니다. 대충 이런 물건을 봤을 때 짐작하는 가격이 있을 것 아니냐."

에비타가 반지를 들어 이리저리 살폈다. 전문가는 아니어도 어느 정도는 볼 줄 알았다. 대금으로 보석을 받는 경우가 많아 가치를 제대로 모르고서는 손해를 보기 때문이다.

"금화 세 개 정도 될 것 같습니다."

"금화 세 개? 그건 무슨 단위지? 제국의 화폐에 금화는 없다."

"화폐가 아니라 거래할 때 쓰는 기준 같은 겁니다. 실제로 금화가 존재하지는 않습니다. 제국에서 기념 금화를 발행한 적이 있습니다. 굉장히 오래전이라고 하는데……."

"그래. 정확히 186년 전의 일이지. 당시 황제셨던 선황 폐하께서 승전을 기념하여 서른일곱 개의 기념 금화를 제작하게 하셨다. 그리고 금화에는 전쟁터에서 용맹하게 죽어간 서른일곱 명의 기사 이름을 새겼지. 열여섯 개는 분실하여 행방을 알 수 없고 나머지는 현재 황실 국고에 보관되어 있다."

에비타가 멍하게 고개를 끄덕였다.

그 정도까지 자세한 내력을 몰랐던 터라 새삼 기념 금화의 역사를 배웠다.

"그 기념 금화가 어떻게 거래의 기준이 된단 말인가?"

"당시 그 금화 한 개를 만드는 데 들어간 금의 무게를 기준으로 현재 금화 한 개라고 부릅니다. 즉, 가상의 금화입니다."

"왜 그런 복잡한 기준을 사용하지?"

"큰 단위를 계산하기에 은화는 너무 소액이기 때문입니다."

"형체가 없으면서 어떻게 거래하지?"

"단위는 금화로 적어 상회의 어음으로 주고받습니다."

"……훌륭하구나."

누가 처음 만들어 사용했는지도 모르는, 국가가 주도하지 않은 자발적인 거래 단위는 굉장히 간단하고 명료했다.

"백성들 간의 금화 거래는 빈번한가?"

"그렇지는 않습니다. 보통 금화 정도의 거액은 평생 구경도 못 하니까요."

"상회의 어음을 갖고 있나?"

"지금은 없습니다."

"어떤 형태인지 보고 싶다. 의뢰할 테니 다음에는 가져와 보여다오."

"아……. 예."

'뭔가 생각했던 것과 다르네.'

대체 은왕께서 알고자 하는 정보가 뭘까 잔뜩 긴장했는데 딱히 돈 받고 팔 만한 내용도 아니었다.

시에나는 에비타에게 궁금했던 것들을 물었다. 은화의 가치, 시장에서의 거래 형태, 생필품의 가격 등등. 에비타의 입장에서는 '정말 이걸 몰라서 묻는 건가?'라는 의혹이 드는 질문들이었다.

에비타는 입안의 침이 마르도록 열심히 대답했다. 나중에는 자신이 정보를 팔러 왔는지 이야기꾼을 하러 왔는지 혼동이 왔다.

문을 두드리는 소리가 들리고 시녀가 들어왔다. 아무 말 없이 문 앞에 서 있기만 했다.

하지만 시에나는 시녀가 하려는 말을 알아들은 듯 고개를 끄덕였다.

"다음 일정이 있어 여기까지만 해야겠군. 수고 많았다."

"전하께 미약하나마 도움이 되었기를 바랄 뿐입니다."

"보수는 아까 보여 준 그 반지만큼이면 될까?"

"황공하옵니다."

목이 아프다고 속으로 투덜거렸던 에비타가 고개를 숙이며 히죽 히죽 웃는 표정을 감추었다.

이 정도 떠들어서 그만한 수고비면 매일 불러도 기꺼이 달려올 것이다.

"다음엔……."

시에나는 머릿속으로 언제 시간이 나는지 계산해 보았다. 사흘 뒤까지는 꽉 차 있다. 닷새 후에는 어떻더라.

'어서 보좌관을 구해야겠어.'

"열흘 후 오늘과 같은 시간으로 하지."

"예. 전하."

"물건을 하나 사겠다. 다음에 올 때 가져오라."

"예. 어떤 물건이 필요하십니까?"

"칼리고의 단장. 그자에 대해 알고 싶다."

에비타의 입매가 딱딱하게 굳었다.

* * *

며칠 후 시에나는 아침에 일어나자마자 시녀가 가져온 서류 봉투를 받았다.

"전하. 길버트 경이 밤늦게 가져왔습니다."

봉투는 얇았다. 시에나는 아침 식사 전에 가볍게 훑어볼 요량으로 서류를 꺼냈다. 제목부터 흥미로웠다.

—칼리고 용병단.

그녀는 본격적으로 자리 잡고 앉아 진지하게 읽어 내려갔다.

며칠 전 정보 상인이 다녀간 후 시에나는 길버트를 불러 칼리고의 단장에 관해 조사해서 보고하라고 지시했다. 극단적으로 다른 두 사람에게서 같은 주제의 정보를 받아 얼마나 다른지 비교해 볼 생각이었다.

그녀는 처음 의도와 다르게 보고서 내용에 푹 빠졌다. 오전 일정을 모두 취소하고 내용을 외울 정도로 반복해 읽었다.

'이런 무력 집단이 있다니.'

용병이라기에 무질서한 무뢰배들 정도로 치부했다. 그녀는 자신이 얼마나 얄팍한 편견을 가졌는지 깨달았다.

제국 사람들에게 잘 알려지지 않아서 그렇지 칼리고 용병단은 대륙에서 거의 전설이나 다름없었다. 그들이 제국에서 활동하지 않는 이유는 간단했다. 안정된 제국은 용병의 무력이 필요하지 않기 때문이었다.

'용병단의 이름은 유지하고 주인격인 단장은 계속 바뀌었군.'

마치 나라의 왕이 대를 이어 바뀌는 것처럼.

'칼리고의 용병 두 명이 사막귀 한 마리를 사냥한다고? 숙련된 기사 네 명이 한 마리를 사냥한 기록이 최고인데. 이게 정말 사실일

까?'

칼리고 용병단의 실력은 압도적이었다. 대륙의 셀 수 없이 많은 용병단이 고만고만한 아이들이라면 칼리고는 어른이었다. 그만큼 격차가 뚜렷했다.

특히 사막귀 사냥은 누구도 흉내 낼 수 없었다. 다른 자들은 사막귀와 전투를 했고 오직 그들만이 진짜 '사냥'을 했다.

—흑검은 칼리고 용병단의 상징이다.

이 부분에 특히 관심이 갔다. 시에나는 흑검을 직접 봤다. 그때는 그렇게 유명한 검인지 몰랐다.

—칼리고 용병단은 모두 흑검을 소지하고 있다. 다만, 단장의 검은 구별되는 특징이 있다고 한다.

구별되는 특징이 뭘까. 그때 봤던 흑검이 일반 단원의 검인지 단장의 검인지 알 수가 없다. 그러니 그의 정확한 신분은 여전히 아리송했다. 그에게 '용병단 칼리고'라는 말을 떠보듯 꺼냈을 때 그는 침묵했다. 자기 입으로 용병이라고 말하지는 않았다.

하지만 그가 칼리고의 용병이라면 일반 단원은 아닐 것이다. 그는 지배하는 쪽이지 지배당하는 쪽은 절대 아니었다. 시에나가 느끼기에는 그랬다.

"전하. 길버트입니다."

"들어오게."

시에나는 들어와 인사하는 길버트에게 손에 쥔 보고서를 들어 보였다.

"잘 봤네. 수고했네. 그런데 내가 원하는 내용과는 차이가 있군. 시간을 더 주면 더 내용을 추가할 수 있겠나?"

시에나가 알고 싶은 것은 칼리고의 단장에 관한 정보였다. 그자의 실력, 외모, 나이 등 뭐든 쿤이 칼리고의 단장이라고 확인할 만한 자료를 원했다.

그런데 길버트가 가져온 내용은 대부분 용병단 자체적인 정보였다. 그리고 용병단의 유명세와 능력에 치우친 정보는 객관적인 조사서가 아니라 마치 홍보지 같았다.

"송구합니다. 전하. 소신의 능력 부족으로 시간을 더 주셔도 흡족하실 내용을 드리지 못할 것 같습니다."

"그러면 적임자를 추천해 주게."

"전하. 다른 뜻이 있어서 드리는 말씀은 아니오나……."

길버트가 주저하면서 좀처럼 말을 잇지 못했다.

"곡해하여 듣지 않을 테니 말하게."

"누가 소임을 맡든 더 나은 조사를 할 수 없을 것입니다. 제한이 걸린 정보라 접근이 어렵습니다."

"제한이라니? 따로 소속된 국가가 없다고 나와 있던데 뒷배가 있나?"

"칼리고 용병단이 자체적으로 정보를 관리합니다. 용병단에 대한 정보는 그들 스스로 내보낸 것 외에는 공유할 수 없습니다."

“그러니까 그걸 누가 강제한다는 말인가?”

“암묵적인 강제입니다. 누구든 공개 범위를 넘은 정보를 퍼뜨리면 불이익을 받습니다.”

“불이익이라면 목숨을 위협한다는 건가?”

“그런 보복도 있다는 풍문이 나돕니다만, 확인된 것은 없습니다. 약속을 어기면 칼리고는 거래 상대에서 제외한다고 합니다.”

시에나가 인상을 썼다.

“고작? 그 정도로 몸을 사린다는 건가?”

“저도 이번에 조사하면서 새로 알게 된 사실이 많습니다. 그들의 영향력이 상당합니다. 칼리고의 힘을 빌려 쓰고 싶은 영주와 왕이 줄을 섰다고 합니다.”

“상당하다는 표현으로는 부족하군.”

마치 국가 대 국가 간 외교와 비슷하지 않은가. 명분을 갖추고 야만적이지 않은 방법의 불이익으로 압박을 가하여 상대방이 스스로 자기 검열을 하게 만든다.

세련되었다. 그리고 상대보다 비교 우위에 있지 않고서는 쓸 수 없는 방식이었다.

“하지만 제국은 그들의 압박에 부담을 느낄 이유가 없다.”

“예. 그건 그들과 연결 고리가 없다는 말이기도 합니다. 그들의 활동 무대는 대륙입니다. 제국의 정보부는 그들에 관한 정보를 거의 갖고 있지 않습니다.”

“그럼 그대가 가져온 이 정보의 출처는?”

“다른 경로를 통해 입수했습니다.”

"정보 상인?"
당황한 길버트의 눈빛이 흔들렸다.
"비용이 들었겠군. 청구하게."
"아…… 아닙니다. 전하."
"내가 지시했으니 공무다. 사비를 쓸 필요는 없다. 청구하게."
"……예. 전하."
시에나는 보고서를 덮고 일어났다.
"준비는 되었나?"
"예. 말씀하신 대로 마차를 준비했습니다. 전하. 다시 생각해 주시옵소서. 아직 호위대 편성이 끝나지 않았습니다. 혹시 전하의 신변에 불미스러운 일이 생길까 염려됩니다."
오늘 오후, 시에나는 길버트에게 출궁 준비를 지시했다.
전처럼 거창한 행차가 아니라 누구도 그녀의 정체를 알아차리지 못할 암행을 원했다. 황실의 문양이 없는 평범한 마차를 준비시키고 호위하는 인원도 최소한으로 하라고 일렀다.
"경. 제국의 수도는 무법지대인가? 거리를 걸어 다닐 때 목숨의 위협을 느끼는가?"
"아닙니다. 제국의 수도는 완벽한 치안을 자랑합니다."
실제로 여인이 어둑한 시간에 홀로 거리를 활보해도 몹쓸 짓을 당할 걱정을 하지 않는 유일한 곳이 제국의 수도였다.
"그럼 걱정할 일이 없지. 가세."
시에나가 길버트를 지나쳐 시녀들이 열어 주는 문으로 나갔다. 길버트는 한숨을 내쉬며 뒤를 따랐다.

길버트는 성실하고 우직했다.

맡은 일에는 최선을 다하지만, 자기 의견이 약했다. 주인이 누구인가에 따라 선한 도구가 될 수도, 악한 도구가 될 수도 있는 사람이었다.

7장

그녀의 외출

"쿤. 들어가겠습니다."

발터가 문을 두드린 후 잠시 기다렸다가 안으로 들어갔다. 책상은 주인 없이 비어 있었다. 발터는 주전부리할 간식을 담은 접시를 책상에 내려놓고 안을 두리번거렸다.

곧 주인을 발견했다. 창틀의 턱에 한쪽 다리만 올려 반만 걸터앉은 자세로 쿤이 늘어져 기대 있었다.

"뭐 하십니까?"

"쉬는 중."

"편히 침대에 누워 낮잠이라도 주무시든지요."

귀찮다는 듯 손만 휘휘 내젓고 대꾸도 하지 않는 쿤을 보며 발터가 투덜거렸다.

"웬 심드렁병입니까? 우스 녀석이 붙인 이름이 딱이네요."

"……."

"도통 외출도 안 하시고 며칠째 집에만 틀어박혀 계십니다. 곰팡내 나겠습니다. 잠깐 요 앞에 나가 산책이라도 하시죠."

발터의 구시렁거리는 잔소리 속에 걱정이 섞였다.

몸이 서너 개라도 부족할 정도로 오만 군데 일을 벌이던 분이 갑자기 만사 의욕을 잃은 것처럼 꼼짝도 하지 않은 지 근 닷새째였다.

처음 이틀 정도는 모두 환영했다. 다들 쿤에게 휴식이 필요하다고 생각했다. 사흘이 넘을 무렵부터는 몹시 고뇌하는 문제가 있는가 보다, 답을 찾으면 평소대로 돌아오시겠지, 대수롭지 않게 생각했다. 나흘이 지나고 한두 명씩 걱정하는 말을 꺼냈다. 어디 아픈 것 아니냐며, 의사를 부르자는 말도 나왔다.

발터는 잠자코 지켜보자는 의견이었지만, 주변에서 하도 성화를 하니 어쩔 수 없이 라드 상회에 다녀왔다. 라드 상회의 총지배인으로 있는 메이슨은 라드 일족의 존경받는 원로이자 쿤을 양육한, 쿤에게는 친조부나 다름없는 사람이었다.

메이슨을 만나 요즘 쿤의 상태가 이러저러하다, 어쩌면 좋냐, 조언을 구했다.

메이슨은 빙그레 웃으며 말했다.

「고민하시는 일이 있는가 보지. 원래 그분이 의견을 나누어야 할 일, 혼자 결정해야 할 일의 구분이 확실하지 않나.」

「나흘씩이나 고민할 일이 뭔지 모르겠다는 거지요.」

「그걸 왜 알려고 해?」

「다들 걱정이 되니까 그럽니다.」

「주제 모르는 놈들. 쿤의 머릿속 생각을 왜 넘보려고 해? 다들 각자 제 앞가림이나 잘하라고 해. 너도 마찬가지야.」

하소연하러 갔다가 실컷 타박만 듣고 왔다.

"쿤. 마틴이 온답니다."

발터가 떠들기 시작하자 성가시다는 표정으로 아예 눈을 감아 버렸던 쿤이 눈을 뜨고 고개를 돌렸다.

"언제?"

발터는 쿤에게 다가가 접은 종이 하나를 불쑥 내밀었다. 쿤이 받아 펴 보고 인상을 썼다.

"오늘이잖아."

"예. 아마도요."

"이게 오늘 왔어?"

"아뇨. 그저께 받았습니다."

"근데 왜 지금 말해."

"쿤이 도저히 말을 붙일 분위기가 아니었으니까요. 중요한 일도 아니지 않습니까. 마틴이 어린애도 아니고 어련히 길은 잘 찾아오겠지요. 그 녀석, 이 년 넘도록 쿤 대신 여기저기 쏘다니느라 모래먼지는 꽤 먹었겠지만, 쿤이 마중 나오지 않는다 해서 딱히 서운해할 놈도 아니고요."

쿤은 퉁퉁 부은 표정으로 궁얼거리는 발터를 보며 한숨을 쉬었다. 며칠 계속 주변을 맴돌며 알짱거리는 것을 무시했더니 토라진 거다.

토라지다니. 나이 지긋이 먹은 중년 사내에게 어울릴 법한 표현이던가. 하지만 입술을 삐죽거리는 발터의 표정은 그보다 나은 묘사가 없었다. 소심한 잔소리쟁이는 어째 나이가 들수록 더 소심해지고 더 잔소리가 심해졌다.

"우스는?"

"뒤뜰에 있겠죠."

쿤이 창틀에서 등을 떼고 일어났다.

"늦으십니까?"

발터는 쿤의 외출을 기정사실로 만들어 질문했다.

"봐서."

쿤의 등에 대고 '다녀오십시오!' 하고 외치는 발터의 목소리가 경쾌했다.

쿤은 뒤뜰으로 나갔다. 휘어진 고목의 가지 위를 잠자리 삼아 드릉드릉 코를 고는 우스를 금방 찾아냈다. 덩치 큰 사내 녀석이 사지를 축 늘어뜨리고 대낮부터 늘어져 자는 꼴을 보고 있으니 왠지 가슴이 답답한 게 발터의 심정이 어느 정도 이해가 되었다.

쿤은 팔짱을 끼고 우스를 잠시 보다가 다가갔다. 한쪽 발에 힘을 실어 고목의 밑동을 내리찍었다. 쿵, 소리와 함께 거대한 고목이 요란하게 흔들렸다. 나뭇가지 위에서 교묘하게 균형을 잡아 자던 우스가 허우적거렸다.

"으아아아!"

짧은 순간에도 머리를 보호하고 낙법을 사용해 바닥에 굴렀다. 얼얼한 엉덩이를 문지르며 우스가 꽥 소리쳤다.

"왜 이래요!"

"나가자."

투덜거리면서도 우스는 일어났다.

"어딜요?"

"마틴이 온다니까."

"난 또 뭐라고. 그놈이 애요? 설마 길이라도 잃어버릴까 봐?"

"너 혼자 마중 나가라고 하면 안 갈 거잖아."

"당연하죠. 그 지긋지긋한 놈을 한동안 안 봐서 좋았는데 뭐가 좋다고 마중씩이나 하러 간답니까."

"네 형이다."

"내가 형이라고요!"

"시끄럽고. 따라와."

쿤이 휙 돌아섰다. 우스는 불만이 가득한 표정으로 웅얼웅얼 알아듣지 못할 말을 입안으로 우물거리면서 느릿하게 뒤를 따라갔다.

뚱하게 따라나섰던 우스는 단순한 성품답게 왁자한 장터거리를 지나가며 헤벌쭉 풀어졌다.

일 년에 한 번. 대륙을 횡단하는 상단들의 경로가 제국에서 겹치는 시기가 있었다. 며칠에 걸쳐 온갖 잡다하고 희한한 물건들을 구경할 수 있는 만물장이 열렸다. 오늘이 마침 그날이었다. 평소에도 붐비는 동쪽 거리가 잔뜩 몰려나온 사람들로 발 디딜 틈이 없었다.

원래 동쪽 거리의 장터는 점포건 가판대이건 가리지 않고 전부 신고하여 자릿세를 내야 했다. 수시로 관리들이 시장을 감찰하여 규칙이 잘 지켜지는 편이었다.

그래서 무허가 장사꾼은 거의 없었고 가끔 나타나도 누군가 신고하면 금방 감찰관이 와서 잡아갔다.

다만, 요 며칠만큼은 그런 규칙을 느슨히 적용했다. 대륙을 떠도는 상단은 정해진 거처 없이 유랑하는 행상들이었다.

기껏해야 연례행사로 며칠 들르는 수백 개의 상단 마차를 하나하나 붙들어 신고를 강요하고 자릿세를 받는 일은 너무 번거롭고 인력도 부족했다.

이국적인 물건을 구경하고자 사람들이 몰리니 기존의 상인들도 덩달아 매출이 늘었다. 여기저기 불법 가판대가 생겨도, 심지어 점포 앞을 멋대로 점유해 좌판을 깔아도 너그럽게 넘어갔다.

"오오. 저거 봐요, 저거. 자카 열매요. 저걸 여기서 다 보네요. 잠깐만요. 나 저거 사야겠소."

우스가 주먹만 한 열매를 잔뜩 쌓아 두고 호객하는 상인에게 달려갔다. 그는 과일을 산 후 곧바로 다른 물건에 또 정신이 팔렸다.

쿤은 바삐 지나다니는 사람들과 부딪치지 않도록 비켜서서 기다렸다. 하지만 우스가 세 번째로 다른 가판대에 기웃거리자 쯧, 혀를 차고 돌아섰다. 저 정신 사나운 놈을 괜히 데리고 나왔다고 후회하면서.

사람들 틈을 헤집으며 걷던 쿤이 자신의 허리로 접근하는 것을 움켜잡았다. 순식간이었고 눈에 띄는 움직임도 없었다. 바로 옆을 지나치는 사람들은 누구도 이상함을 느끼지 못했다.

쿤이 표정 없이 고개를 틀어 아래쪽을 내려다보았다. 쿤에게 손목이 잡힌 소년이 하얗게 질려 있었다.

"이걸 전해 드리려고……."

소년의 손에 쪽지가 있었다. 쿤이 쪽지를 받아 읽은 후 소년을 놔주었다. 자유의 몸이 된 소년은 재빠르게 사람들 속으로 사라졌다.

쿤은 아무 일도 없었던 것처럼 그대로 걸었다. 주변을 두리번거리지도, 위치를 확인하지도 않았다. 지나는 길인 것처럼 자연스럽게 방향을 바꾸어 작은 점포 안으로 들어갔다.

가게를 지키고 있던 남자가 쿤을 보자마자 넙죽 고개를 숙였다.

"어서 옵셔. 주문하신 물건은 안쪽에 가져다 두었습니다요."

쿤은 남자가 가리키는 문을 열고 안으로 들어갔다. 잡다한 물건이 잔뜩 쌓인 방이었다.

"금방 오셨네요."

에비타가 나무 술통 위에 앉아 누런 종이 뭉치를 뒤적이다가 고개를 들었다.

"무슨 일."

"요즘 그쪽이 안 보이더라고요. 연락할 방법을 찾다가 마침 장터로 나왔다기에요."

"다음부터 그런 방법은 쓰지 마."

"뭔가 실수했나요?"

"네 수하가 다칠 테니까."

평소에는 빈틈이 많아 보여도 우스는 굉장히 사나운 파수견이었다. 마침 곁에 없었으니 망정이지 우스가 소년을 붙들었으면 녀석의 괴력에 소년의 가느다란 팔은 으스러졌을 것이다.

"다쳤어요?"

에비타가 술통에서 뛰어내리며 소리 질렀다.

"이번엔 아니지만, 항상 운이 좋을 수는 없지."

에비타가 안도의 숨을 내쉬었다.

"알았어요. 그럼 어떻게 연락해요?"

"저택으로 사람 보내."

"그래도 돼요?"

"내가 안 된다고 한 적 있나?"

"아…… 뇨. 그런 말은 하지 않았네요."

에비타는 왠지 무안하여 쩝, 입맛만 다셨다. 남자가 저택에서 나오기만 기다리며 수하들을 근처에 맴돌게 했는데 괜한 수고만 했다.

"은왕을 뵈었어요."

"간자 노릇은 할 필요 없다고 했을 텐데."

"알아요. 딱히 말할 것도 없다고요. 근데 좀 애매한 게 있어서요. 은왕께서 사람 한 명을 조사해 달라고 하셨는데 댁이란 말이에요."

쿤의 눈썹이 움찔했다.

"날?"

"칼리고의 단장에 대해 알아봐 달라고 하시더군요. 어떻게 할까요?"

말이 없는 쿤의 표정을 살피며 에비타는 조심스레 물었다. 사실 그날, 마음 같아서는 은왕에게 오히려 돈을 주고 정보를 사고 싶었다. 대체 이 남자와 무슨 관계냐고.

제국의 황녀와 제국을 제외한 곳에서만 유명한 용병단의 주인. 아무리 생각해도 두 사람의 접점이 없었다.

쿤은 피식 웃었다. 황녀에게 당신이 정보 상인으로부터 얻는 정보가 무엇인지 알아낼 거라고 말했다. 정말 그럴 생각은 없었지만, 아마 그녀는 그 말을 믿었을 것이다. 그런데도 그녀는 개의치 않고 조사를 의뢰했다.

그녀답다고 해야 할까.

“하던 대로 해.”

“하던 대로라면…….”

“내 정보를 사겠다는 자는 종종 있지 않나?”

“예. 뭐…….”

“그때 파는 정보를 은왕께 드리면 돼. 아니면. 색다른 정보라도 갖고 있나 보지?”

에비타가 강하게 고개를 저었다.

“아뇨. 그럴 리가요. 그런 건 없어요.”

아무리 돈이 좋아도 절대 이 남자의 심기는 건드리고 싶지 않았다.

“쓸데없는 일로 부르지 마.”

에비타는 돌아서는 남자의 등에 대고 오만상을 찌푸리며 길게 혀를 뺐다. 어지간히도 비싸게 구네.

"살펴 가세요."

고객에 대한 예의로 잘 가라는 인사는 빼먹지 않았다. 에비타는 아까 읽다가 떨어뜨린 종이 뭉치를 주워 들었다.

"아, 근데요. 아무래도 은왕께서 장터에 나오신 것 같아요."

문고리를 잡아 돌리려던 남자가 그대로 굳어 버린 반응을 알아차리지 못하고 에비타는 계속 떠들었다. 상대가 귀담아들을 거라고 기대하지 않는, 혼잣말에 가까웠다.

"아까 장터에서 낯익은 기사님을 봤거든요. 분명히 은왕궁에서 봤던 호위 기사였어요. 웬 귀부인을 모시고 나들이하고 있더군요. 왠지 쩔쩔매는 느낌이라서 가족이나 연인은 아닌 것 같다고 생각했죠. 그런데 호위 기사가 모시고 다니는 분이면 누구인지 뻔한 거 아닌가? 귀부인이 후드를 깊이 쓰고 있어서 얼굴은 안 보였지만 왠지 느낌이 온단 말이야. 장터 구경이라도 나오신 건지. 에그, 깜짝이야!"

왠지 앞에 그림자가 지는 것 같아서 고개를 들었다가 에비타는 소스라치게 놀랐다. 이미 나간 줄 알았던 남자가 어느새 앞에 다가와 있었다.

"어디서 봤지?"

"포…… 포목점 근처에서."

남자가 나가 버린 후 에비타는 얼떨떨한 표정으로 중얼거렸다.

"아까 봤다고요. 거기 아직 있을지는 모르는데……."

호기심이 슬며시 고개를 들었다. 남자의 반응이 심상치 않았다.

'뭐지? 뒤를 밟아 볼까.'

에비타는 고개를 저었다.

"아서라. 저 남자 일에는 엮이지 않는 게 신상에 이로워."

에비타는 위험을 경고하는 자신의 감을 믿었다.

* * *

동쪽 거리에 귀족이나 거부들을 상대하는 고급 의상실과 사치품 상점이 모인 골목이 있었다. 그 주변은 항상 적당히 한산했다. 얼핏 보면 과연 장사가 되는지 의심스럽게 조용했다.

그런데 근처에서 죽치고 앉아 지켜보면 어느 상점이건 적당한 시간 간격으로 끊임없이 마차가 정차한다는 사실을 알게 된다.

마차에서 내리거나 상점에서 나와 마차에 오르는 고객들은 옷차림부터 남달랐다. 저 멀리 보이는 시장의 북적거림에 한 번쯤 시선을 주면서도 누구도 직접 가 보려는 사람은 없었다.

귀족과 평민의 거주 지역이 분리된 것처럼 동쪽 거리에도 보이지 않는 경계선이 존재했다. 딱 그 경계선의 위치에 제국에서 가장, 어쩌면 세상에서 제일 큰 규모인 포목점이 있었다.

원래는 따로 점포 이름이 있었는데 사람들이 포목점으로 부르기 시작하면서 어느 날 슬그머니 간판이 사라졌다. 포목점이라는 일반 명사가 고유 명사가 되어 버렸다.

이곳에서는 세상에 존재하는 모든 직물을 품질 등급에 따라 구할 수 있었다. 드나드는 손님도 계층이 다양했다.

포목점의 진열 상태는 고급과 일반 상점의 특징을 반반 섞었다.

바깥에 가판을 만들어 색색의 다양한 직물을 전시해 누구나 오가며 구경할 수 있게 해놓고 상점 안쪽에서는 귀빈을 개별적으로 접대했다.

제복을 입지는 않았으나 딱 봐도 기사로 보이는 남자와 그 곁에 망토를 걸친 여인이 포목점의 가판대를 구경 중이었다.

이마를 다 가릴 정도로 후드를 깊이 써서 얼굴은 보이지 않았지만, 옆에 서 있는 기사와 차이가 거의 없는 키가 여자로서는 거인이라고 할 만했다.

그런데 원래 장에 나오는 사람들은 각자 자기 용무에 바빠 남에게 관심이 없었다.

더구나 오늘은 날이 날이니만큼 평소보다도 포목점이 더욱 붐볐다. 특이한 복장이나 생김새의 사람도 많이 돌아다니는 터라 두 남녀를 눈여겨보는 사람은 없었다.

'곱구나.'

시에나는 처음 하는 구경에 정신을 빼앗겼다. 이렇게 다양한 문양과 색을 가진 직물이 존재하는 줄 몰랐다. 평소 자신이 입는 의복이 원래는 긴 나무에 둘둘 말린 단순한 직물 형태라는 것도 처음 알았다.

아까부터 한참 구경하는데도 질리지 않았다. 그녀는 상점 안으로 들어가지 않고 바깥의 가판대 주변만 기웃거렸다. 가판대를 지키고 서 있는 직원들은 시에나가 직물을 이것저것 만져 보는데도 아무 말 하지 않았다.

딱 봐도 수행원을 데리고 나온 귀부인의 나들이였다. 잠재적 고객의 비위를 건드리지 않았다.

포목점을 향해 짐마차가 다가오는 것을 보고 직원들이 벌떡 일어났다.

"물건이 들어옵니다! 다들 비켜서십쇼!"

"마차가 들어옵니다! 다칠지 모르니 바깥으로 비키세요!"

직원들이 소리를 치고 손짓을 하며 가판대에 몰린 구경꾼들을 몰아냈다. 시에나는 우르르 움직이는 군중들과 섞여 벽으로 밀려났다. 옆을 지키던 길버트가 떠밀려 저만치 멀어졌다.

시에나는 평소에 타인과 소매 끝이 스치는 일조차 거의 없었다. 사람들 사이에 끼여 의지대로 몸을 움직일 수 없는 기이한 느낌이 당황스러웠다.

그녀의 키가 큰 덕에 길버트는 금방 시에나를 발견했다. 초조해진 길버트의 표정이 꺼멓게 죽었다. 소리쳐서 황녀를 부를 수도, 다들 비키라고 호통을 칠 수도 없었다.

"지나가겠소. 비켜 주시오!"

그는 황녀가 있는 방향으로 사람들을 마구 밀치며 움직였다.

"누가 미는 거야!"

"왜 이래요?"

여기저기서 아우성이었다. 하필 그때 짐마차가 점포 앞에 멈추었다. 보통 여객 마차보다 두 배 가까이 큰 마차를 피해 사람들은 더 간격 없이 밀착해 붙었다.

시에나는 조금이라도 사람들과 틈을 벌리려고 물러섰다. 이리저리 밀리고 밀리다가 어느새 무리 속에서 빠져나왔다.

'후우…….'

안도의 숨을 내쉬는 순간이었다. 갑자기 뒤에서부터 강한 힘이 그녀를 휘감았다. 그게 누군가의 팔이라는 것을 깨달았을 때 이미 그녀는 끌려가고 있었다.

포목점 옆의 작은 의상실이 며칠 전에 문을 닫았다. 점포 앞을 드리우는 천막 차양을 반쯤 접어 빈 점포임을 표시했다. 펼치다 만 양산처럼 사선으로 내려간 차양 안쪽에 그림자가 졌다. 사람 몇이 서 있을 공간이 되지만, 몸을 숨길만 한 곳은 아니었다.

내려간 차양이 상반신을 가려 얼굴이 보이지 않을 뿐 서 있는 모습은 그대로 노출되었다. 조용히 차양 아래로 들어간 두 사람을 납치범과 피해자라고 의심하는 시선은 없었다.

시에나는 침착했다. 섣부른 반항은 하지 않았다.

'잠시만 견디면 곧 기사들이 올 것이다.'

지나다니는 사람들의 발이 보였다. 일단 으슥한 곳으로 끌려가지 않아서 안심했다.

"놀라셨습니까?"

귓가에 들리는 나지막한 목소리가 익숙했다.

'쿤?'

놀란 시에나가 움직였다. 강하게 구속했던 힘은 어느새 느슨하게 풀려 있었다. 그녀는 도망치는 대신 뒤를 돌아보았다. 그의 옷깃에 닿은 후드가 밀리며 그녀의 이마가 드러났다. 남자의 검은 눈동자와 눈이 마주쳤다.

'아…….'

갑자기 긴장이 풀렸다. 곤두선 경계심으로 차갑게 굳은 그녀의 눈빛이 순식간에 부드러워졌다. 그녀 스스로 의식하지 못한 변화였다. 그리고 그는 그 찰나의 순간을 생생하게 목격했다.

기쁨? 희열? 어떤 말로도 지금 그의 심정을 표현하지 못했다.

사실 그는 조금 겁을 먹었다. 다시 마주쳤을 때 그녀가 싸늘하게 보면 어쩌나. 의심하는 눈으로 밀어내면 어쩌지. 그런데 자신이 누군지 알자마자 그녀의 눈동자에 떠오른 감정은 안도감이었다.

폭신한 구름을 밟은 것처럼 그의 기분이 붕 떠올랐다. 웃음이 터질 것 같았다. 그녀를 힘주어 꽉 끌어안고 키스를 퍼붓고 싶었다.

"윽!"

갑자기 명치를 타격하는 고통에 쿤은 비명을 질렀다. 방심했다가 어설픈 주먹에 제대로 맞았다. 방심 정도가 아니라 그는 지금 완전히 빈틈투성이였다.

"무슨 짓이냐. 너는 예절 교육을 다시 받아야겠다."

시에나가 주먹을 그의 눈앞에 흔들며 엄포를 놓았다.

꽤 아팠다. 쿤은 인상을 찡그리면서도 터져 나오는 웃음을 참을 수 없었다. 시에나가 눈을 흘겼다.

"덜 맞았구나."

쿤은 키득거리면서 두 손으로 그녀의 어깨를 잡아 휙 몸을 돌렸다. 시에나의 시선이 그와 마주 보는 방향에서 정면으로 바뀌었다.

쿤이 그녀의 몸에서 손에 떼는 것과 동시에 날카로운 검 끝이 그의 목에 닿았다.

"괜찮으십니까."

살벌한 표정의 길버트가 차양 안으로 들어왔다. 이어서 세 명의 기사가 겨누는 세 개의 검이 여러 각도에서 일제히 쿤을 겨누었다.

쿤은 순식간에 포위당했다. 그는 수상한 행동을 하지 않겠다는 의사 표시로 두 손바닥이 보이도록 위로 들었다.

시에나의 호위는 애초에 길버트 혼자가 아니었다. 원거리에서 호위하는 기사들이 더 있었다. 길버트가 잠시 시에나를 놓쳐도 멀리서 지켜보는 기사들은 호위 대상에게서 눈을 떼지 않고 있었다.

쿤이 아마 시에나를 납치해 도망치려 했다면 실패했을 것이다. 물론 그는 그럴 의도가 없었고 곳곳에 도주로를 차단하여 자리 잡은 기사들의 존재도 알고 있었다.

"난 괜찮다."

시에나는 슬쩍 후드를 잡아당겨 얼굴을 감추었다. 아주 잠깐, 호위의 존재를 잊어버렸다. 왠지 얼굴이 화끈거렸다.

"송구합니다. 소임을 다하지 못한 죄는 후에 받겠습니다. 제가 있는 쪽으로 천천히 걸어 나오십시오."

어쩌지. 시에나는 무슨 변명으로 쿤을 두둔해야 할지 떠오르지 않았다. 이대로라면 그는 기사들에게 끌려갈 것이다. 뒤에 줄줄이 벌어질 일을 생각하면 골치 아팠다.

쿤은 철왕의 사람이니 철왕이 나설 테고 분명히 이 일을 빌미로 적왕이 끼어들 것이다. 일이 커지는 건 바라지 않았다.

"공식적으로는 처음 인사 나누게 되는군요."

쿤이 담담한 목소리로 길버트에게 말을 건넸다. 기사들의 눈에 동시에 의문이 떠올랐다.

"오해가 있었습니다. 저는 전하의 비밀 호위입니다."

길버트와 기사들은 당황했다. 시에나도 당황했다. 그리고 어이가 없었다.

쿤의 한마디에 '아, 그래요?' 하고 받아들일 멍청이는 이 자리에 없었다. 길버트는 오히려 검 끝을 목에 바짝 댔다. 조금만 힘을 주면 꿰뚫고 들어갈 수 있었다.

"전하. 이리로 나오십시오."

길버트가 재촉했다. 시에나가 움직여 길버트의 뒤로 갔다. 충분한 안전거리가 확보되자 길버트는 쿤을 추궁했다.

"비밀 호위?"

"위험한 바깥으로 나오시면서 설마 전하께서 아무 방비를 하지 않으셨을 거라고 생각했습니까?"

쿤은 시에나를 스치듯 보면서 슬쩍 웃었다.

"아주 철두철미한 분 아닙니까."

후드 안쪽에서 시에나는 눈을 가늘게 떴다. 왠지 반어법으로 놀리는 것 같다. 천연덕스럽게 거짓말하는 주제에!

'더 힘껏 때렸어야 했는데.'

약이 오른 그녀는 주먹을 꽉 쥐었다.

"자네를 본 적이 없다."

"비밀 호위니까요. 원래 나설 생각이 없었습니다만, 아시다시피 아까 전하께서 군중들 틈에 떠밀리셨지요. 혹시 넘어지실까 봐 염려되어 감히 존체에 손을 대고 말았습니다. 주제넘게 나섰다면 송구합니다."

"……내가 제대로 임무를 다하지 못했으니 자네를 비난할 입장은 아니지."

쿤의 태도가 깍듯하자 길버트의 싸늘한 눈빛이 풀렸다.

"전하. 이자의 말이 사실입니까?"

그의 말을 부정하면 죄목이 몇 개가 더 추가될지 알 수 없었다. 시에나는 어쩔 수 없이 고개를 끄덕였다.

흉흉한 기사들의 기세가 한결 누그러졌다. 쿤이 황족 시해 미수범이 아니라 비밀 호위라면 기사들로서는 두 팔 벌려 환영할 일이었다. 쿤이 시해범일 경우 기사들은 은왕을 제대로 보필하지 못한 책임을 져야 한다.

"자네 혼자인가?"

"그럴 리가요. 보이지 않을 뿐입니다. 경의 일행이 저 바깥에 다섯이 더 있는 것처럼요."

쿤이 호위들의 숫자까지 정확히 파악하고 있으니 길버트는 이제 완전히 쿤의 말을 믿었다.

"전하께서 경을 믿지 못했다고 생각지는 마십시오. 방비는 이중 삼중으로 해도 지나치지 않습니다."

"그렇지. 옳은 말이네. 내 마음가짐이 미흡했네. 그걸 아시고 미리 준비하셨으니 나는 전하의 혜안에 감탄할 뿐이지."

"이후 전하는 저희가 모실까 합니다. 경은 공식적인 호위에 적역이신 것 같고 저희는 워낙 돌발 상황에 익숙해서 말입니다."

쿤은 존재하지도 않는 비밀 호위들을 자신과 하나로 묶어 일행으로 만들었다. 길버트는 '음…….' 하고 무겁게 중얼거렸다.

"그만 돌아가심이 어떠십니까?"

그는 황녀께 간곡히 제안했다. 대낮에 잠시 출궁하는 암행이라고 너무 쉽게 생각했다. 아까 황녀가 군중들과 섞이는 순간을 생각하면 아직도 가슴이 선뜩했다. 눈앞이 아득해지는 느낌이 이런 거구나, 깨달았다.

갑자기 나타난 비밀 호위가 미덥지 못해서가 아니라 황녀를 안전한 황궁으로 모시고 들어가기 전까지는 불안해서 피가 마를 것 같았다.

시에나는 자신이 해야 할 대답을 알고 있었다. 쿤의 거짓말에 맞장구쳐 주었다. 이대로 돌아가도 그는 의심받지 않을 것이다. 더는 적극적으로 가담해서는 안 된다. 기사들을 속이고 자신의 안전을 담보로 하면서까지.

그런데 '환궁하겠다.'라는 한마디가 나오지 않았다.

"전하?"

"……나는 암행을 계속하겠다. 그대들은 동쪽 거리의 입구에서 대기하고 있으라."

"예. 전하."

시에나의 결정에 아무도 토를 달지 않았다. 기사들이 두말없이 물러갔지만, 오히려 그녀는 자괴감에 빠졌다.

'대체 왜……?'

이성의 올바른 경고를 무시하고 감정의 충동에 따랐다. 어리석은 결정에 타당한 이유가 없었다.

쿤이 그녀의 팔을 잡아당겼다. 균형을 잃어 기대는 몸을 안으며 그는 점포의 잠긴 문을 따고 안으로 들어갔다. 문을 닫으니 왁자한 소음이 멀어졌다. 갑자기 다른 장소로 떨어진 것 같은 이질감이 들었다.

시에나는 두 손으로 그를 야멸치게 밀어냈다. 그가 숨죽여 긴장하는 기색을 느꼈다. 왠지 그런 반응마저도 거짓말 같았다.

"거짓말쟁이."

"전하."

"사기꾼."

"……."

입만 열면 거짓말. 진실을 말한 게 있기는 한가. 그녀는 후드를 거칠게 벗었다. 사납게 눈을 치뜨고 그를 비난하려 했다.

하지만 복잡한 표정을 짓고 있는 그와 눈이 마주치자마자 뾰족하게 솟은 마음속의 가시가 무디게 뭉툭해졌다.

그날 그런 식으로 헤어진 후 심장에 작은 구멍이 난 것처럼 헛헛했다. 그녀는 비로소 내내 느꼈던 허전함의 이유를 알았다. 궁금했던 거다. 이 남자의 근황이.

그의 눈동자가 짙게 가라앉았다. 억제된 격정 같은 것이 깊은 안쪽에서 일렁거렸다. 그의 저런 눈빛이 낯설지 않았다. 시에나는 긴장했다. 심장 박동이 점점 빨라졌다. 하지만 당장 달려들 것 같았던 그가 오히려 조금 물러섰다. 가볍고 장난스럽게 싱긋 웃었다.

"아주 순진한 사람을 호위로 삼으셨습니다."

그가 거리를 두는 게 기분이 상했지만, 시에나는 내색하지 않았다.

"길버트 경을 모욕하지 마라."

"모욕이 아닙니다. 기가 약해 보이지만, 충성스러운 사람 같습니다. 그런데 전하께는 '아니되옵니다'를 말할 사람이 필요하겠습니다. 제가 그 입장이었으면 전하를 둘러업고서라도 환궁했을 겁니다."

"나는 독선적인 주인이 아니다. 하지만 내 거취는 내가 결정해. 이런 사소한 일에 의견은 필요 없어."

그녀의 고집이 여간 아니라는 건 이미 알고 있던 사실이라 쿤은 그녀의 대답이 놀랍지 않았다.

'충분히 독선적입니다만.'

쿤은 속으로만 생각했다.

"나도 모르는 내 비밀 호위는 내 암행이 성공적으로 끝나는 데 도움이 되는 건가?"

"물론입니다. 아주 우수하지요. 한 사람이 열 사람 몫을 하거든요."

'저희'라는 말을 내뱉던 아까 그의 뻔뻔한 표정이 떠올라 시에나는 피식 웃었다.

"그런데 암행 중이셨습니까? 시장 구경 나오신 게 아니라요?"

쿤이 고개를 좌우로 흔들며 혀를 찼다.

"그 태도는 뭐냐. 무엄하다."

"신분을 감춘 상태로 백성들의 실생활을 살피고 때로는 감찰도 하는 것. 제가 알고 있는 암행의 뜻이 전하께서 생각하시는 암행이 맞습니까?"

"그렇다."

"그럼 기본적인 접근부터 잘못하셨네요. 수수한 드레스를 입었다고 변장이 되는 건 아닙니다. 전하를 본 사람들은 높으신 귀족 가문의 귀부인께서 호위를 데리고 나들이 나왔다고 생각했을 겁니다."

시에나는 반박하지 못했다. 가판대에 꽤 많은 사람이 몰려 있었는데도 여유롭게 구경했다. 그녀의 근처에 아무도 접근하지 않았기 때문이다.

그녀가 자리를 옮기면 기다렸다는 듯이 누군가 그 자리에 와서 물건을 살피거나 직원과 거래했다. 그런 광경을 몇 번 봤는데도 이상한 점을 눈치채지 못할 만큼 둔하지 않았다.

"난 일부러 얼굴을 감추었다. 기사들은 평복을 입고 무기도 숨겼지. 말실수할까 봐 길버트 경과 대화도 나누지 않았어. 뭐가 잘못된 거지?"

"전부 다요. 얼굴은 왜 감춥니까? 평민 아가씨는 그런 후드 달린 망토 같은 건 쓰지 않습니다. 길버트 경이 아무리 평복을 입고 있어도 기사의 뻣뻣한 태도는 티가 나지요. 백성들은 생각하시는 것보다 눈치가 빠릅니다. 그들은 약자이기 때문입니다. 그래서 한순간도 방심하지 못해 서서 잠드는 초식 동물처럼 예민합니다. 귀족에게 실수했다가는 크게 곤욕을 치를 테니까요. 몰랐다는 변명으로 봐주지 않습니다. 일행이면서 대화를 나누지 않는 것도 어색합니다. 상하 관계라는 사실을 간접적으로 드러내는 겁니다. 그리고 입으신 그 망토. 아주 비쌉니다. 평민이 일 년 소득을 쓰지 않고 모아도 못 사요."

조목조목 그의 지적을 들으며 시에나의 고개가 저절로 아래로 떨어졌다.

그녀는 망토를 만지작거렸다. 끝단을 장식한 여우털이 보들보들했다. 값비싼 망토라는 지적이 가장 적나라하게 와 닿았다.

일 년 소득을 모아야 살 수 있는 물건. 그런 식으로 물건의 가치를 생각해 본 적이 없었다.

망토는 길버트가 가져다주었다. 왜일까. 더 평범하고 소박한 망토는 구할 수 없었던 걸까.

시에나의 속마음을 읽은 것처럼 쿤이 말했다.

"전하께 암행 의복을 준비한 자는 미처 그런 것은 생각지 못했을 겁니다. 대개 자신과 전혀 다른 수준으로 사는 사람들의 삶은 인식하기 어렵습니다. 평민도 빈민들의 삶은 모르니까요."

이런 사람이 곁에 있어야 해.

시에나의 주변에 똑똑한 인재는 많았다. 오히려 수하는 적당히 어리석어도 괜찮다. 간교하게 머리를 굴리는 자보다 답답해도 우직한 자가 나았다. 자신의 능력으로 수하의 부족함을 보완할 자신이 있었다.

그녀가 가진 지식으로 채울 수 없는 것들. 어쩌면 사소하고 혹은 가장 중요할 수도 있는 것들을 기탄없이 알려 주어 환기해 줄 사람이 필요했다.

'그래서 철왕이 쿤을…….'

자신이 이제 겨우 깨달은 것을 철왕은 이미 알고 준비했던 거다. 그래서 그가 먼저 황제가 된 건가. 시에나는 묘한 충격을 받았다.

쿤이 곤란한 표정으로 웃었다.

"전하. 그렇게 보시면 오해합니다."

"무슨 오해?"

"절 보는 눈빛이 너무 뜨겁지 않습니까. 마치 절 원하시는 것처럼."

"맞아. 원한다."

"……예?"

"철왕이 부럽구나. 인재를 보는 눈이 나보다 낫다."

흔들리는 눈동자로 당혹스러워하던 쿤이 허탈하게 웃었다.

"아아……. 그런 말씀이군요."

"걱정 마라. 그대가 철왕의 사람임을 잊지 않았다."

"마음을 바꾸라고 설득은 안 하십니까?"

"고약하기는. 또 나를 떠보는구나. 한 번 배신한 자는 두 번이 더 쉽지. 아무리 뛰어난 책략가라도 신의가 없는 자는 필요 없다."

"배신이라는 표현은 좀……. 말씀드렸지만 철왕께서는 제 주인이 아닙니다."

"그게 더 나쁘다. 주인으로 섬기는 마음도 없이 철왕의 곁에 있다는 말인가?"

논쟁이 될 것 같아 쿤은 입을 다물었다. 왜 이렇게 극단적인가. 사람과 사람의 관계가 꼭 상하 관계만 있는 것은 아닌데.

'아……. 그렇구나.'

쿤은 불현듯 깨달았다. 눈에 콩깍지가 씌어 잠시 잊었다. 그녀는 특권 계급으로 태어나 자란 사람이었다.

그가 대륙을 돌아다니며 만났던 수많은 왕과 귀족들. 꽉 막힌 사고방식에 사로잡힌 그들과 황녀의 차이점은 딱 한 가지였다. 그녀는 우월한 계급을 저열한 방식으로 드러낼 필요가 없었다. 상위 계층마저 지배하는 극소수의 최상위 계층이니까.

지난 며칠, 그를 몹시 고뇌하게 하는 문제가 있었다. 디안을 돕는 일은 필연적으로 황녀의 등에 비수를 꽂는 결과로 이어진다. 제위는 하나뿐이다. 승자가 정해지면 반드시 패자가 나오는 싸움이었다.

특별한 의리가 있어서 디안을 택한 것은 아니었다. 디안보다 황녀를 먼저 만났다면 선택이 달라졌을지도 모른다.

그녀를 먼저 만났다면 어땠을까. 그는 만약을 가정하며 황녀의 반대편에 서야 하는 현실을 괴로워했다.

갈피를 못 잡아 흔들리는 마음 상태로 디안을 만나러 갈 수 없어 저택에만 틀어박혀 있었다. 그렇게 골머리를 썩이게 하던 문제가 간단히 해결됐다.

그럴 리는 없겠지만, 예기치 못한 이유로 디안에게 등을 돌리게 되더라도 절대 황녀와 손을 잡아서는 안 되겠다.

그녀에게 신하는 신하일 뿐이다. 일단 아랫사람으로 각인한 사람의 위치는 절대 이동할 수 없을 것이다. 그가 원하는 것은 황녀를 황제 자리에 앉혀 얻을 권력도 재물도 아니었다. 훨씬 단순하고 원초적이었다.

쿤은 시에나를 보며 씨익 웃었다.

어딘가 후련한 웃음이었다.

"전하께 선택권이 있습니다. 덜 완벽한 암행과 완벽한 암행. 어느 쪽이 좋으십니까?"

시에나가 눈살을 찌푸렸다. 무슨 말장난인가 싶었다.

"그야 당연히."

"예. 완벽한 암행이겠지요. 제가 하라는 대로 하시겠습니까?"

"……."

"내키지 않으시면 덜 완벽……."

"한다. 하겠다."

"그럼 옷부터 갈아입으세요. 아마 여기 쓸 만한 게 있을 것 같은데……."

쿤이 점포 내부를 휘휘 둘러보았다. 장사하며 쓰던 집기 일부가 바닥 여기저기 널려 있었다. 문을 닫은 지 오래되지 않아 정리가 덜 되었다는 뜻이다. 아직 재고 물품이 남아 있을 것이다.

그는 안쪽의 닫힌 문을 열었다. 창고로 쓰는 작은 방이었다. 천으로 덮어 둔 물건을 보고 빙고, 중얼거렸다.

그는 천을 휙 걷어 냈다. 긴 행거에 옷이 촘촘하게 걸려 있었다. 떨이 처리도 못 하고 남겨 둔 것이라 재질이나 디자인은 형편없었다. 그가 재빠르게 셔츠와 바지를 골랐다.

"이걸 입으세요."

시에나는 그가 내미는 옷을 보기만 했다.

"눈에 차지 않으셔도 어쩔 수 없습니다. 남장이 눈에 안 띄는 가장 무난한 차림입니다."

시에나가 못마땅한 점은 그게 아니었다.

"허락 없이 타인의 물건에 손을 대면 안 된다."

쿤이 웃음을 터뜨렸다. 원칙적인 윤리 의식을 가진 높으신 분은 처음이었다.

"그 문제는 걱정하시는 일 없도록 나중에 주인에게 보상하겠습니다."

"비용은 내게 청구해라."

시에나는 옷을 받아 이리저리 돌려 보았다.

"이 안에서 갈아입으시면 되겠습니다."

쿤이 창고에서 나와 시에나에게 들어가라고 손짓했다. 시에나는 흘끔 안을 보았다. 좁고 지저분했다. 떨떠름한 안색으로 안에 들어갔다.

바깥에서 쿤이 문을 닫자 깜깜해졌다. 하지만 작은 창으로 빛이 들어와 암흑은 아니었다. 어둠이 눈에 익으니 그럭저럭 잘 보였다.

시에나는 그가 준 옷을 관찰했다. 입어 본 옷은 아니어도 형태가 단순하여 어디에 팔을 끼우고 어디에 다리를 넣어야 하는지는 알겠다. 그녀는 브로치를 풀고 망토를 벗었다. 그리고 드레스를.

"……."

어쩌지. 그녀는 망연한 표정으로 이리저리 상체만 돌렸다. 이곳저곳을 힘껏 잡아당겨 보아도 어떤 식으로 벗어야 할지 알 수 없었다.

시에나가 입은 드레스는 값비싸지는 않아도 귀부인의 평상복이었다. 평민은 보통 아래위가 붙은 옷은 입지 않았다. 요령이 있으면 혼자 벗을 수는 있다. 그런데 시에나는 한 번도 옷을 혼자 벗어 본 적이 없었다.

똑똑.

시에나는 흠칫했다.

"전하."

대답하지 않자 잠시 후 그가 다시 문을 두드렸다.

"전하. 아직 멀었습니까?"

대답할 수 없었다. 그가 또 문을 두드렸다.

"괜찮으십니까? 들어가겠습니다."

시에나는 문을 열고 들어서는 그와 눈이 마주쳤다. 쿤은 여전히 드레스 차림으로 서 있는 시에나를 보고 돌아섰다.

"다 되면 말씀하십시오."

"……필요하다."

쿤이 고개를 돌렸다.

"도움이…… 필요하다."

어렵게 말을 꺼내는 시에나는 몹시 창피했다. 옷을 벗는 일조차 하지 못하다니. 매우 쓸모없고 무력한 사람이 된 것 같았다.

"뭘 도와드릴까요?"

"벗는 법을 모르겠다."

쿤은 말없이 시에나를 보다가 '아.' 하고 중얼거렸다.

"제가 미처 생각을 못 했습니다. 도와줄 사람을 데려오겠습니다."

"누구를? 출궁할 때 시녀를 동반하지 않았다."

"그럼……. 그러니까……."

"시간이 많지 않다. 해가 지기 전에는 환궁할 것이다. 네가 해라."

"……예?"

"내 눈으로는 확인할 수 없지만, 아마 뒤쪽을 꿰매 놓은 것 같다. 매듭이 있을 테니 끊으면 된다."

너무한다는 말이 그의 턱밑까지 올라왔다. 호위는 멀리 물려 놓았고 아무도 없는 빈 점포 안에 두 사람뿐이었다. 바깥에 차양을 내려 창문을 막은 덕분에 내부는 적당히 어두웠다. 으슥한 곳에서 저지르는 짓을 딱 하기 좋을 만큼만.

믿어 주는 건 고맙지만, 완전한 방심은 씁쓸했다. 남자로 의식조차 안 한다는 뜻일 테니까.

조금만 가까이 가도 옅은 향수 냄새와 섞인 그녀의 체향 때문에 순간순간 아득했다. 만지고 싶어 미치겠다. 얼마나 필사적으로 참고 있는지 이 여자는 절대 모르겠지.

쿤이 말없이 출입문이 있는 방향으로 걸어갔다. 시에나는 그가 끝내 나가서 누군가를 데려오려는 줄 알았다.

그는 도중에 허리를 숙였다. 바닥에서 무언가를 집어 들었다. 그리고 돌아서서 시에나를 향해 다가왔다. 발걸음을 옮길 때마다 나무 바닥이 끼익 끼익 눌리는 소리가 났다. 그가 바로 앞까지 왔다.

"돌아서십시오."

멍하게 그를 바라보던 시에나는 시선을 내렸다. 그의 손에 조그만 재단 가위가 들려 있었다.

시에나는 돌아섰다. 끼익 소리가 한 번 더 났을 때 그녀는 숨을 들이켰다. 바로 뒤에 그가 있었다.

툭, 툭.

실이 끊어지는 소리가 이렇게 컸던가. 실이 끊어질 때마다 몸을 감싼 압박이 헐거워졌다. 그런데 오히려 뒤에서 허리끈을 동여매는 것처럼 숨이 막혔다.

그는 옷자락에 손도 대지 않았다. 그런데 마치 벗겨지는 것 같았다. 드레스 치맛자락에 주름이 지도록 꽉 쥔 그녀의 손에 힘이 들어갔다.

소리가 멈추었다. 가위의 짤깍거리는 소음도 사라졌다.

다 되었나? 그 한마디가 입에서 떨어지지 않았다. 숨소리도 들리지 않는 침묵이었다.

쿤의 손이 그녀의 어깨에 아슬아슬하게 닿지 않고 멈추었다. 이를 악물고 주먹을 꽉 쥐었다.

손대면 안 된다. 그는 자신의 상태를 자각했다. 터지기 직전의 둑이었다. 찰랑찰랑하게 차오른 물은 둑 일부가 무너지면 걷잡을 수 없이 쏟아질 것이다.

그는 두 손을 등 뒤로 돌려 뒷짐을 졌다. 허튼짓을 못 하도록 자신의 손을 구속했다. 그리고 살짝 허리를 숙여 그녀의 귓가에 말했다.

"다 됐습니다."

시에나는 그가 나가는 발소리와 문을 닫아 주는 소리가 들린 후에도 가만히 서 있었다. 어두워서 다행이다. 그가 지금 자신의 얼굴을 못 봐서 다행이다.

얼굴에서 열이 났다. 화상을 입은 것처럼 후끈후끈했다. 그녀는 두 손으로 화끈거리는 얼굴을 감쌌다.

쿤은 팔짱을 끼고 벽에 기대었다. 팔을 툭툭 건드리는 손가락이 그의 심정을 대신했다. 문이 열리는 소리가 들려 고개를 들었다.

'이런.'

그는 탄식했다. 거적때기를 입혀도 그녀의 미모는 전혀 바래지 않을 것이다. 저래서는 남장의 의미가 없다.

쿤이 말없이 물끄러미 보기만 하자 시에나가 어색하게 쭈뼛거렸다.

"문제가 있나? 내가 옷을 잘못 입었나?"

"맞게 입으셨습니다만……."

쿤이 그녀를 지나쳐 창고로 들어갔다. 옷더미를 마구 헤집다가 드디어 찾고자 하는 것을 발견했다.

"이걸 위에 걸쳐 입으세요."

시에나가 입어 보니 무릎까지 가리는 긴 로브였다.

"후드도 쓰시고요."

"아까와 다를 게 없다."

"귀부인이 망토를 걸친 것과 남자가 로브를 입은 건 다르지요. 마침 요즘 만물장이 열리는 시기라 잘되었습니다. 행상인 중에 얼굴을 감추고 다니는 자들이 많으니 전하의 차림이 눈에 안 띌 겁니다."

"왜 얼굴을 감추고 다니지?"

"행상인의 삶은 거치니까요. 얼굴에 심한 흉터가 있는 자들이 더러 있습니다. 남의 눈요기가 되기 싫어 숨기고 다닙니다."

시에나는 고개를 끄덕였다. 그와 있으면 그녀는 종종 생소한 경험을 했다. 자신이 참 모르는 게 많다는 걸 느끼게 된다.

"말씀도 하지 마세요. 목소리로 남장한 게 들통납니다."

"아까 일행끼리 대화하지 않는 건 이상하다고 했으면서."

"물론 제가 말을 할 겁니다. 고개를 끄덕이거나 흔드는 거로 의사 표현하시면 됩니다."

"알았다."

"다만 완벽한 암행이 되려면 한 가지가 더 필요합니다."

"뭔가?"

"제가 곁에서 이랬습니다, 저랬습니다 하면 듣는 자들이 높은 분을 수행해 나왔다고 생각할 겁니다. 편하게 말해도 되겠습니까?"

"……."

"싫으시면 덜 완벽한 암행……."

"알았다!"

시에나는 그를 노려보며 말했다.

"암행의 성과가 반드시 내 마음에 흡족해야 할 것이다."

그는 싱글싱글 웃었다.

"물론입니다. 그리고 가명을 지어 두는 게 좋겠습니다. 남자 이름으로……."

"에드워드."

에드워드 록산. 시에나는 그의 가명을 쓰겠다고 말했다.

어떠냐. 내게 한 방 먹었지? 의기양양한 표정의 그녀가 귀여워서 쿤은 키득키득 웃었다. 그는 두 손을 뻗어 로브의 후드를 당겨 씌웠다.

“한 가지만 명심하면 돼. 내 옆에서 절대 떨어지지 마.”

시에나의 눈이 동그랗게 커졌다. 그가 곧바로 그녀의 팔을 잡아 끌며 문을 열었다.

시에나가 포목점 근처를 떠나지 않은 건 사람들이 덜 몰린 곳에서 그나마 볼만한 구경거리였기 때문이었다. 시장 안쪽으로는 들어갈 생각을 아예 하지 않았다. 호위들을 곤란하게 하면서까지 복잡한 곳으로는 가고 싶지 않았다.

그런데 아주 쉽게 어수선한 장터 한가운데로 들어왔다. 쿤이 슬쩍 어깨를 잡아 이끄는 대로 움직일 뿐인데 수많은 사람 틈에서 부딪치지 않고 걷고 있었다.

그녀의 눈동자가 부지런히 돌아갔다. 무질서하고 시끄럽고 온갖 냄새가 뒤섞였다. 모든 게 신기했다. 왜 이렇게 시끄럽지. 물건을 사고파는데 왜 소리를 지르는가. 사교 파티의 소란스러움과 달랐다.

‘엉망진창이야.’

그런데 그 속에 활기가 있었다. 사교 파티장에서 봤던 그림처럼 예쁜 미소는 아니지만, 남루한 차림의 사람들 표정이 모두 살아 있었다.

손님을 잡으려고 여기저기서 장사꾼들이 호객했다. 그중 한 사람의 외침이 시에나의 귀에 들어왔다.

“사막귀 꼬리입니다! 최고의 정력제! 사막귀 꼬리가 왔습니다!”

사막귀? 괴물이 어떻게 거래의 대상이 된단 말인가.

시에나가 그의 옷을 잡아당겼다. 팔을 쭉 뻗어 사막귀를 판다고 소리치는 남자를 가리키며 의사를 표현했다.

'난 저걸 봐야겠다.'

쿤이 곤란해하는 표정으로 한숨을 쉬었다.

"저건 사기꾼이야. 신경 쓸 필요 없어. 약장수인데. 아, 약장수라는 말을 모르겠군. 어떻게 설명해야 하나."

시에나가 고개를 좌우로 강하게 흔들었다.

사기꾼이라면 더더욱 가 봐야지. 선량한 백성을 등치다니 용서할 수 없다.

장사꾼의 목소리에 이끌린 구경꾼들이 좌판 주변에 모여들었다. 그들 사이에 시에나와 쿤이 있었다. 시에나는 눈을 부릅뜨고 장사꾼과 그 주변을 샅샅이 살폈다.

손바닥 길이의 바싹 말린 까맣고 길쭉한 것이 뭉치로 묶여 쌓여 있었다. 호객하는 자, 정체 모를 것을 돌절구에 넣고 빻는 자, 구경꾼의 질문에 답하는 자 등 여럿이 역할을 분담했다. 옷차림이 독특한 것으로 봐서 제국인은 아니었다.

"날이면 날마다 오는 게 아니야. 이 사막귀 꼬리로 말할 것 같으면 몸이 두 동강이 나도 죽지를 않고 꼬리의 독침 한 방이면 거대한 물소도 순식간에 숨이 넘어가는 지독한 놈이란 말씀이지. 해가 뜬 동안은 바위 밑에 웅크렸다가 해가 지면 제 덩치의 수십 배가 넘는 짐승을 사냥하는데……."

가만히 듣다 보니 '사막귀 꼬리'라는 이름이 붙은 전갈이었다.

"그런데 이놈의 기막힌 점은 그게 아니여. 계절이 선선해지기 시작하면 짝을 찾는데 무려 닷새! 닷새를 밤낮 쉬지 않고 교미를 한단 말이지. 거기 아줌마. 밤에 남편이 시원찮아? 이거 가져다 먹어 봐."

장사꾼은 모여든 나이 지긋한 사람들에게 걸쭉한 음담패설을 쏟아냈다. 왁자한 웃음이 터졌다. 일부 구경꾼은 장사꾼과 거침없는 농을 주고받았다.

'으…….'

쿤이 안절부절못하며 머리를 쓸어 올렸다.

평소 한 귀로 듣고 한 귀로 흘리던 잡소리가 왜 이렇게 민망한지 모르겠다.

"저런 소리 귀담아들을 필요 없어. 딴 데 구경할 것도 많으니……."

시에나가 장사꾼을 가리켰다가 그 옆에 쌓아 놓은 말린 전갈을 가리켰다.

쿤은 설마설마해서 물었다.

"……사라고?"

시에나가 고개를 끄덕였다.

"……."

그의 기막힌 심정을 무슨 말로 설명할까. 마음에 품은 여자에게 사 주는 첫 선물이 말린 전갈로 만든 정력제다.

시에나가 다시 한 번 팔을 쭉 뻗어서 말린 전갈을 가리켰다. 확고하게 자신이 원하는 것을 표현했다. 쿤은 명령에 가까운 그녀의 요청을 거부할 수 없었다.

"대체 이걸 어디에 쓰려고."

쿤은 입안으로 구시렁거리며 호객꾼 곁에서 직접 물건을 판매

중인 사내에게 다가갔다.

"얼마?"

"한 묶음에 은화 큰 거로 한 개……."

대답하던 상인이 쿤을 스윽 훑어보더니 묘한 표정을 지었다. 생긴 거 멀쩡하고 나이도 어린놈이 벌써 이런 걸 먹냐. 동정 반, 한심함 반이 섞인 눈빛이었다.

쿤이 울컥해서 대꾸했다.

"내가 먹을 거 아니오."

"누가 물어봤나? 큰 은화 한 개."

상인이 픽 웃으며 쫙 편 손바닥을 흔들었다. 쿤은 느물거리는 상인의 면상에 은화를 던지고 싶은 충동을 꾹 참으며 은화와 물건을 교환했다.

"됐지? 이제 가자."

그는 시에나의 대답도 듣지 않고 팔을 잡아끌었다. 시에나는 후드 속에서 그를 향해 눈을 흘겼다. 말을 놓는 게 참 자연스럽다. 마치 이런 기회를 기다리기라도 한 것처럼.

'그런 식으로 물건을 사는 거구나.'

은화를 주고 물건을 사는 광경을 방금 처음 봤다. 별것 아닌데 그 별것 아닌 것을 한 번도 본 적도, 해 본 적도 없었다.

그가 이끄는 대로 걷다가 시에나는 혼잡한 장터에 어울리지 않는 물건을 발견했다. 그녀가 발에 힘을 주어 멈추어 섰다. 상인의 어깨에 멘 간이 판매대에 반짝이는 다양한 색상의 돌이 있었다.

'보석처럼 보이는데 보석은 아니겠지?'

물정을 잘 몰라도 보석이 값비싸다는 것쯤은 안다.

허름한 차림의 남자가 아무런 보호 장치 없이 늘어놓고 팔 만한 물건이 아니었다.

"나무의 진액을 굳힌 거야. 호박이 되기 전의 단계라고 할 수 있지. 보기엔 단단해 보여도 잘 망가져. 색깔과 투명도가 보석 못지않아서 장신구에 종종 쓰지. 오래는 못 가. 서너 달쯤 지나면 색이 바래고 깨지기도 하거든."

시에나는 쿤의 설명을 들으며 가지각색의 동글동글한 돌에서 시선을 떼지 못했다. 그녀는 보석과의 차이를 알 수 없었다.

"얼마?"

쿤이 상인에게 물었다.

"은화 작은 거 한 개."

쿤이 피식 웃었다. 덤터기를 씌우려는 건지 부른 가격이 터무니없었다. 그는 시에나의 어깨를 툭, 가볍게 치며 말했다.

"다른 데로 가자. 파는 사람이 시세를 모르네."

"거 젊은이가 성질도 급하긴."

상인이 다급히 붙들었다.

"사람 말은 끝까지 들어야지. 은화 작은 거 하나면 열 개를 준다는 거지."

"이걸 열 개씩 묶어 판다고? 사는 사람이 있기는 한가? 내가 개당 은화 다섯 조각에 파는 걸 봤는데."

"내가 파는 거는 물건의 질이 달라. 어디서 싸구려를 보고 와서 그래? 이만한 모양과 색깔은 아무나 취급하는 게 아니야."

쿤과 상인은 가격을 두고 옥신각신했다.

실랑이 끝에 쿤이 결론을 내렸다.

"은화 작은 거 하나에 열다섯 개. 물건은 내가 고르는 조건으로."

상인이 에잉, 하고 투덜거렸다. 잔뜩 이맛살을 찌푸렸지만, 안 판다며 손사래를 치지는 않았다. 짭짤한 이득을 보지 못했다는 표현이었다.

'이런 게 흥정인가.'

시에나의 눈동자에 호기심이 가득했다. 정해진 물건 가격이 없이 말 몇 마디에 값이 바뀐다. 변동적인 가격이 시장 거래에 충돌을 일으키지 않는 게 신기했다.

쿤은 다양한 색상으로 열다섯 개를 고르고 은화를 건넸다.

"거 참, 알맹이만 쏙 빼가네. 물건 보는 눈이 있구만."

상인이 은화를 받으며 칭찬 반, 타박 반으로 궁얼거렸다.

그 후 계속 비슷한 과정이 반복되었다. 시에나가 눈에 띄는 물건을 발견하면 멈추어 구경했다. 갖고 싶으면 쿤에게 손짓해서 사라고 했다.

나중에는 별다른 표현을 하지 않아도 시에나가 관심을 둔다 싶으면 쿤이 알아서 값을 치렀다.

여러 번 물건을 사는 광경을 보면서 시에나는 새삼 알게 된 사실이 있었다.

'백성들이 은화의 공식 명칭은 거의 쓰지 않는구나.'

은화는 총 4종. 제일 작은 단위에서 10배씩 가치가 높아진다. 그리고 4종의 은화에는 각각 고유 명칭이 있었다. 그런데 시장에서 고유 명칭을 한 번도 듣지 못했다.

다들 가장 작은 단위의 은화를 '조각'으로 부르고 그 위 단위는 '10조각' 그 위 단위는 작은 은화, 가장 높은 가치의 은화는 '큰 은화'라고 불렀다.

"다리 아프지? 잠시 쉬면서 뭐라도 마실까?"

시장 구경에 흠뻑 빠져 다른 감각을 느낄 새가 없었다. 쿤이 묻고 나서야 시에나는 갑자기 다리가 아프고 목이 말랐다.

시에나는 그를 보며 고개를 끄덕였다.

* * *

찍은 것처럼 똑 닮은 외모에 차이점이라고는 머리카락 색뿐이었다. 거구의 두 사내가 대치하듯 서로를 바라보며 서 있는 광경은 지나가던 사람들의 시선을 잡아끌었다.

누가 봐도 한배에서 태어난 것이 분명한 친형제인데 서로를 바라보는 눈빛은 그다지 달갑지 않았다. 그들의 만남은 2년 만이었다. 그러나 재회의 기쁨 따위는 없었다.

"살아 있었네."

우스가 툭 내뱉었다. 마치 살아 있어서 유감이라는 뜻 같았다.

마틴은 양손 가득히 잡다한 물건을 주렁주렁 들고 있는 형제를 보며 짧게 혀를 찼다. 오랜만에 돌아오는 그가 오히려 짐도 없이 단출한 차림이었다.

"쿤은?"

"못 만났어?"

"못 만났냐고?"

마틴이 삐딱이 고개를 기울이며 우스의 말을 반복해 되물었다.

"호위가 주인의 행방을 몰라?"

"오늘 장터가 도떼기시장이라고. 중간에 헤어졌어."

우스가 억울한 표정으로 항변했다. 마틴이 코웃음 쳤다. 우스의 꼴을 보면 어느 쪽이 정신을 놓고 있었는지 뻔했다.

잔소리도 아깝다는 것처럼 마틴이 획 돌아섰다. 형제의 뒷모습을 멀뚱히 보다가 우스가 후다닥 따라가며 소리쳤다.

"야! 너 영감에게 이르는 거 아니지?"

"......"

"사내새끼가 입이 그렇게 가벼워 얻다 써먹냐?"

마틴은 어디서 개가 짖냐는 표정으로 묵묵히 걸었다. 우스는 바짝 곁으로 가서 계속 왈왈거렸다.

"말이 나와서 말이지. 내가 이름만 호위지 쿤이 무슨 호위가 필요하냐? 그리고 쿤은 매번 나 떼놓고 혼자 다닌다고."

"길바닥에서 시끄럽게 굴지 마."

"지독한 새끼. 이르지 않겠다는 말은 절대 안 하네."

우스의 욕설 섞인 시비가 계속 이어지는데도 마틴은 대꾸하지 않았다. 두 사람은 생긴 것만 빼면 모든 게 극과 극이었다. 눈빛도 말투도 걷는 자세조차도 달랐다.

"어?"

갑자기 우스가 조용해졌다. 그리고 마틴의 팔을 꽉 잡아 세웠다.

마틴이 짜증스럽게 고개를 돌리자 우스가 어느 한 곳을 뚫어지게 보고 있었다.

"저거 봐."

마틴도 그 방향으로 고개를 돌렸다가 눈이 커졌다. 복잡한 장터를 오가는 수많은 사람이 배경으로 전락했다. 한 사람만 마틴의 눈에 단번에 들어왔다.

'오랜만입니다. 쿤.'

번번이 두 사람은 길이 어긋났다. 엊그제 쿤이 들렀던 곳에 오늘 마틴이 도착했다. 그런 식으로 2년 가까이 만나지 못했다. 오랜만에 쿤을 먼발치에서라도 보니까 그저 마음이 좋았다.

흐뭇하게 웃는 마틴을 우스가 툭 치며 말했다.

"너 보기에도 그렇지?"

"뭐가?"

"여자 맞지?"

"뭔 소리야."

"그럼 왜 히죽거려? 빨빨거리고 다니더니 허파에 바람 들었어?"

"시비 거냐?"

마틴은 참다못해 인상을 썼다.

자신의 형제는 오랜만에 봐도 참 변한 게 없다. 여전히 부산스럽고 즉흥적이다.

'한결같기는 한데 그걸 장점이라고 봐 줘야 하는 건지.'

마틴은 속으로 혀를 찼다. 한배에서 태어나 어쩌면 그렇게 다르냐, 항상 주변에서 듣는 말이었다.

"한 번 말 하면 알아들어라, 좀! 쿤과 같이 있는 저 사람. 여자 같다."

그제야 마틴은 쿤의 곁에 가까이 붙어 있는 사람을 발견했다.

마틴이 보는 방향에서는 뒷모습인 데다가 후드를 쓴 로브 차림이라 누군지 전혀 알 수 없었다.

"아는 사람?"

"아니. 그런데 여자가 틀림없어."

우스가 확신을 담아 중얼거렸다.

"여자면 뭐. 쿤이 얼마나 많은 사람을 만나는데."

"그런 의미가 아니야. 저건 데이트라고."

"……뭐?"

쿤과 로브를 입은 자는 장사꾼의 수레 앞에 서 있었다. 마틴은 상인과 몇 마디 말을 나누는 쿤의 모습을 유심히 관찰했다. 그는 고개를 갸웃했다.

"어딜 봐서?"

"넌 아까 못 봐서 그래. 쿤이 저 사람에게 말하면서 웃었어."

"그래서?"

마틴이 물끄러미 쳐다보자 우스가 오히려 다그쳤다.

"넌 안 궁금해? 여자라고. 쿤이 데이트를 하고 있단 말이다."

"그다지."

마틴이 떨떠름하게 대꾸했다.

쿤의 연애사 같은 건 속속들이 알고 싶지 않았다. 한 인간으로서 민낯일 텐데 그런 건 알아 봤자 유쾌하지 않을 것이다.

"쿤이 결혼할 여자일지도 몰라. 최근 쿤의 결혼 얘기가 많이 나오고 있거든. 일족의 안주인이 되실 분일 수도 있다는 거지."

그때 용무를 끝낸 쿤이 동행인과 수레 곁을 떠났다.

"엇!"

우스는 다급히 숨을 들이켰다. 인파에 섞이는 두 사람을 놓치지 않기 위해 서둘렀다.

마틴은 푹, 한숨을 내쉰 후 사람들 틈에 불쑥 올라온 형제의 뒤통수를 보며 걸음을 옮겼다. 무슨 돌발 행동을 할지 모르니 내버려 둘 수가 없다.

'뒤를 밟는 거 같잖아.'

오랜만의 재회가 미행이라니. 마틴은 못내 찜찜한 마음에 투덜거렸다. 얼마 지나지 않아 우스가 말한 '쿤이 웃었다'의 의미를 깨달았다.

동행인과 대화하는 쿤의 표정이 확실히 달랐다. 만들어진 미소도, 측근에게 보여 주는 편안한 웃음도 아니었다.

'호오…….'

신기했다. 쿤이 상황이나 상대에 따라 능수능란하게 표정을 바꾸는 것을 수없이 봤다. 그런데 저런 모습은 처음이었다.

쿤이 로브의 동행인을 향해 짓는 웃음에는 사심이 마구 드러났다. '당신에게 호감이 있고 당신의 호감을 얻고 싶다.'라는 노골적인 속내가 아주 잘 보였다. 마틴이 아는 쿤은 감정을 여기저기 흘리고 다니는 사람이 아니었다.

그뿐만이 아니었다. 쿤은 몇 걸음마다 가판대, 혹은 좌판에 들러 물건을 샀다. 상인과 거래하는 사람도, 값을 치르는 사람도, 짐꾼을 자처하는 사람도 모두 쿤이었다.

비굴하기까지 한 모습이다. 상대의 비위를 맞추어야 하는 피치 못할 상황이라고 해도 저렇게까지 쿤이 자신을 낮출 필요는 없었다.

쿤의 위장 신분들은 매우 꼼꼼한 작업으로 만들어졌다. 문서상으로는 빈틈이 없는 실존 인물이었다. 그리고 반드시 지키는 원칙이 있었다.

어떤 가면을 쓰던 뭇사람들이 함부로 대할 수 없도록 일정 수준 이상의 사회적 위치를 고수했다. 그건 일족의 자존심과도 관계가 있었다.

하지만 단 한 가지 경우.

우스의 말대로 로브를 입은 자의 정체가 여인이고 지금 두 사람이 데이트 중이라면 모든 게 설명이 가능했다. 마틴은 새삼스러운 시선으로 우스의 얼굴을 곁눈질했다.

'둔한 녀석이 어쩐 일이래.'

조심스럽게 쿤의 뒤를 멀찍이 따라다니던 형제가 어느 순간 눈을 마주쳤다.

'틀림없지?'

'응.'

말하지 않아도 눈짓만으로 통했다. 마틴이 눈을 가늘게 뜨고 어딘가를 응시했다. 마틴의 눈에는 평범한 사람인 척 쿤의 일행의 뒤를 밟는 수상한 놈의 행적이 보였다.

'보통 놈들이 아니야.'

아무리 긴장을 풀었다지만 꽤 따라다닌 후에 발견했다. 숙달된 전문가였다. 그리고 한 명이 아니었다. 마틴이 발견한 숫자는 총 셋. 셋은 서로 눈도 마주치지 않고 개별적으로 행동했다.

마틴과 우스가 그들보다 훨씬 뒤에서 따라가지 않았으면 모를 뻔했다.

쿤과 동행인은 장터를 돌아다니며 계속 뭔가를 샀다. 쿤의 손에 들린 짐이 제법 부피가 커졌을 때 두 사람이 번잡한 장터를 벗어났다.

지나는 사람의 수가 줄어들수록 쌍둥이 형제는 쿤과 더 먼 간격을 유지했다. 그렇지 않고서는 틀림없이 들킬 테니까. 아주 멀리서 쿤이 동행인과 건물 안으로 들어가는 것만 확인했다.

"내 말이 맞지?"

우스의 표정만큼이나 목소리도 의기양양했다. 마틴은 간판의 찻잔 그림을 보며 '과연.' 하고 중얼거렸다. 찻집이라니. 절대 남자 둘이 들어갈 만한 장소는 아니었다.

"그럼 우리는 잡으러 갈까?"

"가자."

둘이 탁 손을 마주치며 엇갈린 방향으로 갈라졌다. 아웅다웅해도 이럴 땐 호흡이 척척 맞았다. 쿤의 뒤를 따라다닌 잡놈들을 처리하러 형제는 움직였다.

*　　*　　*

찻집의 내부 구조는 독특했다. 테이블을 벽에 붙인 후 앞뒤로 간이 벽을 세웠다. 나머지 한쪽 면은 긴 천으로 가렸다.

이런 식으로 찻집 내부에 여러 개의 작은 방을 만들었다. 완전한 밀실은 아니어도 남의 시선을 피할 수 있었다.

쿤은 직원이 가져온 메뉴판에 그림으로 그려진 과즙 음료와 케이크를 가리키며 주문했다. 직원이 가림천을 들추며 나간 후 시에나는 주변을 둘러보았다.

테이블은 두 사람이 앉으면 딱 좋은 크기였다. 나무판을 벽으로 세워 만든 방은 마차 안보다 좁았다.

“사방이 트인 곳보다는 이편이 나을 것 같아서. 더 편한 곳으로 갈 수도 있지만, 백성들의 삶을 알고 싶다면 이것도 경험이니까.”

시에나는 고개를 끄덕였다.

“백성들은 이런 데에서 차를 마시나?”

“아무나 들어오지는 못해. 찻집에 들어와 차를 마시는 건 여유가 있다는 뜻이지. 이곳은 인기가 좋아.”

“이해가 안 되는군. 왜 좁은 곳에 갇혀서 차를 마시지?”

“남의 눈을 신경 쓰지 않아도 되니까.”

“비밀스러운 목적이라면 여긴 적당하지 않다.”

시에나는 손마디를 세워 간이 벽을 두드렸다. 가볍게 통통 소리가 났다. 벽이 매우 얇았다.

“조금만 크게 말해도 벽 너머에서 다 들리겠구나. 여닫는 문이 아닌 천으로 막은 입구도 허술하고."

"여기 단골들은 남의 눈을 피하고 싶지만, 새어 나가면 안 될 비밀 대화를 하는 건 아니거든."

"그런 자들이 누군가?"

쿤이 잠시 시에나를 바라보다가 입술 끝을 살짝 올리며 대답했다.

"연인."

"……."

적당히 받아칠 말이 떠오르지 않았다. 잠시의 침묵은 길어져 어색해질 즈음 마침 바깥에서 목소리가 들렸다.

"음료 들어갑니다."

대답하지 않았는데도 직원이 가림천을 들추고 안으로 들어왔다.

직원은 테이블 가운데에 음료 두 잔과 케이크 접시 두 개를 소리가 나도록 내려놓았다. 나무 포크는 사람 앞에 세팅하지 않고 접시 위에 얹어 두었다. 직원의 손길이 거칠었다. 시에나가 경험한 적 없는 무례한 시중이었다.

"좋은 시간 되십쇼."

직원은 제 일만 끝마치고 휙 나가 버렸다. 흔들리는 가림천을 노려보는 시에나의 표정이 짐작되어 쿤이 작게 웃었다.

"원래 저러니까 괘씸해 하지 마."

쿤이 음료와 케이크를 시에나의 앞에 놓았다. 포크도 그녀가 쥐기 편한 쪽으로 다시 배치했다.

"부르기 전까지는 아무도 안 와. 후드는 벗어도 돼."

기다렸다는 듯 시에나가 후드를 뒤로 벗었다. 얼굴이 안 보이도록 깊이 눌러쓰고 다니는 건 꽤 힘들었다. 답답했고 계속 신경 써야 해서 피곤했다.

그녀는 홀가분한 기분으로 흘러내리는 머리카락을 쓸어 올렸다. 뚫어지게 그녀를 바라보던 쿤이 시에나가 시선을 들자 슬쩍 눈을 돌렸다.

"갈증 해소에는 과일 음료가 나아서 내가 멋대로 주문은 했는데. 차가 좋으면 다시 주문할까?"

"그런 건 주문하기 전에 물어야지."

시에나는 그를 흘겨보면서 음료 잔을 들었다.

"차는 됐다. 그리고 주변에 사람도 없는데 그런 건방진 말투를 계속 쓸 건가?"

쿤은 넉살 좋게 웃었다.

"아까 말했듯이 여긴 벽이 얇아. 우리 대화가 들릴지도 몰라, 에드."

'뻔뻔한 건가, 겁이 없는 건가.'

이 남자는 황녀인 자신에게 말을 놓으면서도 전혀 부담스러워하지 않았다.

"역할극에 충실하자는 거군. 좋아."

봐 줬다. 좋은 구경을 했더니 기분이 좋으니까.

시에나는 알갱이가 둥둥 떠다니는 음료를 미심쩍게 보다가 한 모금 마셨다. 그녀의 눈이 커졌다. 그리고 말없이 더 마셨다.

'입맛에 맞나 보네.'

계속 그녀의 얼굴에서 눈을 떼지 않아 작은 변화도 감지할 수 있었다. 귀족의 예법에 따르면 음식의 맛을 표정에 드러내는 행동은 품위가 없다. 그녀는 몸에 밴 습관에 따라 무표정을 유지하려 했다.

쿤은 은근히 만족스러움을 드러내는 그녀가 귀여웠다. 시에나를 바라보는 그의 표정이 느슨하게 풀어졌다.

시에나는 투박한 모양의 케이크를 잘라 입안에 넣었다.

'달아.'

식감은 거칠고 당도만 높인 저급 케이크였다. 그녀의 표정이 오묘했다. 최악인데 먹을 만했다.

오늘처럼 지치도록 걸은 게 처음이고 갈증과 허기를 동시에 느낀 것도 처음이었다. 단맛이 훨씬 잘 느껴졌다. 인간의 본능적인 식욕 앞에 그녀는 우아한 절제를 순간 잊고 말았다. 빠른 속도로 케이크를 먹어 치웠다.

'아.'

뒤늦게 실수를 깨닫고 시에나는 흘끔 시선을 들었다. 한 손으로 턱을 받치고 그녀를 보던 그와 눈이 마주쳤다. 무안했다.

"식사 중인 사람을 쳐다보다니. 예의가 없구나."

쿤은 그녀가 먹는 모습을 감격스럽게 보고 있었다. 황궁 안에서 철저한 검수를 거친 음식만 취하는 고귀한 황녀님이시다. 그런 분이 정체 모를 음식에 거리낌 없이 손을 댔다.

그만큼 황녀가 자신을 신뢰한다는 뜻이라고, 그는 자기 위주로 해석했다.

"그렇게 맛있어?"

"먹어 보면 알 것 아니냐."

"케이크는 별로. 너무 달아."

"그럼 왜 주문했지?"

"사람 수대로 시켜야 하거든."

시에나는 남은 케이크를 마저 먹으려다 여전히 뚫어지게 자신을 보는 그에게 인상을 썼다.

"쳐다보지 마."

쿤은 그녀의 귓불이 살짝 붉어진 것을 발견했다.

표정으로 드러내지 않는 대신 황녀의 감정 변화는 다른 신체 부위에서 나타났다. 입술을 깨문다든가, 지금처럼 귀가 붉어진다든가. 유심히 관찰해야 보이는 미미한 변화였다.

'사람들은 잘 모르겠지.'

그러니까 얼음공주라는 소문이 낫겠지. 앞으로도 몰랐으면 좋겠다.

'나만…….'

그의 가슴 안쪽에서 열기가 치솟았다. 억누를 수가 없었다. 그는 벌떡 일어났다. 오른손으로 테이블을 짚고 그녀에게 상체를 기울였다.

왼손으로 그녀의 턱을 잡아 입술을 겹쳤다. 혀끝으로 그녀의 입술에 묻은 크림을 핥았다. 순식간에 일어난 가벼운 입맞춤이었다.

속수무책으로 당한 시에나는 크게 뜬 눈만 깜빡거렸다.

"도대체 넌……."

바로 눈앞에 있는 그가 싱긋 웃었다. 까만 눈동자가 휘어졌다.

"역시 달군요."

시에나는 헛웃음을 터뜨렸다. 지금껏 주변에 이 남자 같은 사람은 없었다. 그녀의 환심을 사고 싶어 안달하는 자들도 이렇게 과감히 덤벼들지는 못했다. 한 가지만큼은 확실히 알겠다.

'이 남자는 내 이름에 전혀 주눅 들지 않아.'

"한 대 맞을 각오는 했습니다만."

시에나가 화를 내지 않으니 오히려 그가 눈치를 살폈다.

"한 대만?"

"손이 얼마나 매운지 본인만 모르시지요."

남자의 엄살이 우스웠다.

"역할극은 끝난 건가?"

시에나는 웃음을 감추려고 더 엄한 표정을 지었다.

"제가 키스하고 싶은 사람은 에드가 아니니까요."

한마디도 지는 법이 없다. 그의 손은 여전히 시에나의 턱을 가볍게 쥔 채였다. 시에나가 고개를 돌리자 그가 얌전히 물러나 다시 앉았다. 아마 다시 키스하려 했다면 언짢았을 것 같다. 적절히 치고 빠지는 게 아주 수준급이었다.

"아, 혹시 가져갈 물건이 있으면 고르시겠습니까?"

"고르다니?"

"오늘 장터에서 산 잡다한 물건들 말입니다."

"다 가져갈 거다."

"……다 황궁으로요?"

"필요하니까 샀지."

"대체 뭐에 쓰시려고……."

"조사할 것도 있고 개인적인 흥미도 있고. 오늘 쓴 비용은 내게 청구해라. 장터 구경에만 너무 시간을 썼다. 가 볼 곳이 더 있었는데."

시에나가 아쉬워 중얼거렸다. 찻집에서 나서는 대로 기다리고 있는 기사들에게 돌아가야 한다. 환궁하기로 예정한 시각이 거의 다 되었다. 곧 해가 질 것이다.

"한 번 더 나오시면 되지 않습니까?"

쿤은 기회를 놓치지 않았다.

"만물장이 열리는 요즘이 암행하기 좋은 시기입니다. 낯선 자들이 많으니 어지간해서는 눈에 띄지 않으니까요. 평소에 얼굴을 숨기고 로브 차림으로 왔다 갔다 하면 금세 치안병이 신분 확인을 요구하거든요. 사나흘만 더 지나면 행상들이 하나씩 제국을 떠날 겁니다."

시에나는 말없이 남은 케이크를 먹었다.

"가시고 싶은 곳이 있으면 전부 안내해 드릴 수 있습니다. 이만한 안내자는 찾기 어려우실걸요."

어려운 게 아니라 불가능이겠지. 세상을 다 뒤져도 더는 없을 거다. 황녀의 손을 잡아끌고 장터 구경을 시켜 주는 남자라니.

'재밌었어.'

처음 경험하는 유쾌함이었다. 공무의 목적을 잊고 장터 구경에 빠졌다. 자신의 위치마저 잊고 즐겼다.

'그런 건…… 암행이 아니야.'

'즐거움'이라는 쾌락이 너무 달콤하다는 것을 알아 버렸다. 올바른 군주는 욕망의 충족을 갈구해서는 안 된다. 폭군이 되는 지름길이었다.

그녀는 두려움과 죄책감을 동시에 느꼈다. 두 번은 없다. 이런 암행은 다시 하지 않을 거다.

"제가 아니면 안내할 수 없는 곳도 보여 드리겠습니다. 가령…… 수도 뒷골목의 빈민가 같은."

그는 속삭이듯 말끝을 흐렸다.

사양하려던 시에나는 멈칫했다. 시에나의 마음을 읽은 것처럼 남자는 제안했다. 도무지 거부할 수 없는 유혹이었다.

똑바로 마주치는 그의 눈빛이 가면무도회에서 춤을 청하던 그때를 연상하게 했다. 당신은 내 제안을 절대 거절 못 할걸, 마치 그렇게 말하는 것 같았다.

'궁금해.'

뒷골목의 빈민가? 그런 곳이 있나?

그녀의 심장이 두근거렸다. 그가 안내하는 장소라면 절대 시시하지 않을 것이다.

"……사흘 뒤라면 시간이 된다."

'아자!'

테이블 아래에서 쿤이 주먹을 꽉 쥐었다. 안간힘을 다해 환호성을 참았다.

"다시 한 번 모실 기회를 주시다니. 영광입니다."

그는 지금처럼 표정 관리가 어려웠던 적이 없었다.

"그날은 황궁 앞으로 모시러 가겠습니다. 호위 기사에게 미리 언질만 줘 두시면 됩니다."

"……."

아직 시에나는 망설였다. 쿤이 쐐기를 박았다.

"대륙에서 오는 사신들의 수행원들이 모이는 주점을 압니다. 공식적인 자리에서는 절대 들을 수 없는 이야기들이 돌아다니지요."

홍미 위주의 구경거리를 말했다면 오히려 '관심 없다.'라고 했을 텐데.

시에나는 작은 한숨을 쉬며 고개를 끄덕였다.

두 사람이 찻집에서 나왔다. 멀리서 지켜보던 눈에 힘이 바짝 들어갔다. 마틴과 우스는 쿤과의 거리가 기준 이상 벌어질 때마다 쫓아가면서 사각지대에 몸을 숨겼다.

고급 상점 거리에 가까워질수록 지나가는 사람 수는 점점 줄었다. 한산한 거리에 마차가 대기하고 있었다. 마차를 지키던 자들이 쿤을 보더니 다가왔다.

형제는 담벼락에 붙어 빼꼼히 고개만 내밀었다.

"제국인이겠지?"

"아닐 수도 있지."

"너무 멀어."

우스가 투덜거렸다. 워낙 멀어 얼굴이 거의 뭉개져 보였다. 생김새를 봐야 어디 출신인지 추측할 텐데 알아볼 수가 없었다.

쿤과 함께 장터를 돌아다녔던 로브를 입은 자는 바로 마차에 올라탔다. 쿤은 남은 자들과 몇 마디 나누더니 들고 있던 짐을 그들에게 넘겼다.

마차가 떠나는 모습을 쿤은 바라보며 서 있었다. 꺾인 길을 따라 마차가 시야에서 사라진 후에야 돌아섰다. 그리고 돌아서자마자 정확히 쌍둥이 형제가 숨어 있던 곳을 쳐다보았다.

잠시 후 똑 닮은 사내 둘이 쭈뼛거리면서 모습을 드러냈다. 쯧, 낮게 혀를 찬 쿤이 그들에게 다가갔다.

"고생 많았다."

쿤은 마틴에게 인사부터 건넸다. 마틴이 말없이 고개를 꾸벅 숙였다. 2년 만의 재회는 담백했다.

"저택으로 가 쉴 것이지 왜 이 녀석 장단에 맞추고 있어."

"뒤밟는 거 알았어요?"

우스가 겸연쩍게 물었다.

"덩치가 산만 한 놈들이 둘이나 따라오는데 모르겠냐. 그런데 너희 말고. 딴 놈들이 더 있었는데?"

"예. 세 놈입니다. 잡아 놨습니다."

마틴이 대답했다. 형제는 쿤이 알고 있다는 사실에 놀라지 않았다.

"뭐 하는 놈들이야?"

"모르겠습니다. 제가 가볍게 손을 댔는데 입을 열지 못했습니다."

마틴이 말하는 '가볍게'라는 말의 속뜻은 전혀 달랐다. 마틴은 사람을 고문하는 아주 효과적이고 잔혹한 특수 기술을 익혔다.

'가볍게' 손대면 어지간한 사람은 눈물, 콧물, 오줌까지 쏟으며 다 말할 테니 살려 달라고 매달렸다. 마틴의 1단계 고문법을 견뎠다는 건 그놈들이 보통이 아니라는 뜻이다.

"본격적으로 손봐서 다 털어 낸 후, 보고하겠습니다."

"아니. 지금 봐야겠다. 어디서 온 놈들인지 짐작 가는 데가 없다는 게 문제야."

"예."

우스가 쿤의 곁에 바짝 따라붙어 물었다.

"같이 있던…… 누구예요?"

"말하면. 알아?"

"저택에서 나올 때만 해도 예정에 없었잖아요."

"갑자기 생겼다."

"여자. 맞죠?"

쿤의 시선이 우스에게 닿았다가 다시 앞으로 향했다.

"귀빈이야. 디안도 무시할 수 없는 사람이지."

"뭐야. 그쪽 일이었어요?"

우스가 실망스럽게 중얼거렸다. 두 사람 대화를 듣던 마틴이 픽 웃었다.

'단순한 놈.'

쿤이 슬쩍 말을 돌리는 것을 우스는 알아채지 못했다.

'정말 데이트였나.'

오히려 마틴은 지금 들은 대화로 확신했다.

'마차 앞에 있던 그자들은 호위?'

귀부인이 호위 여럿을 동반하는 경우는 흔치 않았다.

'신분이 높은 여인인가…….'

쿤과 마틴, 둘만 저택으로 걸었다. 우스는 점포에 맡겨 둔 물건들을 찾으러 간다며 중간에 헤어졌다.

쿤의 표정이 심각했다. 잡은 놈들의 정체를 대강 알아냈다. 과정에 부득이하게 피를 봐야 했다. 세 놈 중 둘이 견디지 못하고 죽었다.

'리먼 공작가에서 그런 놈들을 데리고 있었다니. 이건 중대한 실수야.'

놈들 소속은 리먼 공작가였다. 적왕의 지시를 받아 황녀를 호위하는 중이었다고 주장했다.

그 말이 사실이면 그들이야말로 진짜 비밀 호위였다. 예정과 다르게 황녀가 호위 기사들을 떼어 내고 낯선 자와 동행해 움직이기 시작했으니 그들은 무척 당황했을 것이다.

'그녀가 모르는 비밀 호위…….'

황녀가 알고 있었을 가능성은 작았다. 기사가 아닌 살수들이 황족을 호위한다고? 작은 왕국의 왕족도 음지에서 검을 쓰는 자들은 가까이 두지 않았다.

하물며 여긴 제국이 아닌가. 제국은 기사를 숭상한다. 그녀가 절대 용납할 리가 없었다.

그리고 당사자가 모르는 호위가 따라붙는 것은 일반적이지 않다. 왜 적왕이 딸에게 몰래 사람을 붙였을까. 황녀가 외출이 잦은

편이면 안위가 걱정되어 그랬다는 핑계를 고려하겠지만, 그것도 아닌데. 쿤은 떠오른 의구심을 일단 보류했다.

'그놈들은 분명 디안의 곁에도 붙었을 거다. 왜 그걸 알아채지 못했을까.'

다행히 그들이 항상 디안의 곁에 있었던 건 아닌 모양이다. 아직 문제가 생긴 적은 없었다.

마틴이 생각에 잠긴 쿤의 눈치를 살폈다.

"조만간 좋은 소식 있는 겁니까?"

"……."

"모르는 척하기를 원하시면……."

"모르는 척해. 아니면 난 내일 당장 결혼 날짜 잡아야 돼."

쿤의 한숨을 들으며 마틴이 키득거렸다.

"진지하게 생각 중이기는 하신가 보군요."

쿤은 말없이 피식 웃었다.

'나만 진지하지.'

그녀의 주변은 높고 견고한 얼음 성벽이 에워싸고 있다. 어디서부터 시작해야 할지 엄두가 나지 않았다. 확률은 낮고 앞은 보이지 않으며 포기는 쉬웠다. 일족의 운명이 걸린 거대한 계획이 진행 중인데 이건 미친 짓이었다.

최악의 경우 아무것도 얻지 못할 것이다. 하지만 이대로 물러설 수 없었다. 그녀를 놓치면 반드시 후회할 것이다. 도무지 무시할 수 없는 강렬한 예감이었다.

"아, 쿤. 저는 상회에 들렀다가 가겠습니다."

"가 봤자 레반 없다."

레반은 라드 상회 총지배인 메이슨의 후계자이자 마틴의 막역한 친우였다.

"수도에 있는 줄 알았는데요."

"있기는 한데 딴짓 중이야. 그래서 메이슨이 단단히 역정이 났지. 둘이 얼굴만 마주치면 분위기가 험악해."

"예?"

레반은 일족 안에서 유명인이었다. 일족의 미래를 이끌 촉망받는 기재로서 기대를 한 몸에 받았다. 까다로운 메이슨의 유일한 제자 레반이 메이슨을 화나게 할 일이 뭔지 도무지 모르겠다.

"난데없이 관리직 시험을 치고 행정관으로 들어갔어. 저녁에 퇴청하니까 이따 가 봐."

"예에??"

*　　*　　*

저녁 식후의 간식으로 케이크가 나왔다. 시에나는 아름다운 모양과 색감의 케이크가 오늘따라 낯설었다. 포크로 잘라 입에 넣었다. 말린 과일이 들어갔고 크림은 적당히 달았다. 입안에서 사르르 녹았다. 식감도 맛도 나무랄 데가 없었다.

「역시 달군요.」

입을 맞추고 싱긋 웃던 남자의 얼굴이 눈앞에 불쑥 나타났다. 흠칫하는 그녀의 손에서 포크가 떨어졌다. 접시에 부딪히며 소리가 났다.

"전하. 후식을 다른 것으로 내오라고 할까요?"

시녀가 재빠르게 다가와 윗전의 심기를 살폈다.

"아니다. 생각 없으니 이것도 물려라."

시에나는 침착하게 지시했다. 황녀의 귀가 살짝 붉어진 것을 누구도 알지 못했다. 모두 내보내고 혼자가 되자 그녀는 숨을 크게 내쉬었다. 심장이 빠르게 뛰었다.

"쿤……."

나직이 그의 이름을 중얼거렸다.

모든 게 석연치 않은 남자다. 철왕의 사람이었다. 가까이 지내서 좋을 게 없다. 그자와 관계를 끊는 건 간단했다. 시에나가 보지 않겠다고 결심하면 그만이었다.

그런데 시에나는 그를 다시 만날 사흘 후를 벌써 기대하고 있었다.

'그는…… 달라.'

그는 시에나를 경외 어린 눈으로 보지 않았다. 동등한 시선으로 눈을 맞췄다. 그와 함께 있을 때 자신의 이름 앞에 '황녀'라는 수식어를 붙이지 않아도 되었다.

자신의 지고한 신분을 부담스럽게 생각한 적이 없는데도 황녀가 아닌 오롯이 그녀 자신이 되는 기분은 생소하면서도 고양감이 들었다.

시에나는 심장 위를 손바닥으로 눌렀다. 그와 함께 있을 때 혹은 그를 떠올릴 때 가끔 기분이 이상했다. 이게 뭘까. 경험한 적 없는 감정이었다. 누가 가르쳐 줬으면 좋겠는데 누구에게 물어봐야 할지도 모르겠다.

"전하. 포프 백작부인이 뵙기를 청합니다."

시녀가 문을 두드리며 고했다.

시에나는 괜한 헛기침을 한 후 대답했다.

"들이라."

"전하. 늦은 시각에 송구합니다."

"괜찮소. 어쩐 일이오?"

"일전에 말씀하신 대로 적당한 사람 몇을 추려 왔습니다."

베스는 큼직한 봉투를 내밀었다.

"제가 추천할 사람은 셋입니다. 그런데 워낙 특이한 이력을 지닌 한 사람이 있어 추가했습니다. 눈여겨보실 자는 아니라고 생각합니다만……."

"그자가 마땅치 않은 것 같은데. 굳이 왜 서류를 추가했소?"

"전하께서 정확히 어떤 쓰임을 위해 사람을 고르시는지 알 수 없으니 저는 그저 참고하실 자료를 다양하게 넣었을 뿐입니다. 제 의견이 전하의 심기를 불편하게 해 드릴까 봐 조심스럽습니다."

"무슨 말인지 알아들었소. 수고가 많았소."

베스가 돌아간 후 시에나는 봉투를 열어 네 번째 묶음의 서류를 앞으로 뺐다. 베스의 태도가 오히려 호기심을 자극했다. 가장 먼저 상단에 적힌 이름이 눈에 들어왔다.

"레반 칼리……?"

시에나는 몇 번 이름을 되뇌었다.

귀에 익었다.

어느 가문이더라, 고민하다가 문득 생각났다.

「***칼리 경.***」

꿈에 등장한 쌍둥이 기사를 황제는 그렇게 불렀다.

시에나는 서류를 재빠르게 눈으로 훑었다. 읽으면서 그녀의 표정이 점점 묘해졌다. 백작부인이 말한 특이한 이력이 뭔지 알겠다.

'국시 만점자라고?'

제국의 행정관리는 특채와 국시, 두 가지 방식을 통해 뽑았다. 귀족이 아니어도 국시를 통해 관리가 될 수 있는 길이 열려 있었다. 레반 칼리는 국시 역사상 첫 만점자였다.

'더구나 제국인이 아니야……?'

국시에 합격한 최초의 외국인이기도 했다. 제국인이 아니라는 이유로 불합격 처분되었으나 레반은 응시 자격을 규정한 관련법이 없다는 이유를 들어 소송했다. 제국 법원은 법의 빈틈 때문에 레반의 손을 들어줄 수밖에 없었다.

'배포가 대단하군.'

제국을 상대로 소송이라니. 여간내기가 아니었다.

그러나 제국인이 아니다. 신분이 불분명하다는 뜻이다. 믿을 수 없는 자다.

아마 시에나가 보좌관 인선을 고민 중이라는 걸 알았다면 백작 부인은 절대 이자의 서류를 끼워 넣지 않았을 것이다. 시에나의 기준으로도 당연히 고려할 가치가 없었다.

'칼리……. 국시 만점.'

하지만 이름이 걸리고 이력도 흥미롭다. 국시는 정말 어렵다. 시에나도 만점은 장담할 수 없었다.

'불러서 어떤 자인지 봐야겠군.'

꿈에서 봤던 기사와 동일인 같지는 않다. 하지만 친족 관계일 가능성은 있었다.

〈다음 권에서 계속〉